Danger imminent

Du même auteur
aux Éditions Albin Michel

L'AIGLE S'EST ENVOLÉ
AVIS DE TEMPÊTE
LE JOUR DU JUGEMENT
SOLO
LUCIANO
LES GRIFFES DU DIABLE
EXOCET
CONFESSIONNAL
L'IRLANDAIS
LA NUIT DES LOUPS
SAISON EN ENFER
OPÉRATION CORNOUAILLES
L'AIGLE A DISPARU
L'ŒIL DU TYPHON
OPÉRATION VIRGIN
MISSION SABA
TERRAIN DANGEREUX
L'ANGE DE LA MORT
LE FESTIN DU DIABLE
LE SECRET DU PRÉSIDENT
UNE TAUPE À LA MAISON-BLANCHE
LE VOL DES AIGLES
LE JOUR OÙ IL FAUDRA PAYER

Jack Higgins

Danger imminent

ROMAN

Traduit de l'anglais
par Pierre Reignier

Albin Michel

Titre original :
EDGE OF DANGER

22, rue Huyghens, 75014 Paris
www.albin-michel.fr
ISBN 2-226-13654-1

À Tess,
qui pense qu'il est grand temps...

Au commencement

1

Paul Rashid, l'un des hommes les plus riches du monde, était anglais. Il était aussi à moitié arabe — et personne n'aurait su dire vers laquelle de ses origines son cœur penchait le plus.

Son père était le chef des Rashid, une tribu bédouine de la province de Hazar, dans le golfe Persique. Sa naissance et la tradition le destinant à la carrière militaire, il avait été envoyé, jeune homme, à la prestigieuse Académie Royale de Sandhurst. Là, à l'occasion d'un bal officiel, il avait fait la connaissance de Lady Kate Dauncey, fille du Comte de Loch Dhu. Il était beau, il était riche, et leur histoire, quoiqu'elle leur posât d'évidents problèmes, était une véritable histoire d'amour : ils s'étaient mariés malgré les réticences initiales de leurs parents respectifs, le père de Paul allant et venant entre l'Angleterre et le Golfe aussi souvent que nécessaire. Au fil des ans, ils avaient mis au monde quatre enfants : Paul, l'aîné, puis Michael, George et Kate.

Les enfants tiraient une immense fierté de leur double culture. Par égard pour leur prestigieux passé omanais, ils parlaient tous couramment l'arabe et se sentaient bédouins dans l'âme mais, comme le disait Paul Rashid, leur moitié anglaise comptait tout autant : ils défendaient âprement le nom des Dauncey et leur appartenance à l'une des plus anciennes familles britanniques.

Les deux traditions — celle qui remontait à l'Angleterre médiévale et celle des Bédouins — se mêlaient donc à leur sang, conférant à leur caractère une ardeur, voire une véhémence dont Paul était sans doute le représentant le plus remarquable. Révélateur à ce titre, l'incident extraordinaire qui se produisit quelque temps avant qu'il ne termine lui-même sa formation d'officier à Sandhurst, lors d'une permission de plusieurs jours qui lui permit de retourner à Dauncey Place, la propriété ancestrale de la famille dans le Hampshire. Michael avait dix-huit ans à l'époque, George dix-sept, et Kate douze.

Le comte était en voyage à Londres. Dans la bibliothèque, Paul trouva sa mère assise dans un fauteuil, le visage salement contusionné. Elle tendit les bras vers lui pour l'étreindre.

— Il l'a *tabassée* ! s'exclama la petite Kate. Ce sale bonhomme a osé donner des coups de poing à maman !

Paul se tourna calmement vers Michael.

— Explique-moi.

— Des gitans. Il s'en est installé un groupe à Roundhay Spinney, avec quatre caravanes et quelques chevaux. Leurs chiens ont tué nos canards, alors maman a voulu leur parler.

— Tu l'as laissée y aller seule ?

— Non. Nous étions tous ensemble. Même Kate est venue. Les hommes se sont moqués de nous. Maman s'est mise en colère, et c'est là que leur chef, une espèce de géant très costaud, et très agressif, l'a frappée en plein visage.

Les yeux noirs de Paul Rashid, qui contrastaient avec son visage soudain très pâle, fixèrent tour à tour Michael et George.

— Cet animal a posé les mains sur notre mère, et vous n'avez rien fait pour l'en *empêcher* ?

Il leur donna une claque à chacun.

— Vous avez deux cœurs. Le cœur des Rashid, et celui des Dauncey. Je vais vous apprendre à vous montrer dignes des deux.

— Je t'en prie, Paul, protesta sa mère en l'agrippant par la manche. N'aggravons pas la situation. Ça n'en vaut pas la peine.

— Ça n'en vaut pas la peine ? répéta-t-il, puis un sourire terrible se dessina sur ses lèvres. Ce chien, là-bas, mérite une leçon. J'ai bien l'intention de la lui donner.

Il tourna les talons et quitta la pièce, en signifiant à ses frères de le suivre.

Ils prirent une Land Rover pour se rendre jusqu'à Roundhay Spinney. Paul interdit à Kate de les accompagner, mais aussitôt après leur départ elle sella sa jument préférée et se lança à travers la campagne pour les rejoindre.

Les caravanes étaient disposées en cercle. En son centre brûlait un feu auquel se réchauffaient une douzaine d'hommes et de femmes, ainsi que plusieurs enfants. Il y avait aussi quatre chevaux, et des chiens.

Le géant décrit par Michael, assis sur une caisse, sirotait une tasse de thé. Comme les trois jeunes gens s'approchaient, il leva les yeux.

— Vous êtes qui, vous ? demanda-t-il à l'adresse de Paul.

— Dauncey Place appartient à ma famille.

— Jésus Marie ! Monsieur le Grand Seigneur, c'est bien ça ?

L'homme regarda les siens en s'esclaffant.

— Il me fait l'effet d'un sacré connard.

— Connard ou pas, moi je ne frappe pas les femmes. J'essaie d'agir en homme, qualificatif que vous êtes loin de mériter. Vous n'êtes qu'une merde, et vous avez commis une grave erreur. Cette femme, c'était ma mère.

— Eh ! Tu vas voir, petit salopard...

L'homme ne termina pas sa phrase.

Paul Rashid plongea la main dans la poche la plus profonde de son Barbour, et en sortit une *jambiya*, le poignard recourbé des Bédouins. Ses frères l'imitèrent.

Comme les gitans se levaient, la jambiya de Paul s'abattit sur la tête du chef, lui sectionnant l'oreille gauche. L'un des hommes brandit un couteau : Michael Rashid, vibrant d'une énergie décuplée, lui lacéra le visage avec sa propre jambiya — l'envoyant basculer en arrière, la joue ensanglantée, avec un effroyable hurlement de douleur.

Un autre homme ramassa un morceau de bois dont il essaya de se servir comme d'un gourdin pour frapper George. Mais à cet instant, Kate Rashid surgit de derrière le buisson où elle s'était cachée, ramassa une pierre et la lui jeta de toutes ses forces au visage en poussant un retentissant cri arabe.

Le combat cessa aussi soudainement qu'il avait commencé. Le reste du groupe s'immobilisa prudemment, sans le moindre bruit. Les femmes et les enfants ne pleuraient même pas. Soudain les cieux se déchirèrent, libérant une pluie drue. Le chef des gitans porta un mouchoir graisseux à son oreille, ou ce qu'il en restait.

— Je te ferai payer ça, grogna-t-il.

— Non, vous ne ferez rien de tel, répliqua Paul Rashid. Parce que si vous osez revenir sur cette propriété, ou approcher de ma mère, ce ne sera pas votre seconde oreille que vous perdrez, mais vos parties intimes.

Il essuya sa jambiya sur le manteau de sa victime, puis sortit un Walther de sa poche et tira deux balles dans la bouilloire posée sur le feu. L'eau jaillit des orifices, noyant les flammes.

— Vous avez une heure pour quitter les lieux. Je pense que l'assistance publique, à l'hôpital de Maudsley, soigne même les vermines de votre espèce. Mais prenez mon avertissement très au sérieux...

Il marqua une pause, avant de conclure :

— Si vous ou vos amis agressez de nouveau ma mère, je vous tuerai. C'est une certitude.

Les trois jeunes gens repartirent dans la Land Rover. Kate les suivit à cheval. Il pleuvait encore à verse quand ils parvinrent au village de Dauncey et à son principal pub, le Dauncey Arms. Paul se gara juste devant la porte. Ils sortirent de la voiture, tandis que Kate descendait de sa monture pour l'attacher à un petit arbre.

Elle s'approcha de Paul, l'air embarrassé.

— Je suis désolée de t'avoir désobéi, grand frère.

Mais Paul n'éprouvait aucune colère. Souriant à Michael et à George, il se pencha pour l'embrasser sur les deux joues.

— Tu as été formidable, sœurette, dit-il en la serrant dans ses bras. Et il est grand temps que tu boives ton premier verre de champagne.

Sous son plafond à poutres apparentes, le pub possédait un magnifique bar en acajou de facture ancienne, ainsi qu'une immense cheminée où crépitait un feu. Une demi-douzaine d'hommes du village accoudés au bar se tournèrent pour les saluer en ôtant leur casquette.

La patronne, Betty Moody, était en train d'essuyer des verres qu'elle rangeait derrière le bar, sous les bouteilles alignées comme à la parade.

— Paul !

La familiarité dont elle faisait preuve à son égard n'avait rien d'anormal. Elle connaissait les héritiers de Dauncey Place depuis leur plus tendre enfance. Elle avait même été la nourrice de Paul, autrefois, pendant quelque temps.

— Je ne savais pas que tu étais rentré.

— Petite visite à l'improviste, Betty. Et puis... j'avais certaines affaires à régler.

Le regard de la tenancière se durcit.

— Avec les salopards de Roundhay Spinney ?

— Tu es au courant ? répliqua-t-il, étonné.

— Ici, au pub, il n'y a pas grand-chose que j'ignore. Ces gens sèment la pagaille dans toute la contrée depuis des semaines.

— Ils ne poseront plus le moindre problème à personne, Betty. C'est terminé.

Paul posa sa jambiya sur le bar.

On entendit passer plusieurs véhicules dans la rue. Un homme alla à la fenêtre.

— Eh bien ! s'exclama-t-il. Jamais j'aurais cru voir ça ! Ces salopiots mettent les voiles.

— Ils ont de bonnes raisons de le faire, dit Michael.

Betty posa un verre sur l'étagère.

— Personne ne t'aime autant que moi, Paul Rashid — mis à part ta sainte mère, bien sûr. Mais je sais que tu as un sacré fichu caractère. Dis-moi tout. Tu as encore fait des bêtises, c'est ça ?

— Le méchant bonhomme avait attaqué maman, déclara Kate. Il l'avait frappée !

Le silence se fit dans le pub.

— Il avait quoi ? demanda Betty Moody.

— Tout va bien, maintenant, reprit Kate avec un large sourire. Mon grand frère lui a coupé l'oreille, alors ils ont tous fichu le camp. Il a été merveilleux !

Le silence s'intensifia. Paul passa un bras autour des épaules de sa sœur.

— Toi aussi, tu as été épatante. Pour tout dire, nous avons découvert aujourd'hui que notre petite Kate a l'art d'utiliser les cailloux... pour en faire des projectiles. Betty, mon cœur, débouche-nous une bouteille de champagne. Et je crois qu'une bonne assiette de hachis Parmentier ne nous ferait pas de mal !

Elle se pencha et lui toucha le visage.

— Ah, Paul, j'aurais dû m'en douter... Autre chose pour ton service ?

— Oui. Je dois retourner demain à Sandhurst. Pourrais-tu aller voir si maman a besoin d'aide ? Oh, et aussi... excuser le fait que ma petite sœur est mineure et ne devrait pas se trouver dans ce bar ?

— Bien sûr. Aux deux questions.

Betty ouvrit le réfrigérateur, dont elle sortit une bouteille de Bollinger. Elle tapota affectueusement Kate sur la tête.

— Viens avec moi, ma jolie. Derrière le bar. Ça, c'est tout à fait légal.

Elle fit sauter le bouchon et sourit à Paul.

— La famille avant tout, hein, mon garçon ?

— Toujours, affirma-t-il.

Plus tard, après qu'ils eurent mangé et vidé la bouteille de champagne, Paul emmena ses frères et sœurs jusqu'au cimetière, au bout du village. Ils marchèrent un moment entre les tombes, pour rejoindre finalement l'entrée de l'église paroissiale.

C'était un monument magnifique, construit au douzième siècle dans le style gothique, avec un plafond en voûte et des vitraux qui diffusaient — maintenant que la pluie avait cessé — une lumière chatoyante, sublime, sur les bancs, les pierres tombales en marbre et les gisants des membres de la famille Dauncey inhumés ici au fil des siècles.

Leur titre nobiliaire était d'origine écossaise. Lorsque, suite à la mort de la reine Elizabeth, le roi James VI d'Écosse était devenu James Ier d'Angleterre, c'était son ami Paul Dauncey, jusqu'alors simple chevalier, qui avait traversé le pays à cheval, de Londres jusqu'à Édimbourg, pour lui annoncer la nouvelle. James Ier l'avait récompensé du titre de Comte de Loch Dhu — le lac noir. Les terres de Loch Dhu s'étendaient sur une grande partie des Highlands occidentales, au nord de l'Écosse. Comme il y pleuvait six jours sur sept, cependant, les Dauncey avaient pris la compréhensible décision de résider essentiellement à Dauncey Place, ne gardant à Loch Dhu qu'un petit château mal entretenu et peu accueillant.

La différence la plus remarquable, entre les titres de noblesse écossais et anglais, était que le titre écossais ne s'éteignait pas avec le dernier héritier masculin. À défaut de descendant mâle, le titre passait à la première fille de la famille. Aussi, quand le comte actuel décéderait, la mère de Paul deviendrait comtesse, tandis que son fils aîné recevrait le titre de courtoisie de Vicomte Dauncey. Ses frères deviendraient les Honorables Dauncey, et la jeune Kate deviendrait Lady Kate. Puis, à la disparition de sa mère, Paul deviendrait à son tour Comte de Loch Dhu.

Ils s'engagèrent dans une travée latérale, leurs pas résonnant sous la nef. Paul s'arrêta devant une splendide sculpture représentant un chevalier en armure et sa dame.

— Je crois qu'aujourd'hui il aurait été très heureux. Qu'en dites-vous ? murmura-t-il.

Puis il récita un bout de l'histoire des Dauncey, qui était comme un catéchisme pour toute la famille :

— Sir Paul Dauncey, qui s'est battu aux côtés de Richard III à la bataille de Bosworth, puis a réussi à prendre la fuite et à gagner la France...

— Et plus tard, enchaîna la jeune Kate, Henry Tudor l'a autorisé à rentrer au pays. Et lui a rendu ses biens.

— D'où la devise de la famille, ajouta Michael. *Je reviens toujours.*

— Une devise que nous avons toujours respectée, dit Paul.

Il attira Kate contre lui, et passa les bras autour des épaules de ses frères.

— Nous sommes, et nous serons toujours, ensemble. Nous sommes des Rashid, et nous sommes des Dauncey. Toujours ensemble !

Il les étreignit avec ardeur, tandis que Kate lui serrait la taille en pleurant doucement.

Après Sandhurst, Paul fut nommé au régiment des Grenadier Guards. Il servit un moment en Irlande, puis rejoignit les SAS, en 1991, pour prendre part à la guerre du Golfe.

La situation ne manquait pas d'ironie. Son père, général dans l'armée omanaise et ami de Saddam Hussein, avait été détaché auprès de l'armée irakienne comme officier d'instruction. Il se retrouva lui aussi pris dans la guerre, mais dans le camp adverse de celui de son fils. Personne, quoi qu'il en soit, ne mit jamais en doute le loyalisme de Paul. Pour les SAS infiltrés derrière les lignes irakiennes, il représentait un atout inestimable. À la fin du conflit, il fut décoré.

Son père, cependant, mourut au combat.

— Il faut accepter cette situation. Notre père était soldat, et en tant que tel il savait les risques qu'il prenait, expliqua-t-il à ses frères et à sa sœur. Moi aussi je suis soldat, et je tiens à suivre son exemple.

Michael et George entrèrent également à Sandhurst. Après quoi Michael entama des études de commerce à Harvard, et George s'engagea dans le Parachute Regiment, avec lequel il servit en Irlande. Au bout d'un an, cependant, il décida qu'il en avait assez et quitta l'armée pour faire des études de gestion immobilière.

Quant à la jeune Kate, après avoir fréquenté le lycée de jeunes filles St Paul, elle entama des études supérieures au St Hughes College, à Oxford, et se mit à faire les quatre cents coups — déboulant comme une tornade dans la haute société londonienne.

La mort du comte, en 1993, surprit tout son entourage : le genre de crise cardiaque qui survient sans le moindre signe avant-coureur et tue en quelques secondes. Sa fille, Lady Kate, devint Comtesse de Loch Dhu. La famille accompagna le vieil homme à sa dernière demeure, le tombeau familial situé dans le cimetière de Dauncey. Le village tout entier assista aux obsèques, ainsi qu'un grand nombre de personnes venues de loin, que Paul ne connaissait pas pour la plupart.

De retour à Dauncey Place, où une réception avait été organisée dans le grand salon, Paul chercha sa mère dans la foule. Il la trouva assise dans un fauteuil, en compagnie d'un homme assez âgé qui se penchait au-dessus d'elle pour lui parler.

Levant les yeux, elle lui fit signe de s'approcher.

— Paul, mon chéri, je voudrais te présenter l'un de mes plus anciens amis, le général de brigade Charles Ferguson.

Ils se serrèrent la main.

— Je sais à peu près tout de vous, dit Ferguson. Moi aussi, je suis issu des Grenadier Guards. Fantastique, cette mission que vous avez effectuée derrière les lignes irakiennes avec le colonel Tony Villiers ! Ils auraient dû vous donner mieux que la Military Cross.

— Vous connaissez le colonel Villiers ?

— Depuis fort longtemps, oui.

— Vous semblez très renseigné, mon général. L'opération SAS était classée secrète.

— Charles et ton grand-père ont servi ensemble dans l'armée, intervint sa mère. Dans les endroits les plus insolites. Aden, Oman, Bornéo, Malaya... Aujourd'hui, il dirige le service de renseignement du premier ministre.

— Kate, vous ne devriez pas révéler ce genre de détails, protesta gentiment Ferguson.

— Sornettes, répliqua-t-elle. Tout ce que ce pays compte de personnalités importantes sait qui vous êtes.

Elle prit la main du général.

— Il a sauvé la vie de ton grand-père à Bornéo.

— Et votre grand-père, Paul, a sauvé la mienne deux fois.

Ferguson embrassa affectueusement Kate sur le front, puis se tourna de nouveau vers Paul.

— Je vous donne ma carte. Si je puis vous être utile en quoi que ce soit...

Paul lui serra fermement la main.

— Sait-on jamais, mon général.... Peut-être vous prendrai-je au mot, un de ces jours !

Étant l'aîné, Paul fut désigné pour aller à Londres, chez le notaire de la famille, prendre connaissance des dispositions testamentaires du comte. Quand il revint à Dauncey Place ce soir-là, tous l'attendaient dans le grand salon, rassemblés auprès de la cheminée. Ils tournèrent vers lui des yeux pleins d'expectative.

— Alors ? demanda Michael. Qu'est-ce que ça a donné ?

— Ah... Puisque tu as fait du commerce à Harvard, j'imagine que tu veux dire *combien* ? répondit Paul, et il se pencha pour embrasser sa mère. Maman, comme d'habitude, m'a joué un joli tour en oubliant de me préparer à ce que j'allais apprendre.

— Comment ça ? demanda Michael.

— Au sujet de l'étendue de la fortune de grand-père. J'ignorais, par exemple, qu'il possédait des pans entiers du quartier de Mayfair, à Londres. Dont la moitié de Park Lane, pour commencer.

— Qu'est-ce que ça signifie ? Donne-nous un ordre de grandeur, murmura George.

— Trois cent cinquante millions, répondit Paul.

Sa sœur laissa échapper un halètement de stupeur. Sa mère souriait doucement.

— Il m'est venu une idée, ajouta-t-il. Un moyen de faire bon usage de tout cet argent.

— Que proposes-tu ? demanda Michael.

— Après Sandhurst, j'ai servi un temps en Irlande. Puis dans le Golfe, avec les SAS. Les mauvais jours, mon épaule droite me fait encore souffrir. À cause de cette balle d'Armalite qui l'a transpercée... Toi, Michael, tu as fait Sandhurst, puis Harvard. George a passé un an en Irlande avec son bataillon, le One Para. Kate ne s'est pas encore lancée dans la carrière, mais je pense que nous pouvons compter sur elle.

— Tu ne nous a pas encore parlé de ton idée, le relança Michael.

— La voici. Il est temps que nous nous regroupions et que nous nous lancions tous ensemble dans les affaires. Pour devenir une force incontournable. Qui sommes-nous ? Des Dauncey, bien sûr — mais aussi des Rashid. Nous comptons parmi les familles les plus riches du Golfe. Or, qu'est-ce qui rend le Golfe attirant aux yeux du monde ? Le pétrole. Les Américains et les Russes, en particulier, fouillent activement toute la région depuis quelques mois, et essaient d'acheter des droits d'exploration. Mais pour avoir accès à tout ce pétrole, ils doivent d'abord s'assurer la bonne volonté et le soutien des Bédouins. Et pour arriver jusqu'aux Bédouins, ils doivent passer par nous !

— Et... qu'envisages-tu, au juste ? demanda George.

Leur mère rit.

— En termes de gains potentiels, j'ai ma petite idée.

— Nous t'écoutons, dit Paul.

— Deux milliards ?

— Trois, corrigea-t-il, et il sortit la bouteille de champagne du seau à glace. En livres sterling, bien sûr, pas en dollars. Après tout, je suis un Arabe très, très british !

Grâce à de judicieux investissements et au soutien des Bédouins, les Rashid lancèrent de nouvelles exploitations pétrolières dans le nord du Dhofar. L'argent commença à couler à flots — des sommes inimaginables. Les Américains et les Russes étaient bel et bien contraints de négocier avec eux, même si ce n'était pas de gaieté de cœur. De son côté, la famille contribua à aider l'Irak à remettre sur pied son industrie pétrolière.

En trois ans ils engrangèrent leur premier milliard, pour le second il ne leur en fallut que deux, et le troisième promettait d'être atteint sous peu. George et Michael partageaient le poste de Directeur Général. La jeune Kate Rashid, désormais diplômée de l'université d'Oxford, avait été nommée Présidente du directoire. Les hommes d'affaires qui ne voyaient en elle qu'une charmante jeune femme vêtue de tailleurs Armani et chaussée chez Manolo Blahnik apprenaient très vite à se départir de leurs préjugés.

Paul, quant à lui, préférait un rôle d'homme de l'ombre, agissant en coulisses. Il passait beaucoup de temps avec les Bédouins dans le Hazar, sa région, dont la capitale portait aussi le nom de Hazar. La tribu Rashid le considérait comme un grand guerrier, capable d'endurer de longues traversées en chameau dans le désert ; de vivre à la façon des Bédouins dans le Quartier Vide, protégé par des hommes de la tribu, sous la brûlure cuisante du soleil ; de se nourrir, comme eux, de dattes et de viande séchée.

Régulièrement, il venait accompagné de ses frères — ou de Kate, dont les manières et les tenues vestimentaires occidentales scandalisaient les Arabes. Cependant personne ne pouvait rien lui refuser, car Paul était devenu une légende vivante : il était plus puissant encore, disait-on, que le Sultan de Hazar, dont il était le cousin issu de germains. La rumeur courait même qu'un jour le Conseil des Aînés le proclamerait nouveau Sultan. Mais pour le moment, le Sultan en place était encore très respecté, d'autant qu'il bénéficiait du soutien des Hazar Scouts, un contingent de soldats arabes commandés par des officiers britanniques volontaires.

Puis, un soir, alors que Paul était assis près du feu à son campement de l'oasis de Shabwa, un hélicoptère Hawk descendit du ciel et se posa dans un nuage de sable.

Terrifiés par le rugissement du rotor, chameaux et mules s'éparpillèrent dans le camp. Les enfants poussèrent des cris ravis, les femmes les grondèrent. Michael, George et Kate sortirent de l'appareil, habillés à l'arabe. Paul se leva pour les accueillir.

— Que se passe-t-il ? Réunion de famille à l'improviste ?

— Nous avons un problème, répondit Kate.

Il prit sa main et l'entraîna auprès du feu, puis fit signe à l'une des femmes d'apporter du café.

Kate fit un signe à Michael.

— Annonce ta nouvelle, d'abord.

— Nous avons décroché notre troisième milliard.

— Enfin ! s'exclama Paul. Mais je serais plus heureux d'entendre cette bonne nouvelle s'il n'y en avait pas une mauvaise pour l'accompagner. Je t'écoute, Kate. Il me suffit de te regarder pour savoir s'il fait mauvais... Et là, je dirais qu'il pleut à verse.

— As-tu vu le Sultan, récemment ?

— Non, il est parti en pèlerinage aux Saints Puits.

— Aux Saints Puits ? Quelle blague ! En fait de pèlerinage, il avait rendez-vous à Dubaï avec des hommes d'affaires et des représentants des gouvernements américain et russe. Ils se sont mis d'accord pour de nouvelles explorations communes, dans le Hazar — en se passant de nous.

— Ils ne peuvent pas forer sans la coopération des Bédouins, objecta Paul. Et pour avoir les Bédouins, ils sont obligés de passer par nous.

— Paul, répliqua Kate d'une voix très calme. Ils peuvent le faire, et ils l'ont fait. Le Sultan nous a trahis. Tu sais à quel point les Américains et les Russes ont rechigné à traiter avec nous. Eh bien, ils ont trouvé le moyen de nous couper l'herbe sous le pied. Maintenant, ils ne vont pas se gêner pour nous marcher dessus — et piétiner les Bédouins dans la même foulée. Sans nous, ces fichus pétroliers iront forer où bon leur semble, et les Arabes n'auront qu'à aller se faire voir.

Paul se tourna vers Michael.

— Tu confirmes ?

— Oui. Ils vont violer le désert, Paul. Et nom de Dieu, nous ne pourrons rien pour les en empêcher !

Paul hocha la tête, songeur, et tisonna le feu.

— Ne parle pas trop vite, Michael. Il y a toujours des choses qui peuvent être faites... si on en a la volonté.

— Que veux-tu dire ? demanda George.

— Pas tout de suite, répondit Paul, puis il se tourna vers Kate. As-tu amené le Gulfstream à la base aérienne de Haman ?

— Oui.

Il l'attira contre lui et lui donna un baiser sur le front.

— Bonne nuit, dors bien. Nous reparlerons de tout ça demain.

Il salua ses frères, et ils se levèrent tous les quatre. C'est alors que l'incident se produisit. Un Bédouin surgit des ténèbres en poussant un cri. Une jambiya brandie au-dessus de sa tête, il se précipita vers eux — ou plutôt vers Kate, qui se trouvait devant lui. Les gardes du corps de Paul furent pris au dépourvu. Leurs AK-47 étaient posés à leurs pieds, ils tenaient chacun une tasse de café à la main : ils n'eurent pas le temps de réagir. Ce fut Paul Rashid qui se jeta sur sa sœur, la heurtant pour la faire tomber, et sortit un Browning de sa ceinture. Il tira quatre fois de suite : l'assassin s'écroula dans le sable.

De nouveau un cri perçant, et un deuxième homme, la jambiya brandie, jaillit de l'ombre. Mais cette fois, il fut intercepté sans difficulté par les gardes.

— Vivant ! cria Paul en arabe. Vivant !

Il se tourna vers George.

— Son identité, d'où il vient — interroge-le !

George courut jusqu'aux gardes, qui luttaient pour maîtriser l'agresseur. Paul aida Kate à se relever.

— Tu vas bien ? Tu n'es pas blessée ?

Elle l'étreignit et répondit en arabe :

— Non, grand frère. Grâce à toi.

— Laisse-moi régler cette affaire, dit-il en la serrant à son tour. Va te coucher.

Elle s'éloigna à contrecœur. Paul Rashid rejoignit son frère et le second Bédouin qui les avait attaqués. Ses hommes le maintenaient fermement au sol. Ses traits étaient tirés, sa peau livide. Ses pupilles n'étaient pas plus grosses que des têtes d'épingle, et une bave mousseuse barbouillait sa bouche.

— Un tueur à gages drogué au kat, dit George.

Paul Rashid alluma une cigarette, hochant la tête. Le kat était un narcotique tiré des feuilles de certains buissons qui poussaient dans le Hazar. Nombre de ses hommes y étaient accros. Cette drogue apportait à certains le courage qui leur manquait naturellement.

À cet assassin, cependant, elle n'apporterait que la mort.

— Fais ce que tu dois faire, dit-il à George.

Il retourna s'asseoir auprès du feu, où il but une nouvelle tasse de café. Kate reparut, et s'installa auprès de lui. Un râle de souffrance s'éleva dans les ténèbres, suivi d'un cri très bref, puis le silence revint. George et Michael les rejoignirent.

— Alors ? demanda Paul.

— Le Sultan avait organisé le coup pour plaire aux Américains et aux Russes. Ils ne pouvaient se permettre de nous laisser en vie.

— Quel dommage pour eux, murmura Paul Rashid, qu'ils aient échoué.

Pendant un petit moment, personne ne dit mot. Michael et George s'assirent autour du feu.

— Et maintenant, qu'allons-nous faire ? demanda George.

— D'abord, je crois qu'il est temps de désigner un nouveau Sultan. Tu es habitué à travailler avec notre peuple, dans le Hazar, répondit Paul. Charge-toi de cette tâche. Ensuite, nous devons aborder un problème bien plus vaste. Allons-nous les laisser détruire notre terre ? Allons-nous permettre qu'ils nous *attaquent* ainsi ? Non. Je crois que c'est à nous, maintenant, de les attaquer.

À cet instant, son téléphone portable sonna. Il le sortit de la poche de sa djellaba.

— Rashid.

Les flammes illuminaient son visage dont les traits s'affaissèrent brusquement. Ses yeux devinrent des puits glacials.

— Nous arrivons dès que possible, dit-il.

Il coupa la communication et tendit le téléphone à Kate.

— Appelle Haman. Qu'ils préparent le Gulfstream pour un décollage immédiat. Avec l'hélicoptère, nous y serons dans très peu de temps.

— Mais pourquoi, Paul ? Qu'est-il arrivé ? demanda Kate avec insistance.

— C'était Betty Moody. Maman a eu un terrible accident.

2

Un terrible accident, en effet. Alors qu'elle conduisait en direction de Dauncey Place, Lady Kate avait été heurtée de plein fouet par une voiture roulant du mauvais côté de la chaussée. Les enfants Rashid arrivèrent à l'hôpital dix minutes avant qu'elle ne rende l'âme. Ils eurent juste le temps, tous les quatre, de l'entourer en lui tenant une dernière fois les mains.

— Mes beaux garçons, dit-elle dans le mauvais arabe qui avait toujours fait rire la famille. Ma fille magnifique... Aimez-vous toujours les uns les autres.

Et elle expira.

Michael et George éclatèrent en sanglots. Kate, elle, étreignit la main de Paul tandis qu'elle se penchait pour poser un baiser sur le front de sa mère. Ses yeux brillaient, mais elle ne pleurait pas. Les larmes viendraient plus tard — lorsqu'elle aurait retrouvé le responsable de ce drame.

Quand le nom du chauffard leur fut révélé, hélas, ils découvrirent qu'ils ne pouvaient rien contre lui. Un inspecteur principal de la police du Hampshire leur confirma que cet homme, un certain Igor Gatov, était ivre et conduisait du mauvais côté de la route au moment de l'accident. Par miracle pour lui, il en avait réchappé avec quelques contusions sans gravité. Il se rendait à Londres après avoir quitté Knotsley Hall, une demeure proche de Dauncey qui appartenait à l'ambassade de Russie. C'était là qu'était le problème : attaché commercial à l'ambassade, cet homme était protégé par l'immunité diplomatique. La justice britannique n'avait aucun moyen de poursuivre l'assassin de leur mère.

Par respect pour la foi chrétienne de leur mère, ils l'inhumèrent dans le tombeau familial du cimetière de Dauncey, par un sale après-midi de mars. L'un des plus importants imams de Londres leur fit l'honneur d'assister aux obsèques. Les trois frères Rashid et la jeune Kate ne s'étaient jamais sentis aussi proches les uns des autres que lorsqu'ils se rassemblèrent autour du cercueil pour un ultime hommage.

Plus tard, pendant la réception donnée dans le grand salon de Dauncey Place, le général Charles Ferguson s'approcha de Paul Rashid et de sa sœur.

— C'est une terrible affaire, dit-il. Je suis vraiment désolé. Votre mère était une grande dame.

— Y a-t-il quelque chose que vous sachiez, général, observa Kate, et que vous ne nous disiez pas ?

— Téléphonez-moi. Prochainement, proposa-t-il en soutenant son regard.

Il s'éloigna.

— Paul ? fit-elle.

— Dès que nous en aurons terminé ici, nous irons lui rendre visite.

Deux jours plus tard, Paul et Kate Rashid se rendirent chez Charles Ferguson, à son appartement londonien de Cavendish Place. Ils furent accueillis à la porte par Kim, le serviteur gurkha du général.

Ferguson ne les reçut pas seul. Deux autres personnes se trouvaient avec lui dans le salon. L'un d'eux était un homme de petite taille, aux cheveux si blonds qu'ils paraissaient de neige.

— Lady Kate, je vous présente Sean Dillon, qui travaille pour mon service, dit le général, puis il désigna l'autre personne, une femme aux cheveux roux. Et voici Hannah Bernstein, commissaire à la Special Branch[1]. Lord Loch Dhu, qu'attendez-vous de moi ? Mais d'abord, puis-je vous offrir une coupe de champagne ?

— À ma sœur, peut-être. Quant à moi je préférerais un verre de ce whiskey irlandais, le Bushmills, que monsieur Dillon est en train de se servir.

— Vous êtes un homme de goût, dit Dillon. Les dames d'abord, si vous le permettez.

Il remplit deux coupes de champagne.

1. Service de contre-espionnage spécialisé dans la lutte contre le terrorisme. Les policiers de la Special Branch travaillent en étroite collaboration avec les services secrets (MI5 et MI6), pour lesquels ils procèdent aux arrestations des suspects. *(N.d.T.)*

— Vous avez fait vos études à Oxford, je crois ? dit Hannah Bernstein à Kate. Moi-même, j'étais à Cambridge.

— Personne n'est parfait, répondit Kate en souriant.

— J'ai servi en Irlande, intervint Paul. Avec les Grenadier Guards et les SAS. J'y ai souvent entendu parler d'un certain Sean Dillon.

— Dans ce cas, tout ce qu'on vous a raconté sur lui est sans doute vrai, précisa Hannah Bernstein.

Rashid ne sut décoder le ton, lourd de sous-entendus, sur lequel elle avait parlé.

— Ne l'écoutez pas, intervint Dillon. Cette chère Hannah me considérera toujours comme un gangster. Mais nous, commandant Rashid, comme tous les soldats à travers le monde, nous savons que nous sommes les hommes qui plongent les mains dans le cambouis quand les populations s'y refusent. Le clou du spectacle, c'est nous !

Il se tourna vers Kate.

— Ne trouvez-vous pas que nous sommes le clou du spectacle ? ajouta-t-il avec un large sourire.

— Absolument, répondit-elle, non sans humour.

— Bien, dit Paul Rashid. Igor Gatov, un attaché commercial de l'ambassade de Russie, a tué ma mère parce qu'il roulait du mauvais côté de la route. Il était ivre. D'après la police il est protégé par l'immunité diplomatique.

— Hélas, oui, répondit Ferguson.

— Est-il reparti à Moscou ?

— Non. Ici, il est très utile.

— Utile ?

— Certains responsables des services secrets ne me remercieraient pas de vous raconter tout cela. Mais ce ne sont pas mes meilleurs amis, alors... Expliquez-lui, commissaire.

— Jusqu'à quel point ? demanda-t-elle.

— Raconte tout, intervint Dillon. Ce salopard de Russkoff a tué une grande dame, et il en sort blanchi !

Il se servit un nouveau Bushmills, leva son verre à l'attention de Kate, puis se tourna vers Paul Rashid.

— Gatov est un chien bâtard, dit-il en excellent arabe. Si la commissaire hésite à l'accabler, ne lui en tenez pas rigueur. C'est une femme d'une grande sensibilité. Son grand-père est rabbin.

— Et mon père était Cheik, dit Paul Rashid à Hannah — en hébreu. Peut-être avons-nous de nombreux points communs.

L'étonnement se peignit sur le visage de Hannah.

— Je ne sais trop quoi vous répondre, dit-elle dans la même langue.

— Moi, je sais, intervint de nouveau Dillon, repassant à l'anglais. Il n'y a pas que l'ambassade russe qui protège Gatov. Il y a aussi ses connexions américaines.

Il y eut un silence.

— De quoi s'agit-il, au juste ? demanda Paul Rashid.

— Comme vous ne l'ignorez pas, répondit Hannah, les Américains et les Russes sont en farouche compétition dans le sud de la péninsule Arabique. Mais au besoin, ils sont prêts à collaborer.

— Je sais tout cela, mais quel rapport avec le décès de ma mère ?

Ce fut encore Dillon qui répondit, et en arabe.

— Ce fumier est un agent double. Il a déjà travaillé pour les

Américains, pour arrondir ses fins de mois. Il n'y a pas que les Russes qui veuillent lui éviter un procès. Les Yankees aussi. Il est trop important.

— Trop important pour quoi ? Pour qui ?

— Les Américains et les Russes sont en train de concocter un accord pétrolier, expliqua Ferguson. Et c'est Gatov qui a négocié pour eux. Il est le pivot de l'affaire. Dans cette partie de l'Arabie, il y a des milliards à gagner.

— Tout juste, renchérit Dillon. *Arabia Felix*. L'Arabie heureuse. Voilà comment on appelait cette partie du monde, autrefois.

— Donc, dit Kate Rashid qui écoutait la conversation avec attention, il s'agit d'une affaire de gros sous ?

— À mon avis, oui, répondit Dillon.

— Et pour faciliter leurs manigances, les Américains et les Russes sont prêts à considérer la mort de ma mère comme un simple inconvénient ?

— Un grave inconvénient, tout de même.

Kate jeta un regard à son frère, qui hocha la tête.

— Il y a quelques jours, déclara-t-elle, un incident curieux s'est produit à l'oasis de Shabwa. Êtes-vous au courant, général, que le Sultan de Hazar s'est allié non seulement avec l'un des grands pétroliers américains, mais aussi avec une compagnie russe ?

— Non, vous me l'apprenez, répondit Ferguson en fronçant les sourcils.

— Deux tueurs ont essayé d'assassiner mon frère le soir même où nous avons appris l'accident de notre mère, poursuivit Kate. L'un d'eux a aussi tenté de m'éliminer. Mon frère m'a sauvé la vie, et a tué cet homme.

— L'important, ajouta Paul Rashid, c'est que nous savons de la bouche du deuxième homme que c'est le Sultan lui-même qui avait commandité cet attentat. Pour complaire aux Américains et aux Russes.

Ferguson hocha la tête.

— Il vous a dit tout ce qu'il savait ?

— Sans aucun doute, intervint Dillon.

— Considérez-vous, en ce cas, demanda le général, que la mort de votre mère n'est pas un hasard ?

— Non, répondit Paul. Nous avons examiné les circonstances de l'accident avec la police du Hampshire, et je ne vois pas ce que ces chiens auraient pu gagner à assassiner ma mère. Mais ce qui me paraît clair, c'est qu'ils n'accordent guère de prix à la vie humaine. Or, j'ai bien l'intention de leur faire payer très cher celle dont ils nous ont privés.

Il se leva et serra la main de Ferguson.

— Mon général, je vous remercie de toutes ces informations, dit-il, puis il se tourna vers Dillon. Quand j'étais avec les Guards, dans l'Armagh sud, un homme politique, un Loyaliste, m'a raconté un jour que Wyatt Earp pouvait s'attribuer la mort de vingt hommes, mais que Sean Dillon avait depuis longtemps perdu le compte de ses victimes.

— C'est légèrement exagéré, répondit l'Irlandais. Me semble-t-il.

Rashid salua Hannah Bernstein, puis tourna les talons pour suivre Kim, le domestique. Kate tendit la main à Dillon.

— Vous êtes un homme très intéressant.

— Vous me flattez, belle dame !

Dillon lui baisa la main, avant d'ajouter :

— Et votre visage vaut qu'on rende grâce à Dieu.

— C'est ma sœur, monsieur Dillon, intervint Paul.

— Comment pourrais-je l'oublier ?

Les Rashid sortirent. Ferguson ouvrait la bouche pour parler, lorsque le téléphone sonna. Il décrocha, écouta son interlocuteur, puis reposa le combiné, l'air grave.

— On m'apprend que le Sultan de Hazar vient d'être assassiné. Une remarquable coïncidence, n'est-ce pas ?

Dillon alluma une cigarette.

— Remarquable, en effet, acquiesça-t-il, puis il expira un nuage de fumée. Je peux vous dire une chose : je suis désolé pour Igor Gatov.

Ce soir-là une réception eut lieu au Dorchester. Un raout de politiciens, auquel le premier ministre devait assister. Ferguson, Bernstein et Dillon furent réquisitionnés pour assurer sa sécurité, ce qui ne manqua pas de les faire rouspéter tous les trois.

Dillon et la commissaire entrèrent dans l'hôtel par la porte de Park Lane, firent le tour de la salle de bal, et vérifièrent que toutes les dispositions nécessaires avaient été prises. Satisfaits, ils rejoignirent Ferguson qui les attendait devant le bar. C'est alors qu'ils aperçurent Lord Loch Dhu et sa sœur.

— Plus moyen de les éviter, dit Ferguson. Hannah et moi, nous nous chargeons des procédures de sécurité. Dillon, voyez si vous pouvez leur tirer un peu plus les vers du nez.

Kate et Paul Rashid se tenaient à l'extrémité du bar, observant la foule.

— Quelle coïncidence ! s'exclama Dillon.

— Je ne crois pas aux coïncidences, répondit Paul Rashid. Vous, si ?

— C'est drôle que vous disiez ça. Comme vous, je suis plutôt du genre cynique. Mais aujourd'hui...

Un jeune homme s'avança à cet instant et l'interrompit :

— Monsieur le Comte, le premier ministre désire vous parler.

— Je regrette, monsieur Dillon. Notre conversation reprendra plus tard. Cependant, je vous serais reconnaissant de prendre soin de ma sœur.

— J'en serais très honoré, répondit l'Irlandais.

Rashid s'éloigna. Kate se tourna vers Dillon.

— Bien. Puisque vous devez « prendre soin » de moi, que diriez-vous de trinquer ?

Dillon se tournait pour saisir deux coupes de champagne sur le plateau d'un serveur, lorsqu'un homme très corpulent, au visage rubicond, s'approcha et enlaça la jeune femme par les épaules.

— Kate, ma toute belle ! s'exclama-t-il d'une voix tonitruante.

Comprenant qu'il n'aurait aucune chance de lui parler maintenant, Dillon décida de s'éclipser — non sans se débrouiller pour écraser le pied de l'importun bonhomme.

— Attention, malotru !

— Mille excuses, répondit Dillon avec un sourire mielleux, puis il s'inclina devant Kate. Je serai au Piano Bar.

Il traversa le Dorchester. Le Piano Bar, en ce tout début de soirée, était presque vide. Guiliano, le directeur, l'accueillit avec chaleur. Ils se connaissaient depuis longtemps.

— Champagne, mon vieil ami ?

— Pourquoi pas ? répondit Dillon. Et toi, que dirais-tu d'un peu de musique ? Je vais m'installer au piano en attendant l'arrivée de ton musicien.

Il soignait une mélodie de Gershwin lorsque Kate Rashid le rejoignit.

— Vous êtes un homme aux multiples talents, à ce que je vois.

— On fait de son mieux, ma bonne dame, mais c'est rien que du bastringue ! Qu'est devenu le gentilhomme rondouillard ?

— Le gentilhomme — quoiqu'il ne mérite guère ce titre — s'appelle Lord Gravely. C'est un pair du royaume qui squatte la Chambre des Lords et ne s'y rend guère utile.

— Je doute que votre frère approuve l'empressement qu'il manifeste à votre égard.

— C'est un euphémisme. Était-il absolument nécessaire que vous lui marchiez sur le pied ?

— Absolument.

— Tant mieux. Ce bonhomme est un porc. Il ne cesse de m'agripper, de me tripoter... Il s'acharne, malgré mes refus. Il mérite d'avoir les deux pieds pilonnés — pour ne citer qu'eux.

Elle prit la flûte à champagne de Dillon, et la vida.

— Enfin ! Je suis venue vous remercier. Mais je dois partir : le chauffeur passe me prendre à sept heures.

Se résignant à voir leur conversation avorter une fois de plus, Dillon sourit.

— Tout le plaisir a été pour moi.

Elle s'éloigna. Parvenu à la fin de son morceau, il décida de la suivre. Il n'aurait su expliquer pourquoi, mais il avait le sentiment qu'ils n'en resteraient pas là ce soir.

Il gagna la porte principale, rejoignit Park Lane. Il y avait là plusieurs limousines qui attendaient les personnalités présentes à la réception. Lady Kate se tenait au bord du trottoir, un châle autour des épaules. Tout à coup, Lord Gravely reparut derrière elle. Il l'entoura de ses bras et la serra contre son torse, lui murmurant quelque chose à l'oreille. Elle se débattit. La suite ne prit qu'un instant : la Daimler des Rashid vint s'arrêter le long du trottoir, et tandis que Paul, assis à l'arrière, ouvrait la portière, Dillon fondait sur Gravely et lui plantait ses deux poings dans les reins. Le pair du royaume poussa un cri et lâcha Kate, que son frère entraîna dans la voiture. Gravely se tourna avec fureur vers Dillon, mais celui-ci se déporta de côté et lui donna un violent coup de coude dans la mâchoire. Sa Seigneurie s'écroula sur le trottoir.

Tandis que la Daimler démarrait, Paul Rashid se tourna pour regarder par la lunette arrière. Dillon s'éloignait en se fondant dans la foule. Un policier s'approchait de Gravely.

— Un homme remarquable, ce Dillon. Je lui revaudrai ça. Est-ce que ça va ?

— Très bien, grand frère. Mais c'est moi qui ai une dette envers lui.

— Il te plaît ?

— Beaucoup.

— Je vais mener une enquête approfondie sur ce type.

— Non, Paul. Je m'en chargerai moi-même.

Le lendemain matin, après un rendez-vous chez leurs avocats, Paul et Kate prirent la route de Dauncey Place. Leurs frères, qu'ils avaient prévenus par téléphone, les y attendaient. George avait donné des photographies de Gatov à Betty Moody, laquelle s'était chargée de les montrer aux gens du coin.

Quand Paul passa au pub, dans la soirée, elle lui servit son habituelle coupe de champagne, puis se pencha pour lui parler à voix basse.

— Il est au village. Arrivé à midi avec un groupe de l'ambassade russe.

— Bien.

Il sirota le champagne avec plaisir.

— Que vas-tu faire ? demanda-t-elle.

— L'exécuter, Betty.

Elle laissa échapper un halètement de stupeur. Il sourit et vida sa coupe.

Plus tard, il réunit ses frères dans le grand salon de Dauncey Place. Betty se trouvait là, elle aussi ; elle arrivait du pub avec des informations de dernière minute, recueillies par les villageois employés à Knotsley Hall : Gatov partait à vingt-trois heures, en voiture, pour regagner Londres.

Paul expliqua à George et à Michael ce qu'il avait l'intention de faire. Il avait exclu Kate de la discussion en lui ordonnant de rester dans sa chambre.

— Je ne veux pas qu'elle soit mêlée à cette histoire, dit-il. C'est un travail d'hommes.

Il ignorait que Kate se trouvait au-dessus de leur tête, dans la galerie qui bordait le pourtour du salon. Furieuse, elle s'apprêtait à se pencher par-dessus la rambarde pour haranguer son frère, lorsque Betty apparut dans son dos.

— Surveille tes manières, ma fille, murmura-t-elle en posant une main ferme sur son épaule. Tes frères vont risquer leur vie pour venger ta mère. Ils n'ont pas besoin que tu leur compliques la tâche.

Lady Kate Rashid se fit alors docile comme une enfant — et suivit au mot les conseils de Betty.

Dans la nuit, Igor Gatov emprunta la petite route de campagne qui devait le ramener à Londres. À la sortie d'un virage serré, il découvrit une camionnette renversée dans le fossé — son conducteur gisant en travers de la chaussée. Il descendit de sa BMW, s'avança jusqu'au blessé et s'accroupit auprès de lui. C'était Paul Rashid, qui le frappa violemment au niveau de la trachée.

Les frères Rashid avaient revêtu les combinaisons noires des soldats des Forces Spéciales. Michael et Paul portèrent Gatov, presque inconscient, jusqu'à la BMW, où ils l'installèrent derrière le volant.

George monta dans la camionnette et la sortit du fossé en marche arrière. Paul ouvrit la bouteille qu'il avait glissée dans la poche de sa combinaison.

— Le feu purifie, comme nous l'enseigne le Coran, dit-il en aspergeant Gatov d'essence.

Puis il démarra le moteur de la voiture, libéra le frein à main.

— C'est une piètre compensation pour la mort de notre mère, mais c'est mieux que rien.

Il alluma son briquet. Au contact de la flamme, la veste imbibée d'essence de Gatov s'embrasa immédiatement. George et Michael poussèrent la BMW sur la route. Elle dévala la pente et heurta le pilier d'un vieux pont en pierre, où elle explosa.

Le lendemain matin, au ministère de la Défense, Hannah Bernstein entra dans le bureau de Ferguson avec un document étonnant.

— Mon Dieu, dit le général. De nouveau, une remarquable coïncidence...

Sean Dillon, adossé au chambranle de la porte, alluma une cigarette.

— La question, maintenant, est de savoir quelle sera la prochaine.

Assis dans le salon de la maison que la famille possédait dans South Audley Street, à Londres, Paul Rashid s'entretenait avec ses frères et sœur.

— Gatov est mort. Le Sultan est mort. Ces exécutions étaient nécessaires, et justes. Mais elles ne suffisent pas.

— Que veux-tu dire ? demanda Michael.

— On ne peut pas se contenter d'avoir éliminé ces deux hommes. Leur disparition sera vite digérée, et les grandes puissances continueront de fanfaronner avec arrogance d'un bout à l'autre du monde, comme si rien ne s'était passé. L'Amérique et la Russie, les deux Grands Satan, ont attaqué la culture arabe, piétiné les Bédouins, ils ont pillé l'Arabie et le Hazar, en prenant pour eux ce qui appartient à ses habitants — et à *nous*, les Rashid. Nous devons leur donner une leçon qu'ils n'oublieront jamais.

— À quoi penses-tu ? relança George.

— D'abord, Kate. Je veux que tu contactes l'Armée d'Allah, l'Épée de Dieu, le Hezbollah — tous nos amis. Je veux qu'ils se mettent à hurler contre les USA et la Russie, qui volent ses richesses à l'Arabie. Je veux qu'ils sèment la pagaille, partout où ce sera possible, et aussi souvent qu'ils le pourront.

— Ensuite ? dit Michael.

— Ensuite nous assassinerons le président des États-Unis.

Un silence stupéfait tomba sur la pièce.

— Mais pourquoi, Paul ? murmura Michael.

— Gatov n'était qu'un valet. Le Sultan n'était qu'un pion. Ça ne sert à rien de tuer ces petits poissons. Si nous ne tapons pas du poing sur la table — et de toutes nos forces —, les grandes puissances ne comprendront jamais. Elles ne nous ficheront jamais la paix. Correctement orchestré, l'assassinat du président Jake Cazalet fera comprendre au monde, une fois pour toutes, que l'Arabie appartient aux Arabes. Cazalet va payer les pots cassés, comme on dit. Certes, nous pourrions aussi tuer le président russe — il est tout aussi coupable —, mais la mort de Cazalet aura un bien meilleur impact.

De nouveau, le silence s'étira entre eux.

— Tu es sérieux ? hasarda Michael.

— Oui, mon frère. Jamais je n'ai été aussi sérieux. Il est temps de nous faire entendre.

Paul soutint le regard de Michael.

— Je veux le faire pour les Bédouins, dit-il, et il tourna les yeux vers George. Pour le Hazar...

Il fixa enfin Kate. Ils se dévisagèrent, sans ciller, pendant de longues secondes.

— Pour notre mère, ajouta enfin Paul dans un soupir rauque

Au bout d'un moment, sa sœur demanda :

— Mais qui se chargera de... cette affaire ?

— Un mercenaire. Maintenant que le processus de paix est engagé en Irlande du Nord, de nombreux tueurs de l'IRA se tournent les pouces.

Il sortit une enveloppe de sa poche, la lui tendit.

— Cet homme, un certain Aidan Bell, a d'excellentes recommandations. Tu le trouveras dans le comté de Down. Dernièrement, paraît-il, il a abattu un général russe et tout son état-major, pour le compte des Tchétchènes. C'est un homme qui aime prendre des risques. Va lui rendre visite, Kate. George t'accompagnera. Notre frère a servi dans l'armée en Irlande, et il connaît les ficelles de ce pays.

Il n'y avait plus à hésiter. La décision était prise.

— Entendu, grand frère.

— Une dernière chose, dit Paul en allumant une cigarette. Sean Dillon te plaît ?

— Je te l'ai déjà dit.

— Rends-lui visite. Arrange-toi pour le rencontrer comme par hasard. Invente une histoire quelconque... et essaie de découvrir ce qu'il sait au sujet d'Aidan Bell.

Elle sourit.

— Avec grand plaisir.

— Hmm, fit-il en souriant à son tour. Pas trop de plaisir, tout de même.

Londres
Comté de Down, Irlande du Nord

3

Kate Rashid examina avec soin les informations que son frère lui avait fournies. C'était un bon dossier, complet et détaillé. Aidan Bell, qui frisait la cinquantaine, était membre de l'IRA depuis l'âge de vingt ans. De toute sa carrière d'activiste, il n'avait jamais passé un seul jour en prison. Pendant des années il avait appartenu à l'Armée Nationale de Libération irlandaise, une organisation très extrémiste. Il avait souvent été à couteaux tirés avec l'IRA Provisoire, mais il comptait à son actif, au nom de la Cause, plusieurs opérations très importantes.

Le plus intéressant, du point de vue de Kate, était qu'au fil des ans il avait plusieurs fois travaillé comme mercenaire pour divers mouvements révolutionnaires étrangers, qui le payaient rubis sur l'ongle.

Pour plus d'efficacité, Kate décida de recourir aux services de Frank Kelly, le chef de la sécurité de Rashid Investments — un ex-para en qui elle avait entière confiance. Pas au point, cependant, de lui révéler tous les détails de l'opération. Pour commencer, elle le chargea de lui organiser une rencontre « fortuite » avec Dillon.

Kelly s'acquitta de sa mission le lundi soir suivant. Il l'appela à la maison de South Audley Street, qui ne se trouvait qu'à cinq minutes du Dorchester.

— Dillon vient d'arriver au Piano Bar. Il est habillé comme pour un repas de gala. Costume bleu marine et cravate des Guards.

— Les Grenadier ? Mais il n'a jamais servi dans ce régiment !

— C'est de la provoc', madame, si je peux me permettre. J'ai été longtemps en Irlande, avec le One Para. Je connais le bonhomme.

— Je ne savais pas que vous aviez servi dans le One Para, Kelly, s'étonna-t-elle. Connaissiez-vous mon frère George, à l'époque ?

— Oui, madame, sauf que nous n'étions pas dans la même sphère. Il était sous-lieutenant, quand moi je n'étais que simple sergent.

— Bien. Avez-vous une voiture ?

— Une des Mercho de la société.

— Venez ici. Vous m'accompagnerez au Dorchester, et vous m'attendrez. Ne m'envoyez pas un chauffeur. C'est vous que je veux, Kelly, et personne d'autre.

— Lady Kate, je n'imaginerais même pas confier ce job à un de mes gars.

Il passa la chercher quelques minutes plus tard. Toujours très bien habillé, Kelly était un homme de petite taille, au visage à la fois avenant et sévère, et aux cheveux coupés en brosse — une habitude de la vie militaire qu'il n'avait jamais perdue. Il déposa Kate au Dorchester et se gara sur l'une des places réservées aux voitures de grande remise.

Vêtue d'un élégant tailleur-pantalon, elle franchit les portes à tambour de l'hôtel et se dirigea vers le bar. Assis au piano, Dillon assurait l'ambiance musicale.

Guiliano vint à sa rencontre.

— Lady Kate, quel plaisir ! Votre table habituelle ?

— Non. La table à gauche du piano. Je veux parler au musicien.

— Ah... Monsieur Dillon. Il joue bien, n'est-ce pas ? Il s'assied au clavier de temps en temps, avant l'arrivée de notre musicien régulier. Dieu seul sait ce qu'il fait le reste du temps. Vous le connaissez ?

— Plus ou moins.

Il l'accompagna à sa table. Elle salua Dillon d'un signe de tête, commanda une coupe de champagne, puis s'assit en sortant son téléphone portable pour appeler son frère George, dont l'appartement n'était pas loin du Dorchester.

— Je suis au Piano Bar, chuchota-t-elle. Dillon est ici, Frank Kelly m'attend dehors. Contacte-le sur son mobile, dis-lui de passer te prendre. J'ai besoin de toi.

— Entendu. À tout de suite.

Dillon jouait décidément très bien de son instrument. Il interprétait de vieux standards de jazz, exactement le genre qu'elle aimait. Une cigarette pendouillait à la commissure de ses lèvres.

En lui adressant un sourire un peu contraint, il entama la mélodie de « Our Love Is Here to Stay ». Quand il eut terminé, le pianiste du bar fit son apparition. Dillon lui céda le tabouret.

— Quelle aubaine, dit-il en s'approchant d'elle. Plaisir inattendu, et total, que de vous rencontrer ici !

— Vous savez parler aux femmes, monsieur Dillon.

— Peut-être parce que, contrairement à vous, je n'ai pas fait mes études à Oxford. J'ai dû me contenter de l'Académie Royale d'Art dramatique.

— Vous avez été acteur ?

— Oh, arrêtez votre char, Lady Kate ! Ne faites pas l'innocente. Vous savez sûrement tout de mon passé.

Elle sourit.

— Autrefois, dit-elle à Guiliano qui s'approchait de leur table, monsieur Dillon avait une nette préférence pour le Krug. Désormais il jette son dévolu sur le Louis Roederer Cristal. Nous en prendrons une bouteille.

Dillon sortit un étui à cigarettes en argent de sa poche. Comme il l'ouvrait, elle le lui prit des mains.

— Vous pourriez avoir l'élégance de me demander si la fumée ne me gêne pas.

Elle examina l'étui, puis y prit une cigarette pour elle-même.

— Art déco. Vous êtes un homme de goût. Ou bien est-ce un souvenir de votre époque sur la scène du Théâtre National ?

— Vous êtes très bien informée.

Il actionna son Zippo pour lui donner du feu, tandis qu'un serveur apportait le champagne.

— Vous savez, dit-il en allumant sa propre cigarette. Il y a les coïncidences — cette rencontre, par exemple. Et puis il y a Carl Jung...

— Le synchronisme, vous voulez dire ? Les coïncidences provoquées par certaines motivations, très profondes ?

— De quoi s'agit-il, en l'occurrence ? demanda-t-il en levant son verre pour trinquer avec elle.

À cet instant, George entra dans le bar et se joignit à eux, suivi de Frank Kelly.

— Ah, fit Kate, voici les deux flibustiers du One Para. Dillon, ce monsieur est mon frère George.

Mais c'était à Kelly que l'Irlandais s'intéressait.

— À ta place, mon garçon, je ne porterais pas un holster d'épaule. Avec ça, trop difficile de larguer ton arme en cas de pépin. Il vaut mieux l'avoir dans la poche. Et ne me dis pas va te faire voir, ou je te réponds va te faire voir.

Kelly sourit.

— Asseyez-vous à la table voisine, Frank, suggéra Kate. Vous pourrez suivre notre conversation.

L'homme sourit de nouveau à l'attention de Dillon.

— Oui, madame. Comme un bon chien, j'obéis toujours.

— Ah ! fit Dillon en éclatant de rire. Ce chien-là me plaît. A-t-il le droit de prendre un verre avec nous ?

— Pas quand je suis en service, dit Kelly. À propos, moi aussi je suis du comté de Down. Comme toi, salopard de l'IRA.

— Nous savons donc à quoi nous en tenir. Allons... Commande un Bushmills, assieds-toi, et écoutons ce que la dame veut nous dire.

L'histoire concoctée par Kate était très convaincante.

— Voilà de quoi il s'agit, Dillon : nous, c'est-à-dire Rashid

Investments, avons l'intention de nous engager massivement en Ulster. Le processus de paix nous le permet. Le hic, c'est que nous rencontrons certains obstacles, si vous voyez ce que je veux dire. Nos investissements signifieraient de nombreuses embauches dans la région, mais ça ne plaît pas à tout le monde.

— Et alors ?

— Eh bien, nous avons besoin de... de protection, comme vous diriez vous-même. Nous avons besoin de gens capables de nous aider.

— À qui pensez-vous ?

Elle fit signe au serveur, et attendit qu'il l'ait resservie en champagne avant de reprendre :

— Connaissez-vous un certain Aidan Bell ?

Dillon explosa de rire.

— Seigneur Jésus ! Si vous saviez, ma jolie ! Il a essayé de me tuer plus d'une fois. Notre cher Aidan était très copain avec certaines organisations extrémistes affiliées à l'IRA. Des groupes qui constituaient la frange la plus à droite du mouvement.

— J'ai entendu dire qu'il était peut-être responsable de la mort de Lord Mountbatten.

— Moi aussi, à ce qu'il paraît.

— Et on raconte que vous avez orchestré l'attaque au mortier contre le 10 Downing Street, en février 1991.

— Mais on ne l'a jamais prouvé, répliqua Dillon, sourire aux lèvres. Cependant, si nous avions toute la soirée pour en parler...

— OK, l'interrompit-elle. Vous êtes un vilain garçon, d'accord, mais moi j'ai besoin d'entrer en contact avec Aidan Bell pour voir s'il peut travailler pour moi. Et pour ça, il me faut votre... protection, si le mot vous convient. Il vit à Drumcree, dans le comté de Down.

— Je connais bien le coin, puisque je suis originaire du Down. Mais ça, vous le savez déjà.

— Nous sommes censés nous rencontrer jeudi. George m'accompagnera, précisa Kate, puis elle se tourna vers Kelly. Puis-je aussi compter sur vous ?

— Bien entendu, madame.

— Tu es un type bien, toi ! dit Dillon à l'ancien para, et il regarda de nouveau Kate. Vous espérez donc que je vais vous chaperonner ? Mais ma chère, je travaille pour Ferguson.

— Vous lui expliquerez de quoi il s'agit. Ce n'est pas une mission d'espionnage. J'ai besoin d'un auxiliaire, voilà tout, et dans ce fichu coin d'Irlande vous êtes le meilleur. Qu'est-ce qui vous embarrasse ? Ferguson ne vous autorise donc jamais à bosser en free lance ?

— J'en parle très vite à ce bon général de brigade, et je vous tiens au courant.

À l'appartement de Ferguson, plus tard dans la soirée, Dillon relata sa rencontre avec Kate Rashid. Hannah Bernstein se trouvait là, elle aussi. Quand il eut terminé, le général resta songeur quelques instants, puis se tourna vers son adjointe.

— Qu'en pensez-vous ?

— Apparemment, ça tient debout. Nous savons qu'en ce moment les Rashid investissent résolument en Ulster. Leur histoire est donc très convaincante. *Trop* convaincante, peut-être...

Ferguson regarda Dillon, qui sourit.

— J'adore l'intuition des femmes flics. Elle a raison.

— Je le pense aussi, acquiesça le général. Ils cachent quelque chose. Vous les accompagnez, Sean, et vous essayez de découvrir de quoi il s'agit.

— J'adore, aussi, quand vous vous mettez à m'appeler Sean, susurra Dillon, puis il se leva. Entendu, j'y vais. D'autant que de notre côté le calme règne. Ça m'occupera.

— Et comme toujours, ajouta Ferguson, nous restons en contact les uns avec les autres.

Le Gulfstream décolla de Northolt, une base de la RAF très appréciée des propriétaires de jets privés puisqu'elle leur permettait d'éviter l'aéroport de Heathrow, surpeuplé, et la congestion de son espace aérien. À bord, outre les deux pilotes, il y avait Kate, Dillon — qui arriva le dernier sur le tarmac —, George Rashid et Kelly.

Quand ils eurent décollé, l'Irlandais ouvrit le bar et y dénicha une bouteille de Bushmills.

— Nous ne savons toujours pas comment nous allons nous y prendre, observa Kate.

— C'est assez simple. Aidan Bell vous attend demain à Drumcree, en milieu de journée, pour que vous lui exposiez vos projets. Nous, nous atterrirons tout à l'heure à Aldergrove. Et là j'ai tout prévu. Nous irons en voiture jusqu'à un petit village portuaire qui s'appelle Magee, puis nous gagnerons Drumcree par la mer pendant la nuit. Vous serez chez Bell dès demain matin.

Un court silence, puis Kate demanda :

— Vous êtes sûr que ça se passera bien ?

— Je nous ai réservé un joli petit bateau, l'*Aran*. Je pourrais le manœuvrer seul mais, avec ces deux messieurs comme matelots, ce sera encore plus facile. Ce vieil Aidan sera plutôt désarçonné de vous voir arriver par la mer. Il ne peut absolument pas s'y attendre. Ensuite... une brillante fille comme vous saura agir en conséquence. Enfin, je suppose ?

— Saligaud, dit-elle. Pourquoi donnez-vous cette image de vous-même, Dillon ?

— Parce que c'est ce que je suis.

— Hmm... Mais dans cette affaire le saligaud est dans mon camp, j'espère ?

Elle posait la question davantage par jeu que par réelle inquiétude. De toute façon, seul l'intéressait le programme qu'elle avait en tête, et qu'elle entendait mener à bien.

Après un vol sans histoire, ils montèrent en voiture pour se rendre par la côte jusqu'à Magee, un petit village ensommeillé qui vivait essentiellement de la pêche. L'*Aran* était amarré à l'embarcadère. C'était un bateau d'une douzaine de mètres, d'aspect minable, comme l'avait annoncé Dillon — mais par la volonté de Ferguson il possédait une double hélice et un moteur capable de soutenir les missions les plus exigeantes. L'Irlandais précisa qu'ils attendraient minuit pour appareiller.

Ils dînèrent très simplement, d'œufs au plat accompagnés de spaghettis bolognaise en conserve, le tout arrosé d'un vin blanc si bon marché que la bouteille se fermait avec une capsule métallique à vis.

— Nous partons bientôt, dit enfin Dillon. Le temps n'est pas trop mauvais. Vent de force six ou sept. Moteur à mi-régime la majeure partie du voyage.

Il fit un signe à George et à Kelly.

— Vous deux, vous larguerez les amarres. Ensuite je vous suggère d'aller dormir. On ne sait pas comment ça se passera, demain.

— Et vous ? demanda Kate.

— Moi, je me débrouille.

— Je vous signale que j'ai mon permis bateau. Et une longue expérience en la matière.

— Tant mieux. En cas de coup dur, vous pourrez m'aider.

L'*Aran* prit la mer contre la marée montante. La visibilité était mauvaise ; une pluie drue tombait du ciel. Kate resta avec Dillon dans la timonerie. Seule la petite lampe de la table à cartes était allumée.

— Il va y avoir de grosses averses, et peut-être du brouillard au lever du jour, dit Dillon. Est-ce que ça va ? Dans le tiroir, là, vous avez des comprimés contre le mal de mer.

— Je vous ai déjà dit que j'ai le pied marin. Je vais préparer du thé, et quelques sandwichs.

Un moment plus tard, Dillon huma une délicieuse odeur de bacon frit. Kate reparut à la porte de la timonerie avec une thermos de thé et trois sandwichs.

— Deux pour vous, un pour moi.

— Vous, à moitié bédouine, vous mangez du bacon ?

— L'islam, mon cher, est un merveilleux guide moral.

— Et qu'en pensent les chrétiens du douzième siècle qui ont donné naissance à la prestigieuse famille Dauncey ?

— Oh, c'étaient des gens qui avaient la vie dure, et par bien des aspects leurs valeurs ressemblent à celles des musulmans. Vous savez, Dillon, je suis à moitié bédouine, c'est vrai, mais je suis aussi très fière de mes racines Dauncey. Nos ancêtres étaient des gens formidables.

Dillon avala la dernière bouchée de son deuxième sandwich.

— Votre situation est assez inhabituelle, je m'en rends bien compte. Je n'en dirais pas autant de l'aristocratie en général, Kate, mais vous me plaisez. Que deviennent George et Kelly ?

— Tout à l'heure, je les ai vus se préparer à dormir.

— Parfait. Je vais les imiter. Puisque vous vous vantez de vos talents de marin, je vous confie la barre.

Quand il revint dans la timonerie quatre heures plus tard, le bateau tanguait fort. Après avoir roupillé sur une banquette de la cabine, il s'était réveillé lentement, puis il était sorti cinq minutes sur le pont pour s'aérer la tête. Kate barrait d'une main ferme. Il pleuvait toujours à verse. L'aube jetait une lumière grise et terne sur la côte du Down qu'ils apercevaient quelques kilomètres devant eux.

— Vous êtes un mec bien, Kate. Je prends le relais, dit-il en l'invitant d'un geste à se déporter sur le côté. Ça va ?

— Très bien. Il y avait des années que je ne m'étais autant amusée. Je vais préparer du thé. D'autres sandwichs vous feraient-ils plaisir ?

— Posez la question à nos matelots. Je pense que nous accosterons à Drumcree d'ici une heure. Je suis souvent passé par là-bas, à la vieille époque. Il y a un pub, qui s'appelle le Royal George. Mais le nom est trompeur. C'est un repaire de Républicains. Nous irons directement là-bas, et demanderons à voir Bell.

— Pour le prendre par surprise, c'est ça la tactique ?

— À peu près, oui. Mais ma chère Kate, je voudrais être sûr d'avoir bien compris... Vous ne souhaitez pas que j'assiste à votre conversation avec Bell, n'est-ce pas ?

— Nous allons parler affaires, Dillon. Des affaires commerciales qui ne concernent que Rashid Investments. George m'accompagnera.

— Parfait. Maintenant, je veux bien un peu de thé.

Kate remonta quelques minutes plus tard à la timonerie avec George et Kelly, chacun une tasse à la main. Ils écoutèrent attentivement Dillon :

— Ce pub, le Royal George, est une sorte d'institution pour les membres du Sinn Fein. Il se trouve juste au milieu du port. Vous avez tous les deux servi en Ulster, donc vous connaissez ce genre d'endroit.

— Faut-il s'armer ? demanda Kelly.

— Passez la main sous la table à cartes. Il y a un loquet.

Une trappe s'ouvrit, révélant un tiroir que Kelly tira en grand. Un assortiment d'armes de poing s'étalait sous leurs yeux.

— Je mettrai le Walther dans ma poche, annonça Dillon, de telle sorte qu'ils le découvrent quand ils me fouilleront. Regardez, il y aussi trois étuis de cheville avec trois calibres 22 à canon court. Un pour chacun de nous.

— Vous pensez que nous aurons à nous en servir ? demanda George.

— Ici, nous sommes en territoire indien. Et je suis moi-même un Indien, répondit Dillon, souriant. Gardez la foi, mes amis. On y va tranquille, et tout ira bien.

Drumcree était un village modeste : une poignée de maisons en pierre grise dispersées çà et là, un port minuscule, quelques bateaux de pêcheurs. Dillon accosta en douceur à la jetée, George sauta par-dessus le bastingage pour attacher les amarres. Tout était calme ; il n'y avait personne aux alentours.

— C'est là, Kate, dit l'Irlandais en pointant l'index. Le Royal George.

Le bâtiment datait manifestement du dix-huitième siècle. Mais le toit semblait en parfait état, et l'enseigne — lettres noires sur fond vert et dorures ornementales — avait fière allure.

— Bon, quelle est la prochaine étape ? demanda la jeune femme d'un ton pressant.

— Comme tous les pubs dignes de ce nom dans cette région, le Royal George doit proposer d'excellents petits-déjeuners typiquement irlandais. Je propose que nous allions nous sustenter. J'inviterai notre hôte à prévenir Aidan Bell de notre présence.

— Ça suffira ?

— Absolument, assura Dillon, puis il se tourna vers Kelly. Toi, mon garçon, tu restes au bateau. Prêt à tout, d'accord ?

Un carillon retentit quand ils entrèrent dans le pub. Dillon et George portaient chacun un pull en jersey et un caban. Kate s'était vêtue d'une combinaison-pantalon ; elle tenait un attaché-case à la main. Trois hommes, un quadragénaire barbu et deux types plus jeunes, étaient attablés près de la fenêtre. Des

Irlandais de condition modeste, au visage dur. Ils levèrent le nez de leur petit-déjeuner pour les dévisager.

Un autre homme, corpulent, aux cheveux blancs, apparut derrière le bar.

— Vous désirez ?

— Nous aimerions prendre un petit-déjeuner, dit Kate.

Son accent d'Anglaise de la bonne société ne contribua guère à détendre l'atmosphère. Les hommes assis près de la fenêtre la fixaient avec des yeux sombres.

— Petit-déjeuner ? répéta le taulier.

Dillon intervint, avec l'accent de Belfast le plus prononcé qu'on pût imaginer :

— C'est ça, vieux. Saucisse, œufs, bacon... La totale, et comme on l'aime en Ulster ! Mes amis et moi nous arrivons de Magee par la mer. Nous avons faim. Ensuite, vous téléphonez à Aidan Bell et vous lui dites que Lady Kate Rashid est ici.

— Téléphoner à Aidan Bell ?

— C'est quoi, votre nom ?

— Patrick Murphy, répondit l'homme par pur réflexe.

— Vous êtes un type bien, Patrick. Petit-déjeuner, et Aidan Bell, tout à fait. Dans l'ordre que vous préférez.

Après quelques secondes d'hésitation, Murphy hocha la tête.

— Installez-vous.

Ils s'assirent le plus loin possible des trois hommes. Dillon alluma une cigarette. Ils entendirent des murmures, puis le barbu se leva et vint dans leur direction. S'immobilisant, il toisa Kate.

— Anglaise, la pouliche ? marmonna-t-il, puis il se pencha et lui toucha le visage. Tant pis ! Question femmes, une Anglaise ça vaut mieux que rien du tout. Viens, ma salope, on va voir ce que t'as à offrir.

Il y avait une grande bouteille de vinaigrette sur la table. George fit le geste de se lever, mais Dillon le repoussa sur sa chaise, saisit la bouteille et en frappa si violemment la tempe du barbu qu'elle se cassa. L'homme tomba à genoux, le visage aspergé de vinaigrette et de sang. Dillon se mit debout et lui asséna un coup de pied en pleine tête, l'envoyant valser en arrière.

Patrick Murphy revint à cet instant dans la salle, l'air totalement paniqué, tandis que les deux jeunes hommes qui accompagnaient le barbu s'approchaient, poings serrés.

Dillon braqua son Walther sur eux.

— On se calme.

— Seigneur ! s'exclama le taulier. Vous vous rendez compte de ce que vous avez fait ? Ces gars sont de l'IRA Provisoire.

— Et quand on en est, c'est pour toujours, comme on dit, répliqua Dillon. Moi je suis entré dans l'organisation à dix-neuf ans. Et je peux vous assurer que Martin McGuinness n'approuverait pas une telle conduite. Lui, il a le sens de la famille.

Il désigna l'homme étendu sur le parquet.

— Sortez-moi ce paquet de merde d'ici.

Bien que visiblement ivres de rage, les deux types aidèrent leur comparse à se remettre debout. La porte du pub s'ouvrit à ce moment-là sur un homme presque aussi petit que Dillon, mal rasé, aux cheveux en bataille, vêtu d'une veste imperméable Barbour. Il était suivi par un grand type aux cheveux roux.

— Jésus Marie. C'est toi, Quinn ? T'as l'air salement mal en point, dit-il, et il éclata de rire. Sur les pieds de qui t'as marché, ce coup-ci ?

— Les miens, répondit Dillon.

Aidan Bell s'aperçut de sa présence. Son expression vira de l'amusement à la stupéfaction. Avec une pointe d'anxiété au fond des yeux.

— Nom de Dieu... C'est vraiment toi ? Sean Dillon ?

— Le même qu'autrefois, Aidan. Ça fait un bail. Derry, les paras de Sa Majesté qui nous filaient le train jusque dans les égouts...

— Tu m'as sauvé la vie, une fois, dit Bell et il lui tendit la main.

— Toi tu as essayé de me tuer. Deux fois.

— Ah, ouais... On s'est brouillés, et alors ? répondit Bell avec un haussement d'épaules, puis il s'adressa aux deux hommes qui soutenaient Quinn. Hors de ma vue, celui-là !

Ils sortirent aussitôt du pub.

— Qu'est-ce qui se passe, ici, nom de Dieu ? relança Bell. Qu'est-ce que tu fous ici, Dillon ?

— Je te présente Lady Kate Rashid. Je crois savoir que vous aviez rendez-vous.

— Ah, je vois. J'aurais dû m'en douter. Tu as voulu me prendre au dépourvu, c'est ça ? répliqua Bell, puis il s'adressa à Kate. Comment se fait-il que ce chien galeux soit venu avec vous ?

— Monsieur Dillon est ici à titre personnel. Je lui ai offert dix mille livres sterling pour profiter de sa longue expérience du comté de Down.

— Nous avons atterri à Aldergrove hier, nous avons navigué

jusqu'ici pendant la nuit, et nous retournons à Magee dans une heure ou deux, expliqua Dillon. Ça me fait des sous pour mes vieux jours.

— Arrête ton char, le traître. Je sais que tu travailles toujours pour Ferguson.

Aidan Bell sortit un Browning de sa poche.

— Les mains en l'air. Vas-y voir, Liam.

Le grand rouquin fouilla Dillon et trouva le Walther, puis se tourna vers Kate.

— À ton tour, ma jolie.

— Surveille tes manières avec la dame, Casey ! intervint Bell. Par contre, regarde ce qu'il y a dans son attaché-case.

— Non, monsieur Bell, dit-elle. Ce qui se trouve là-dedans ne concerne que vous et moi.

— Je comprends, fit-il, et il désigna George, que Liam Casey était en train de fouiller. Votre frère, je suppose. Le benjamin. Un ancien du One Para.

— Vous êtes bien informé.

— Toujours. Et sur le bateau, il doit y avoir votre chef de la sécurité. Ex-One Para, lui aussi. Une saleté de protestant.

— Comme toi, d'ailleurs, précisa Dillon, qui sourit à l'adresse de Kate. Notre cher Aidan est l'un des rares protestants que compte l'IRA, voyez-vous...

— Pourquoi avons-nous rendez-vous, au juste ?

— Pour affaires, monsieur Bell. Vous qui êtes si bien informé, vous devez savoir que je suis Présidente du directoire du groupe Rashid Investments. Et vous n'ignorez pas que nous avons des projets de développement en Ulster.

— J'en ai entendu parler.

— Pouvons-nous en parler en privé ?

— Ouais. Dans l'arrière-salle.

Il traversa la pièce et ouvrit une porte, invitant la jeune femme à le précéder.

— Tu viens, Sean ?

— Vous ne m'avez pas compris, dit Kate. Monsieur Dillon est mon garde du corps, pas mon conseiller. Je ne suis en affaires qu'avec vous, et vous seul, au nom de Rashid Investments.

Elle fit un signe à son frère.

— George, tu nous accompagnes.

La porte se referma sur Liam Casey. Dillon s'approcha du bar.

— Je sais qu'il est encore tôt, dit-il au taulier, mais avec ce froid et cette pluie... Et comme en plus je suis originaire de ce satané comté ! On va fêter tout ça au Bushmills. Amène une bouteille.

Un bon feu crépitait dans la cheminée de l'arrière-salle. Il y avait là deux fauteuils et une petite table basse. Kate Rashid s'assit, son frère resta debout à son côté ; Bell prit place en face d'elle, et Liam Casey se posta derrière lui.

— Alors ? On raconte que Rashid Investments a des problèmes d'implantation en Irlande du Nord. Vous avez besoin de protection ?

— Pas vraiment, monsieur Bell. Ça, c'est ce que croit Dillon. Non, je n'ai pas besoin de vous comme vigile ou comme... guide dans ce pays. Vous êtes trop talentueux pour ça.

— En ce cas, qu'attendez-vous de moi ?

— L'année dernière, vous avez tué le général Petrovsky en Tchétchénie, ainsi que la plus grande partie de son état-major. Le monde a cru que les indépendantistes tchétchènes avaient frappé un grand coup, mais je sais que ce sont les responsables tchétchènes en exil à Paris qui vous ont payé un million de livres sterling pour cette opération.

— Ah oui ? Vous croyez ça ?

— C'est un fait, monsieur Bell.

Il demeura impassible.

— C'est probablement votre frère aîné qui a eu vent de cette affaire... Ce cher comte a le bras très long, paraît-il. Et plus d'argent que n'importe qui au monde.

— Pas exactement, mais presque. Vous ne vous êtes jamais rencontrés, bien sûr.

— Nous nous sommes manqués de peu. Il était alors lieutenant dans les Grenadier Guards. C'était à Crossmaglen, dans l'Armagh sud. J'étais avec un de mes meilleurs snipers. Votre frère se rapprochait, avec sa patrouille. Mon homme l'avait en joue quand un hélicoptère s'est pointé. Il y avait une vingtaine de Guards à bord. Nous avons décampé en vitesse.

— Si vous l'aviez tué, vous vous seriez privé d'un gros cachet, dit-elle, et elle posa l'attaché-case sur la table basse. Regardez là-dedans.

Il actionna les serrures, souleva le couvercle. La mallette était pleine de liasses de billets de cinquante livres.

— Combien ?

— Cent mille, comme preuve de notre bonne foi. Ils sont à vous, quoi qu'il arrive. Un cadeau de mon frère.

— Et que dois-je faire ?

— Vous l'ignorez peut-être, mais les Américains et les Russes envisagent de forer de nouveaux puits de pétrole dans le Hazar. Pour cela, ils ont conclu un accord avec le Sultan. Cet accord impliquait l'assassinat de mon frère.

— Le Sultan est mort. C'était dans le journal.

— Exactement. L'un de ses tueurs a failli m'avoir. Mon frère l'a abattu. C'est un homme qui a de la trempe.

— Ça se comprend. Il a servi en Irlande, Lady Kate. Moi, Dillon, Casey ici présent, vos frères — nous sommes tous faits de la même étoffe. Mais vous ne m'avez pas tout dit. Je sais que je suis un salopard, mais un salopard intelligent.

— Je n'en doute pas. Voilà la suite. Il s'agit de ma mère, et d'un certain Igor Gatov...

Quand elle lui eut tout raconté, Aidan Bell fit la grimace.

— Pardonnez l'expression, mais c'est des putain de fumiers, ces gars-là. Les Amerloques, les Russkoffs, les Britanniques... Ils utilisent les gens, et ils les jettent comme des mouchoirs en papier.

— Alors pour une fois, c'est nous qui allons leur donner une leçon. Je veux dire, une bonne leçon. Nous allons frapper droit à la tête. Il paraît que Jake Cazalet est un type bien, mais peu importe. Les types comme Gatov reçoivent leurs ordres d'en haut. Et en haut, en définitive, ça veut dire le premier des premiers. Pour le président Cazalet, nous vous offrons deux millions. Vous êtes partant, oui ou non ?

— Seigneur, murmura Liam Casey.

Bell la dévisagea quelques instants.

— Vous êtes cinglée, ma petite dame.

— Je suis très sérieuse, au contraire. Comme je vous l'ai expliqué, vous conservez de toute façon les cent mille livres.

Elle sortit une carte de visite de son attaché-case, et un stylo.

— Voici le numéro de mon portable codé, ajouta-t-elle en écrivant. Vous avez sept jours pour réfléchir. Jeudi prochain, mon frère et moi-même serons à notre appartement de la tour Trump, à New York. Si vous êtes intéressé, rendez-nous visite. Avec un plan d'action qui tienne debout. Sinon, vous avez gagné cent mille livres, et nous n'aurons aucun ressentiment contre vous.

Bell sourit.

— Je viendrai, Lady Kate. Tour Trump. Jeudi.

Elle hocha la tête, l'air assez satisfaite.

— Ce n'est pas l'argent qui vous motive, n'est-ce pas ? demanda-t-elle. Ce qui vous intéresse, c'est le jeu. Comme Dillon.

— N'empêche, je veux tout de même être payé. Et pour un boulot pareil, ce n'est pas deux, mais trois millions de livres sterling que j'attends.

— Je m'attendais un peu à ce que vous disiez cela, répondit-elle en serrant la main qu'il lui tendait.

— Nous nous verrons la semaine prochaine, alors. À Manhattan.

— C'est entendu.

Casey ouvrit la porte, et ils retrouvèrent Dillon, au bar, en train de siroter son Bushmills.

— Il est un peu tôt, non ? observa Kate en désignant la bouteille. Même pour vous...

— Nous allons devoir affronter la pluie pour retourner jusqu'au bateau, ma chère. Et en plus, je n'aime pas avoir froid. Dois-je comprendre que notre visite s'achève ?

— Oui. Nous rentrons à Magee.

Dillon se tourna vers Bell.

— Ça m'a fait chaud au cœur, Aidan. Et je suis sûr que tu vas faire ce que la dame t'a demandé avec l'impitoyable efficacité qui te caractérise.

— Tu peux compter sur moi, Sean.

Kate, Dillon et George sortirent. Sur le pas de la porte, Bell et Casey les regardèrent s'éloigner.

— C'est de la folie, Aidan, dit Liam. Même toi, tu ne t'en sortiras pas vivant.

Bell sourit. Puis une expression terriblement menaçante se peignit sur ses traits.

— Là, tu te goures. Je m'en sortirai haut la main, comme toujours. J'ai déjà un plan qui me trotte dans la tête. Grâce à quelque chose que j'ai lu il n'y a pas longtemps. Manquent plus que quelques vérifications. C'est une sacrée bonne femme, celle-là, dit-il en désignant Kate qui marchait entre les deux hommes. Mais Dillon... Qu'est-ce qu'il fiche ici, bon sang ?

— Elle l'a pris comme garde du corps, qu'elle a dit.

— Possible, mais il travaille toujours pour Ferguson. Ce qui veut dire qu'il ne peut pas participer à ce coup-là. Ça n'aurait aucun sens...

Marchant d'un bon pas sous la pluie, Kate Rashid et les deux hommes regagnèrent la jetée. Comme ils montaient à bord de l'*Aran*, ils aperçurent Kelly sur le pont — étendu à plat ventre, inerte. Quinn, le barbu du Royal George, sortit à cet instant de la timonerie avec un sourire mauvais, entouré de ses deux acolytes. Tous trois étaient armés.

Sans une seconde d'hésitation, Dillon se jeta par-dessus le bastingage. Plongeant en profondeur, il passa sous la quille du bateau pour refaire surface à la poupe.

— Tuez-le ! hurla Quinn. Buttez ce salopard !

Dillon porta la main à son étui de cheville et en tira le calibre 22. Comme les deux hommes se penchaient par-dessus la rambarde, il les tua l'un et l'autre d'une balle entre les yeux. Stupéfait, Quinn se tourna pour voir ce qui se passait. George Rashid en profita pour saisir le pistolet qu'il portait lui aussi près de la cheville. Il tira sur le barbu, l'atteignant au bras droit. Quinn laissa tomber son arme et se précipita, titubant, vers la passerelle.

George le prenait en joue pour le tuer, lorsque Dillon se hissa à la rambarde.

— Laissez-le filer, et tirons-nous d'ici, dit-il. Vous, Kate, occupez-vous de Kelly.

Il entra dans la timonerie et démarra immédiatement les moteurs.

Comme ils sortaient du Royal George, Bell et Casey entendirent des éclats de voix du côté du bateau. Il devinèrent sans peine ce qui se passait.

— Ce fumier de Quinn va tout gâcher. Viens ! cria Bell, et il se mit à courir vers la jetée.

En s'approchant, ils virent toute la scène : Dillon sautant dans l'eau puis abattant les deux sous-fifres de Quinn, lequel prenait une balle de George Rashid avant de décamper, en traversant la jetée, par la plage voisine et les barques qui y étaient échouées. Ils s'immobilisèrent en apercevant George larguer les amarres. L'*Aran* quitta rapidement le port.

— J'en ai ma claque, Liam, dit Bell. L'IRA Provisoire n'a qu'à aller se faire voir. Ici, c'est mon secteur, et ce connard a bien failli me faire perdre le boulot le plus important de toute ma vie. Cette fois, il ne s'en sortira pas.

Il repartit en courant, suivi par Casey.

Pour gagner l'autre extrémité de la plage, Quinn dut slalomer entre les bateaux et patauger dans l'eau un moment. Comme il contournait la proue d'un petit chalutier, il se retrouva nez à nez avec Bell et Casey.

— Aidan ?

— Tu m'enquiquines depuis trop longtemps, salopard. Finissons-en !

Il sortit un Browning de sa poche et logea deux balles dans le cœur de Quinn.

— Tu veux que je nettoie ça ? demanda Casey en désignant le cadavre qui flottait à moitié dans l'eau peu profonde du bord de la plage.

— Pas la peine. La marée va l'emporter. Et à Drumcree, personne ne risque de poser des questions.

L'*Aran* gagna rapidement la mer. Kate, assise à la poupe sous la pluie, composa un numéro sur son portable codé. Paul Rashid lui répondit aussitôt.

— C'est moi, grand frère.

— Comment ça s'est passé ?

— Je te raconterai ça en détail à mon retour. Mais je peux déjà te dire que Bell est de la partie.

— Parfait. Et Dillon, il a été bon ?

— Excellent. D'autant que Bell et lui ont tenté de s'entretuer dans le passé.

— Il a gobé ton histoire ?

— Dieu seul le sait. C'est un malin. Par contre, il m'a sauvé la vie.

Il y eut un silence, que Paul Rashid rompit d'une voix autoritaire :

— Explique-toi.

Elle lui raconta ce qui s'était passé.

— Dillon n'est pas du genre à faire des prisonniers, si je comprends bien, commenta son frère.

— En effet. George m'a été d'une aide précieuse, lui aussi.

— Je suis heureux de l'apprendre. Félicite-le de ma part. On se voit bientôt.

En haute mer, de puissantes vagues ballottaient l'*Aran* en tous sens. Kate apporta du thé à Dillon et à George dans la timonerie.

— Comment va Kelly ? demanda l'Irlandais.

— Il est indemne. Il a la migraine, mais il est solide. Il aura une ecchymose à la tête pendant quelques jours, rien de plus.

— Tant mieux. Maintenant, Kate, voulez-vous me passer la demi-bouteille de Bushmills qui se trouve sous la table à cartes ?

Elle la trouva, servit du whiskey dans deux tasses à thé.

— George, vous avez été formidable, dit Dillon. Comme on se dit entre amis juifs, vous êtes un *mensch* ! Merci mille fois.

— Vous savez que j'ai servi un moment dans le One Para.

Après avoir fait mes classes à Sandhurst. Et parfois, je ne demande pas mieux que d'oublier l'immobilier et la finance internationale.

— Tant mieux, approuva Dillon en riant. Maintenant, allez vous reposer, tous les deux.

Quand ils furent sortis, il se servit du portable codé de Kate pour appeler Ferguson. Il lui relata rapidement les événements de la matinée.

— Seigneur ! Vous avez donc tué des hommes, une fois de plus ?

— C'est le lot des sans foi ni loi, Charles !

— Sans doute. Dites-moi... Croyez-vous la jeune Kate, quand elle prétend vouloir engager Bell pour protéger les intérêts de Rashid Investments ?

— Je n'y crois pas une seconde.

— Alors pourquoi vous avoir mêlé à cette histoire ?

— Je vous l'ai déjà dit. Je connais le Down, et je connais Bell depuis de nombreuses années. Elle m'avait engagé comme garde du corps, et j'ai joué mon rôle. Sans moi, elle serait morte à l'heure qu'il est.

— Vous pensez qu'il se trame autre chose ?

— Absolument. Quelque chose d'important, à mon avis. Mais je n'ai aucune idée de ce dont il s'agit.

— Revenez au bercail, Sean, et nous y réfléchirons.

Chez Aidan Bell, Casey était en train de préparer du thé dans la cuisine lorsque le maître des lieux apparut à la porte, un magazine entre les mains.

— J'avais raison. J'ai retrouvé l'article auquel je pensais. Dans *Time*. Ce papier me donne exactement la méthode à suivre pour abattre Jake Cazalet.

— T'es dingue.

— Pas du tout, Liam. Ça va marcher. Fais-moi confiance.

Manhattan
Londres
Sussex
Maison-Blanche

4

Aidan Bell et Liam Casey partageaient une suite à l'hôtel Plaza, en bordure de Central Park. Rashid Investments, qui réglait la note, leur avait fourni les billets du Concorde qui les avait amenés à New York en début de matinée, ainsi que la limousine avec chauffeur qui les attendait à la sortie de l'aéroport.

— C'est la belle vie ! dit Casey.

— Ouais, mais que ça ne te monte pas à la tête. Rase-toi, douche-toi et enfile ton plus beau costume. Ce soir, c'est comme si on était reçus par la famille royale. Pas question qu'on passe pour des péquenauds aux yeux de ce type.

Bell fit sa toilette dans la seconde salle de bains, puis se vêtit avec soin : chemise blanche, cravate bleu marine, élégant costume sombre. Quand il ressortit dans le salon, Liam Casey se trouvait à la fenêtre, admirant la vue sur Manhattan.

— Nom de Dieu, Aidan, quelle ville !

Il se tourna, désignant d'un geste son complet noir, sa chemise claire et sa cravate noire.

— Ça ira ?

— Tu ressembles à un videur du Colosseum, ironisa Bell. Maintenant, allons-y. À pied, parce que ce n'est qu'à quelques blocs d'ici. Tiens-toi bien, fais ce que je te dis, et ça ira comme sur des roulettes.

L'appartement avec terrasse des Rashid se trouvait au dernier étage de la tour Trump. Bell et Casey y montèrent par un ascenseur privatif, et ce fut Kate qui les accueillit à la porte. Elle portait une robe noire et une chaîne en or comme seul bijou. Le raffinement dans la simplicité.

— Monsieur Bell.

— Lady Kate. Que peut-on offrir à une femme qui possède déjà tout ?

Il ouvrit son attaché-case, en sortit une boîte en plastique à deux sous.

— Un petit cadeau du comté de Down. Pour vous porter chance. Un trèfle à quatre feuilles.

— Merci. Nous en avons besoin. Monsieur Casey, ajouta-t-elle avec un hochement de tête. Entrez donc. Mes frères vous attendent.

Paul Rashid était assis près de la cheminée dans le salon, avec Michael et George. Kate fit les présentations :

— Monsieur Aidan Bell et son associé, monsieur Liam Casey.

— Monsieur Bell, dit Paul Rashid sans se lever pour lui serrer la main. Ma sœur me raconte que vous avez failli me faire tuer à Crossmaglen.

— Exact. Mais Allah vous a protégé.

— Tant mieux. Ça me fait plaisir. Voulez-vous boire quelque chose ?

— Plus tard, peut-être. Pour le moment je crois que nous devrions nous mettre au travail.

— À votre convenance. Vous ne seriez pas ici si vous ne pensiez pas avoir une chance de réussir, n'est-ce pas ?

— Exact, acquiesça Bell, et il s'assit en face de Rashid. Bien. Classiquement, il y a deux façons de commettre un assassinat comme celui qui nous intéresse. La première, c'est le dingo qui se faufile à travers la foule et tire sur le président à bout portant, sans aucune chance d'en réchapper. Souvent, d'ailleurs, il ne *veut même pas* en réchapper. Ça, ce n'est pas pour moi. La seconde méthode, c'est le projet complexe, très intelligent... comme dans le film *Chacal*, par exemple. L'opération organisée dans les moindres détails, et sous tous ses aspects possibles — comme je l'ai fait en Tchétchénie pour abattre Petrovsky et ses subalternes. Le hic, avec cette méthode, c'est qu'il faut du temps. Beaucoup de temps. Or, j'ai le sentiment que vous voulez un résultat plutôt rapide...

— C'est juste. Quelle solution avez-vous à proposer, en ce cas ?

— Il existe une troisième méthode, affirma Bell.

Un silence prolongé tomba sur le salon.

— Quoi donc ? demanda enfin Kate d'un ton pressant. Expliquez-vous !

— Eh bien..., fit Bell qui savourait manifestement le suspense qu'il avait fait naître. Tuer le président des États-Unis est en théorie impossible. Mais se pourrait-il que ce soit aussi, en définitive, d'une simplicité presque absurde ?

Il ouvrit son attaché-case, dont il sortit un magazine.

— L'Amérique, comme la Grande-Bretagne, est une démocratie. On y écrit librement sur les grands et les puissants. Là-dedans, il y a un article sur notre président préféré : Jake Cazalet lui-même. Je l'avais lu il y a quelque temps, et il m'avait fait tiquer. Je l'ai donc ressorti. Comme je le soupçonnais, il me fournit le plan général de l'opération. Il ne me reste plus qu'à peaufiner certains détails.

De nouveau, il y eut un profond silence. Bell souriait, sûr de son succès.

— Je me régalerais volontiers d'un grand verre de Bushmills. Nous reprendrons la conversation ensuite.

Quelques minutes plus tard, ils se trouvaient sur la terrasse. Bell sirotait son whiskey en observant la circulation en contrebas. Paul Rashid lut l'article, puis le passa aux autres.

— Très bien, dit-il. Maintenant, monsieur Bell, parlez-nous de votre plan.

— Comme le raconte le magazine, Jake Cazalet aime passer le week-end sur l'île de Nantucket, dans la vénérable maison qu'il possède au bord de la plage. Un hélicoptère le conduit là-bas depuis la Maison-Blanche le vendredi en fin d'après-midi, et il y passe deux bonnes journées avant de rentrer à Washington le dimanche soir. Il n'a plus aucune famille, hormis sa fille, qui vit à Paris.

« Cazalet est un homme simple. La pompe de la fonction présidentielle ne l'intéresse pas. On sait qu'à Nantucket il a réduit le personnel au minimum nécessaire. La cuisinière et la femme de ménage habitent en ville, et ne viennent que ponctuellement. Pour la sécurité, il n'y a que deux agents des services secrets, qui l'accompagnent pendant les week-ends. J'ai déjà mené des recherches complémentaires. L'un de ces hommes s'appelle Harper ; il est chargé de la communication. L'autre est l'agent préféré du président : Clancy Smith. Un Noir, grand, très costaud, ex-Marine, qui a fait la guerre du Golfe. Smith est entièrement dévoué à Cazalet. S'il voyait quelqu'un tirer sur lui, il n'hésiterait pas à s'interposer pour recevoir la balle à sa place. Et puis, il y a aussi Blake Johnson.

— Oui, l'article parle de lui, dit Rashid. Il est directeur d'un des bureaux de la Maison-Blanche. Les Affaires Générales, paraît-il.

— Plus précisément, il dirige un service qui s'appelle le Sous-sol — tout simplement parce que c'est au sous-sol de la Maison-Blanche qu'il se trouve. Il s'agit d'une unité de renseignement et d'action au service exclusif du président. Sans aucun lien ni avec le FBI, ni avec la CIA, ni avec aucun autre bureau des services secrets. Le Sous-sol, dont personne ne connaît avec exactitude la date de création, se transmet de président en président depuis une bonne vingtaine d'années au moins. Blake Johnson est aussi le meilleur ami de Cazalet. Et c'est un vétéran du Viêt-nam multimédaillé.

— Vous êtes sûr de l'exactitude de ces infos ? demanda George Rashid.

— Il le faut. Si je suis encore en vie aujourd'hui, c'est parce que je sais toujours trouver les informations qui comptent.

— OK, nous avons donc un président peu mondain, qui

apprécie la solitude et la tranquillité du bord de mer, dit Paul. Mais vous savez aussi bien que moi que les services secrets doivent surveiller de près la région, et dans un très large périmètre.

— Absolument.

Bell ouvrit une nouvelle fois son attaché-case. Il en tira une carte qu'il déplia entre eux.

— Regardez. Devant la maison du président, il y a la plage et des dunes de sable. Mais à l'arrière, ici, précisa l'Irlandais en montrant une zone particulière sur la carte, s'étend un vaste marais. Assez étonnant, d'ailleurs, pour Nantucket. C'est le seul coin de l'île qui soit comme ça. Roseaux géants, eau, vase à perte de vue, une multitude de sentiers de promenade et une faune superbe : un vrai paradis pour les ornithologues amateurs. Cazalet adore ce coin. Chaque matin il y fait son jogging avec son chien. Accompagné de ce bon vieux Clancy Smith. Naturellement, Smith porte une arme et reste en liaison permanente avec l'agent qui se trouve dans la maison, mais il n'y a personne d'autre avec eux. Il arrive que le président invite son ami Blake Johnson pour le week-end, et que celui-ci décide de courir en sa compagnie... Si c'est le cas le jour de l'opération, je le refroidirai aussi.

L'atmosphère était tendue, à présent. Tous méditaient les propos de Bell. Ce fut Kate qui rompit le silence :

— Vos explications paraissent tenir debout, mais comment voulez-vous pénétrer à l'intérieur du périmètre de sécurité ? Et, *a fortiori*, dans le marais ? Vous n'y arriverez jamais.

— Pardonnez-moi, répondit Aidan Bell avec un sourire presque suffisant. J'ai oublié de mentionner certains détails. Si je ne m'abuse, monsieur le Comte, vous possédez une maison à Long Island ?

— C'est exact.

— Vous me fournirez un bateau — un yacht de pêche sportive, dans l'idéal, avec des moteurs puissants — et un homme capable de le piloter. Nous partirons de Long Island et ferons route vers Nantucket. Nous nous en rapprocherons au maximum, sans prendre le risque d'attirer l'attention sur nous. C'est-à-dire que nous resterons au moins à quatre, voire cinq kilomètres du rivage. Vous me trouverez aussi un scooter sous-marin. Un Dolphin. Vous savez, un de ces superbes joujoux à hélice, très silencieux, capables de vous tracter sous l'eau sur de longues distances. J'ai aussi oublié de vous dire que Liam et moi sommes tous les deux d'excellents plongeurs. Nous pénétrerons dans le périmètre de sécurité — et le marais — en immersion complète. Ensuite, les roseaux et la végétation nous dissimuleront efficacement.

— Et après ? relança Michael Rashid.

— Nous attendons Cazalet. Nous le tuons, ainsi que Clancy Smith, et nous décampons aussitôt. Le temps que Harper, dans la maison, se rende compte que le président met trop de temps à revenir et donne l'alerte, le Dolphin nous aura ramenés jusqu'au bateau. Là, nous rentrons à Long Island, où votre Gulfstream se tient prêt à décoller pour nous renvoyer illico à Shannon.

Il marqua une pause pour vider son verre, puis regarda l'aîné des Rashid.

— Ça vous paraît jouable ?

— Je crois que c'est tout à fait jouable, en effet, répondit son interlocuteur d'une voix très calme, puis il fit signe à George. Ressers un Bushmills à monsieur Bell.

Kate intervint alors, d'un ton plus sceptique :

— Le scénario est impressionnant, mais... s'il tourne mal ? Avez-vous pensé que votre plan puisse échouer ?

— La vie n'est pas faite de certitudes. Mon plan comporte sans doute des points de fragilité, mais si nous nous préparons minutieusement, ça devrait marcher.

— Alors veillez à penser aux moindres détails, insista Paul. Souvenez-vous que nous n'aurons pas de deuxième chance. Si vous échouez, la sécurité de Cazalet sera tellement renforcée que nous ne pourrons plus rien contre lui. Ça signifiera aussi que nos problèmes ne seront pas terminés. Il nous faudra trouver une cible de remplacement.

— Ah oui ? fit Michael. Une autre cible ?

— Je te l'ai déjà dit, mon frère. D'une façon ou d'une autre, *quelqu'un* doit payer.

Un silence pesant suivit cette affirmation. Puis Bell fixa Kate droit dans les yeux.

— Pouvez-vous vous charger de la préparation du matériel dont nous aurons besoin ?

— Oui, dit-elle après avoir consulté Paul du regard. Vous aurez tout ce que vous voudrez.

— Très bien. Un bateau de pêche sportive, et un scooter sous-marin Dolphin, comme je vous l'ai dit. En plus, deux équipements complets de plongée...

— Et comme armes ? intervint Paul Rashid.

— Je préfère me munir de fusils d'assaut AK de base, avec silencieux. Et deux Browning, aussi, munis de silencieux

Carswell. Restons sobres. Ce sera une opération très simple, si les choses se passent bien.

— Encore des *si* ! objecta Kate.

Bell sourit.

— Lady Kate... Ça fait vingt-huit ans que je suis dans le métier, et j'ai vu suffisamment de plans capoter pour me montrer prudent. Ou cynique, si vous préférez. Maintenant..., ajouta-t-il en sortant une petite carte de sa poche, vos cent mille livres m'ont fait chaud au cœur, mais je veux dès à présent un nouveau versement. Le premier des trois millions que vous me devez. Voici le numéro de mon compte en Suisse.

— Bien sûr, acquiesça Rashid. Michael, prends les références bancaires de monsieur Bell et règle cette question immédiatement.

Il sourit.

— Maintenant, je crois qu'une coupe de champagne s'impose.

— Bonne idée, approuva Bell. D'autant que ce sera la dernière. Dès que je me mets au travail, je ne bois plus une goutte d'alcool.

— Cela me paraît très raisonnable.

Kate servit du champagne à tout le monde. Rashid porta un toast.

— Nous allons changer la face du monde !

Bell éclata de rire.

— Dieu vous bénisse, mon vieux. Mais si vous croyez ça, vous n'êtes pas au bout de vos déceptions.

Deux jours plus tard, Kate accompagna Bell et Casey au port de Quogue. Un dénommé Arthur Grant — la cinquantaine paisible, cheveux grisonnants attachés en catogan derrière la nuque — les attendait à l'embarcadère, à bord d'un yacht de pêche sportive baptisé *Alice Brown.*

— Monsieur Grant, dit Kate, voici les messieurs dont je vous ai parlé. Ils désirent se rendre aux abords de Nantucket, pour y faire un peu de plongée. Monsieur Bell est amateur d'épaves. Vous avez déjà le scooter sous-marin à bord, n'est-ce pas ?

Grant, qui tenait une bouteille de Jack Daniel's à la main, en but une large rasade avant de répondre.

— Ça, madame, c'est l'histoire que vous voulez bien me raconter. À mon avis, ils ont autre chose en tête que d'admirer des épaves. Mais ça m'est complètement égal. Vingt mille dollars, et ma barque est à vous.

— Entendu, dit-elle, puis elle se tourna vers Bell. Tenez-moi au courant de la suite des événements.

Elle les salua d'un signe de tête et quitta le bateau.

— Sacré cul qu'elle a, cette petite, commenta Grant d'un air gourmand.

Bell lâcha le sac d'armes qu'il tenait à la main et lui asséna un violent coup de pied au tibia. Ensuite il l'agrippa pour le retourner, et Casey lui donna un coup de tête.

Grant s'étala de tout son long sur le pont. Bell se pencha audessus de lui.

— À partir de maintenant, vieux, tu fais ce que je te dis. Est-ce qu'on est d'accord ? Tu tiens ta langue, tu fais ton boulot et tu auras tes vingt mille. Sinon...

Il fit un signe de tête à son complice. Casey sortit un couteau de sa poche, actionna le cran d'arrêt : la lame jaillit.

— Je regrette, balbutia Grant.

— C'est ça. Et tiens-le-toi pour dit !

À Londres, dans son bureau du ministère de la Défense, Ferguson était penché sur sa table de travail, lisant un dossier. La commissaire Hannah Bernstein frappa à la porte, et entra.

— Vous avez du nouveau ? demanda-t-il.

— Pas grand-chose. Sauf, peut-être, au sujet des Rashid...

— Quoi donc ?

— Nous avons appris qu'ils sont tous à New York. Une sorte de réunion de famille, semble-t-il.

— Que fait Dillon, en ce moment ?

— Aussi incroyable que cela puisse paraître, il est parti chasser le faisan dans le Sussex, avec Harry Salter.

— Salter ? Ce brigand ? !

— Oui, monsieur. Il y a aussi le jeune Billy avec eux.

— Le neveu ? Splendide. Il est presque aussi terrible que le vieux Salter.

— Je suppose que je n'ai pas à vous rappeler qu'il nous a beaucoup aidés, en Cornouailles, lors de cette délicate mission...

— Vous n'avez pas besoin de me le rappeler, en effet, l'interrompit Ferguson. Il n'empêche que Billy est quand même un truand.

— Un truand qui a accepté de sauter en parachute alors qu'il n'avait aucun entraînement en la matière, et de tuer quatre des hommes de Jack Fox. Sans lui, Dillon ne serait plus des nôtres.

— Admettons. Mais c'est quand même un fichu gangster !

Les trombes d'eau qui s'abattaient sur le Sussex ne dérangeaient guère le petit groupe réuni à Compton House. Harry Salter avait payé cher pour intégrer le club de chasseurs dont ils s'apprêtaient à rejoindre un groupe de trente membres.

Il descendit d'un 4X4 Shogun à châssis long, vêtu d'un Barbour, d'un jean et de bottes en caoutchouc basses, et coiffé d'une casquette. Harry Salter, soixante-cinq ans, visage charnu et affable — du moins tant qu'il souriait —, était l'un des patrons les plus célèbres et les plus redoutés de la pègre londonienne. Sa longue carrière ne lui avait pourtant valu qu'un seul séjour en prison.

Aujourd'hui, ses investissements dans la restauration et le développement immobilier de certains vieux quartiers, le long de la Tamise, dont il possédait de vastes parcelles, lui rapportaient des millions — tout comme ses placements dans l'industrie des loisirs. Truand dans l'âme, cependant, il pratiquait aussi la contrebande de divers produits en provenance d'Europe continentale. Les cigarettes, en particulier, puisqu'en Grande-Bretagne les prix officiels dépassaient très largement ceux pratiqués dans les autres pays de l'Union. En revanche, Harry ne touchait ni à la drogue, ni à la prostitution : pas la peine de se risquer à ce type de business, disait-il, quand on s'en met déjà plein les poches avec le tabac !

Il leva les yeux vers le ciel.

— C'est formidable. C'est sacrément formidable d'être à la campagne ! Tu ne trouves pas, Dillon ?

— Ouais, Harry. La vie au grand air, c'est le pied intégral, répondit ironiquement l'Irlandais, qui portait pour l'occasion un blouson d'aviateur noir et une casquette.

Billy Salter, le neveu de Harry, un homme d'une vingtaine d'années, au visage pâle et aux yeux fous, sortit à son tour du 4 × 4. Il était vêtu d'un anorak et d'une casquette. Bras droit de son oncle depuis plusieurs années, il avait été incarcéré à quatre reprises pour attaque à main armée et vol avec agression. Mais il n'avait écopé que de peines légères.

Il regarda à son tour les nuages et la pluie, et poussa un grognement mi-amusé, mi-exaspéré.

— Tout ça c'est de ta faute, Dillon ! Dans quoi tu m'as embarqué, ce coup-ci ?

— On va tirer le faisan, Billy, et nous offrir une belle promenade. La dernière fois qu'on s'est baladés ensemble, des criminels essayaient d'avoir notre peau. Ça va nous changer.

Joe Baxter et Sam Hall, les deux gardes du corps de Harry, descendirent du 4X4. Ils portaient tous deux un jean et un anorak.

Billy désigna les membres du club de Harry, qui émergeaient de plusieurs Range Rover.

— Quelle bande de nazes, ceux-là, grommela-t-il, puis il s'esclaffa. T'as vu comment ils sont attifés ? C'est quoi, ces pantalons ridicules ?

— C'est juste la façon qu'ont les gens de leur milieu social de s'habiller pour aller à la chasse, expliqua Dillon en se retenant de rire. C'est une tradition anglaise très ancienne. Essaie d'être un peu tolérant, Billy.

Le meneur du groupe était un homme très corpulent, au visage rubicond.

— Le Baron Portman, murmura Salter à l'adresse de Dillon.

L'intéressé se tourna vers eux, et tous ses acolytes l'imitèrent — jusque dans le regard plein de dédain dont il les gratifia.

— Seigneur ! s'exclama-t-il. Qui diable sont ces gens ?

Un autre homme, aussi gros que Portman, mais aux joues couvertes d'une barbe grisonnante, s'avança vers eux.

— Puis-je vous aider, messieurs ? Je m'appelle Roger Frobisher, et je suis le garde-chasse en chef.

— J'espère bien que vous pouvez m'aider, mon vieux. Moi, c'est Salter. Harry Salter.

Frobisher, l'air stupéfait, sembla hésiter quelques instants sur la conduite à tenir. Puis il se tourna vers Portman et les autres.

— Voici monsieur Harry Salter, dit-il. Le... le nouveau président du club.

Des mines horrifiées se peignirent sur bon nombre de visages. Salter s'approcha du groupe.

— Baron Portman, si je ne m'abuse ?

— C'est cela même, répliqua son interlocuteur d'un ton peu engageant.

— Vous êtes le président de Riverside Construction, n'est-ce pas ? Nous avons donc certaines choses en commun...

— J'en doute fort, monsieur !

— Cessez de douter. Je vous ai racheté, la semaine dernière. Vous savez... Salter Enterprises ? C'est moi. Vous êtes donc mon employé, en quelque sorte.

L'effroi et le dégoût se disputaient sur le visage de Portman, qui recula d'un pas.

— Et si nous nous mettions en route ? demanda aimablement Dillon à Frobisher.

Derrière lui, Joe Baxter et Sam Hall étaient en train de sortir les armes du 4X4.

— Bonne idée ! Nous allons ratisser la vallée, d'ici à ce bois que vous apercevez là-bas, expliqua Frobisher. Je vous donnerai un numéro à chacun.

— Nous savons comment procéder, l'ami, répliqua Dillon. J'ai déjà expliqué ça à mes petits camarades.

Frobisher le considéra avec hésitation.

— Avez-vous déjà chassé ?

— Ouais, répondit Billy, mais d'habitude il préfère le gibier humain. Allez, bougeons-nous d'ici !

Trois heures plus tard, de retour dans le Shogun, Billy ouvrit une bouteille de champagne et servit tout le monde dans des gobelets en plastique. Baxter avait pris le volant.

— Quelle bande de snobinards ! Et ce qu'ils sont bêtes, en plus ! Vous avez vu la tête qu'ils ont tirée quand on a annoncé que j'étais le meilleur tireur de la battue ?

— Hmm, c'est parce que tu as déjà une longue expérience derrière toi, répondit Dillon avec un petit sourire.

Harry Salter vida son verre d'un trait.

— La grimace de Portman, c'était quelque chose à voir !

— Tu penses le mettre à la porte ? demanda Billy.

— Non. Je me suis renseigné à son sujet. Sur le plan professionnel, il est très bon. Je vais même lui proposer un meilleur contrat. C'est ça, le monde des affaires, mon petit Billy.

— Ouais. Quelle barbe, commenta ce dernier avant de se tourner vers Dillon. T'aurais pas besoin d'un coup de main pour une mission quelconque, en ce moment ?

— Toujours branché sur Heidegger, hein, Billy ? Sans action ni passion, point de salut !

— Hé ! Oublie un peu ces histoires, protesta Harry à l'adresse de son neveu. La dernière fois, on a failli ne pas te récupérer vivant.

— Peut-être, mais je m'enquiquine comme un rat mort, marmonna le jeune homme. Surtout depuis que tu ne me laisses plus m'occuper des cigarettes et de la gnôle en provenance d'Amsterdam.

— Parce que je ne veux pas que tu te fasses pincer. Autant que ce soient des types de moindre importance que toi qui prennent ce risque. Contente-toi d'être un bon garçon, et tout ira bien.

Harry se resservit du champagne.

— Billy ? fit Dillon. Je penserai à toi, au besoin. Je te le promets.

— Et moi, comme toujours, répondit Billy en levant son verre, je te jure que je serai prêt à partir dans la minute !

À la Maison-Blanche, dans le Bureau ovale, Jake Cazalet était assis à sa table de travail, en bras de chemise, passant en revue divers dossiers. La pluie crépitait sur les carreaux derrière son dos. La porte s'ouvrit sur Blake Johnson.

— Alors, quoi de neuf ? demanda Cazalet en se renversant contre le dossier de son fauteuil.

— J'ai des précisions sur le Hazar, monsieur le président.

— À propos de la mort du Sultan ?

— Son assassinat, rectifia Blake. Maintenant, c'est une certitude.

Jake Cazalet se leva et s'approcha de la fenêtre, regardant au loin.

— Les gens de la CIA prétendent tout ignorer de cette affaire, ajouta Blake. Ils affirment que sa mort les a pris au dépourvu. Mais je me demande si leur étonnement ne cache pas un très grand embarras... Nous savons que les hommes du Sultan ont essayé de tuer Paul Rashid pour défendre nos intérêts économiques, et ceux des Russes, en matière d'exploration pétrolière dans la région. Or le Sultan était le pantin de la CIA. À mon avis, il faudra qu'ils rendent des comptes. Sans compter que le Hezbollah, l'Armée de Dieu, l'Épée d'Allah et je ne sais qui encore sèment maintenant la pagaille dans toute la région. Il se passe quelque chose.

— Mince ! Je n'aime pas du tout ça, maugréa Jake Cazalet.

— C'est une affaire tordue, monsieur le président. Je ne peux pas le prouver, mais je suis prêt à parier qu'il y a du Rashid là-dessous.

— Charles Ferguson a-t-il plus d'infos ?

— Aucune idée. Je ne lui ai pas posé la question.

— Faites-le. Et revenez me voir ensuite.

À Londres, la nuit était tombée depuis longtemps lorsque Ferguson, assis dans le salon de son appartement de Cavendish Place, reçut un appel téléphonique de Blake.

— Pour le Sultan lui-même, je n'en sais hélas pas plus que vous, dit-il. Cependant, je vous confirme que, à notre avis, c'est Rashid qui a ordonné son assassinat.

— Vous en êtes certain ?

— Absolument. J'ai un agent là-bas, en qui j'ai toute confiance. Le Colonel Tony Villiers, qui commande sous contrat le bataillon des Hazar Scouts. Il m'informe régulièrement de la situation dans la région. Pendant la guerre du Golfe, en outre, il dirigeait l'unité SAS dans laquelle servait Rashid.

— Donc, il le connaît bien, répondit l'Américain, songeur. Merci, Charles. Comment va Dillon ?

Ferguson hésita.

— Eh bien, puisque vous l'évoquez... Nom de Dieu, Blake, tout ceci est strictement confidentiel, mais... Carrez-vous dans votre fauteuil, mon ami, car j'ai une sacrée histoire à vous raconter. Elle concerne les Rashid.

Il lui fit un récit détaillé, sans rien omettre : Drumcree, Aidan Bell, Kate Rashid, la mort des hommes de l'IRA Provisoire.

— Mon Dieu, dit Blake. Ils doivent préparer un gros coup...

— Alors vous non plus, vous ne croyez pas les sornettes qu'ils ont débitées à Dillon ? Cependant, les Rashid sont bel et bien en train d'investir de grosses sommes en Irlande du Nord. C'est un fait.

— Peut-être, mais Rashid a autre chose en tête, c'est évident. Sans doute quelque chose de très important. Tenez-moi au courant, Charles, je vous prie. Faites une bise à Hannah pour moi, et... dites à Dillon de surveiller ses arrières.

Blake Johnson coupa la communication, puis retourna au Bureau ovale pour informer le président.

NANTUCKET

5

Ils effectuèrent de nuit la traversée de Long Island à l'île de Nantucket. Casey prit la barre de l'*Alice Brown* au début, Arthur Grant le remplaça sur le coup de minuit, puis à quatre heures du matin Aidan Bell lui proposa d'aller se reposer dans la cabine.

Le jour n'était pas encore levé. Seule une veilleuse éclairait l'habitacle. Assis dans le fauteuil pivotant, la cigarette aux lèvres, l'Irlandais prenait un immense plaisir à piloter le bateau, en laissant vagabonder ses pensées.

Il avait beaucoup apprécié ses retrouvailles avec Dillon, qu'il considérait comme un vrai compagnon de route de la grande époque, même si par la suite leurs chemins avaient divergé. Kate lui plaisait bien, elle aussi. Elle avait de la trempe ! En plus elle l'avait tout de suite percé à jour. L'argent ne l'intéressait guère, et n'avait jamais été sa motivation première. En Tchétchénie, par exemple, il avait donné une sacrée leçon aux Russes : pour le général, une balle dans la tête à six cents mètres, et pour son état-major cinquante livres de Semtex. Un splendide barbecue, qui lui avait rappelé les actions de sa jeunesse, avec l'IRA...

La porte s'ouvrit sur Liam Casey, qui apportait des sandwichs et du thé.

— Je n'arrivais pas à dormir. Comment ça se passe ?

— Bien.

Aidan Bell activa le pilote automatique, puis entama un sandwich tandis que Casey servait le thé.

— Comment tu te sens ? demanda Bell.

— Moi ? Ça ira, je pense...

— Et pourquoi ça n'irait pas ? En Tchétchénie on s'en est bien tirés, non ?

Casey prit un sandwich.

— Ouais... Mais le président des États-Unis, Aidan, c'est quand même autre chose.

— Comme tu dis. Mais quel coup !

Bell entama un second sandwich. Casey eut un haussement d'épaules.

— J'ai un peu réfléchi à des trucs. Et si Cazalet ne se pointe pas chez lui, ce week-end ? Ça doit bien lui arriver, des fois.

— J'ai vérifié, tu penses bien ! Tu me prends pour un imbécile, ou quoi ? Et tout à l'heure encore, sur la télé qui est ici, j'ai regardé CNN pour connaître l'emploi du temps du président samedi et dimanche. Ils ont dit que comme d'habitude il se rendrait dans sa maison de famille à Nantucket. On est en Amérique, Liam. Ils te racontent tout, dans ce pays...

— Ben mince ! Pourquoi tu ne m'en as pas parlé ?

— À ce moment-là Grant était avec moi, et toi tu étais sur le pont en train de ranger le matériel. Quoi ? Pourquoi tu grimaces ?

— Je n'aime pas ce bonhomme, répondit Casey en lui tendant une cigarette. C'est un sournois, comme aurait dit ma grand-mère.

— Tout à fait d'accord. S'il me cherche des crosses, je lui éclate la tête. Mais ne te tracasse pas. Je vais lui raconter une petite histoire qui lui plaira bien. Laisse-moi gérer ça. Contente-toi de faire attention à ce qu'il ne fourre pas son nez dans le sac d'armes.

Plus tard, une bruine diffuse, presque un brouillard, se mit à tomber sur la mer. L'*Alice Brown* dérivait parallèlement à Nantucket, à environ quatre kilomètres de la côte. Arthur Grant tenait la barre, tandis qu'Aidan Bell et Casey s'activaient à la poupe. Après avoir accroché des filets de pêche à l'auvent, ils avaient mis le scooter sous-marin à l'eau, et s'occupaient à présent de préparer leur matériel de plongée.

— Mettez le moteur au ralenti, en marche arrière, ordonna Bell.

Grant obtempéra aussitôt. Le bateau s'immobilisa presque. Bell et Casey enfilèrent leurs combinaisons.

— Ça se passe comme vous voulez ? demanda Grant, penché à la porte de l'habitacle.

— Très bien, répondit Bell. Branchez le pilote automatique et amenez-vous par ici !

Il enfila le gilet stabilisateur, auquel il avait déjà fixé deux bouteilles d'air comprimé.

— Tu es sûr qu'on va y arriver ? demanda Casey en l'imitant. Quatre kilomètres en quarante-cinq minutes ?

— Le Dolphin est largement assez puissant pour ça. Et à l'aller, le courant nous aidera. Nous ferons tout le trajet sous quatre ou cinq mètres d'eau, pas plus. Avec deux bouteilles chacun, ça ira parfaitement.

Il fixa à sa ceinture le leash du sac d'armes étanche, puis enfila des gants. Grant s'approcha.

— Maintenant, dit Bell, c'est le moment de vérité. Nous allons nous rapprocher de la côte pour trouver une épave qui date de la Seconde Guerre mondiale. Un bateau irlandais qui s'appelait le *Rose of Tralee*...

L'histoire qu'il avait concoctée était si convaincante qu'il commençait lui-même à y croire.

— Entre autres choses, il transportait une cargaison de lingots d'or appartenant à la Banque d'Angleterre, et qui devait être mise en sécurité dans un coffre à Boston. Des gens recherchent cette épave depuis des années et des années. Le mois dernier, j'ai rencontré un type, un pépé de quatre-vingt-six ans, qui était matelot sur le *Rose of Tralee*. Il a survécu au naufrage qui s'est produit quand un sous-marin allemand les a torpillés. Il ignorait qu'il y avait de l'or à bord, mais il a pu me donner la position du bateau.

— Nom de Dieu ! fit Grant.

— Donc... Jouez le jeu jusqu'au bout, et vous serez récompensé.

— Sûr ! Je suis avec vous, monsieur Bell, affirma Grant avec empressement.

— Restez ici. Jetez l'ancre. Mettez les filets à l'eau. Ayez l'air d'un pêcheur, et d'un pêcheur actif. Avec un peu de chance nous serons revenus dans trois heures.

Bell enfila son masque, glissa l'embout du détendeur entre ses lèvres, puis se laissa tomber dans l'eau. Comme il attachait le sac d'armes au Dolphin, Casey le rejoignit. Bell alluma le moteur du scooter sous-marin, puis ils agrippèrent chacun une des poignées de la machine.

Le Dolphin plongea. Bell le stabilisa à quatre mètres de profondeur, puis accéléra en le dirigeant droit sur la côte de Nantucket.

Sur le perron de la vieille maison qui faisait face à la mer, Jake Cazalet, vêtu d'un survêtement des Marines, sirotait sa première tasse de café de la journée. Murchison, son Labrador blond à poil court, un animal qu'il adorait, courait sur la plage en contrebas, devant Clancy Smith.

Il entendit un bruit de pas derrière lui. Blake Johnson le rejoignit, une tasse de café à la main.

— Vous savez, Blake, je ne me lasserai jamais de venir ici.

— Je comprends, monsieur le président.

— J'ai hâte d'aller courir. Vous m'accompagnez ?

— Avec votre permission, pas ce matin. Bien que la journée commence à peine — un jour de week-end, en plus ! —, Harper croule sous le travail dans la Salle des communications. Une grosse quantité de données vient d'arriver du Congrès. Il vaut mieux que je reste pour lui donner un coup de main.

— D'accord. Mais venez donc une minute voir mon nouveau jouet. Il m'a été livré cette semaine.

Cazalet le conduisit jusqu'au jardin. Il ouvrit la porte de la remise. Une moto de trial rutilante, posée sur sa béquille, se trouvait à l'intérieur.

— C'est une Montesa, précisa-t-il avec satisfaction. Je vais beaucoup m'amuser, sur les chemins de l'île, avec cet engin.

— Je veux bien vous croire, répondit Blake. Mais moi... Pour être franc, il y a des années que je n'ai pas conduit de moto.

— Bah ! Un joujou pareil, un enfant pourrait le conduire. Savez-vous que certains bergers s'en servent pour mener leurs troupeaux ?

Cazalet enfourcha la moto, la démarra et sortit de la remise. Il fit le tour du jardin avant de revenir auprès de Blake.

— Et voilà ! Ce n'est pas plus compliqué que ça, dit-il en coupant le contact. Si ça vous tente, n'hésitez pas.

— D'accord. Je l'essaierai un jour ou l'autre.

Comme ils retournaient vers la maison, la pluie se mit à tomber. Murchison les attendait sous la véranda, assis, la langue pendante. Clancy s'approcha. Il avait enfilé un ciré jaune à capuche, et en tenait un autre, qu'il offrit à Cazalet.

— Vous connaissant, monsieur le président, je suppose que nous allons quand même courir ? Ce n'est pas un peu d'eau qui vous dissuadera.

— Bien vu, Clancy.

Cazalet enfila le ciré, le boutonna et siffla Murchison.

— Viens, mon chien !

Il descendit les marches du perron et se mit à courir à petites foulées. L'animal se précipita à son côté. Clancy Smith vérifia que son oreillette tenait bien en place, transféra son arme — un vieux Browning qu'il aimait bien — de son holster d'épaule à sa poche droite, puis rattrapa le président.

Aidan Bell ne s'était pas trompé dans ses calculs. Aidés par le courant, ils parvinrent en moins de cinquante minutes à l'embouchure du marais. Il s'agissait, bien sûr, d'un marais salin, et c'était un splendide territoire de roseaux géants, de canaux plus ou moins profonds et de bancs de vase, colonisé par une multitude d'espèces d'oiseaux.

Des oiseaux qui prirent leur envol avec force piaillements de colère quand le Dolphin refit surface.

Bell et Casey se dirigèrent vers une plage sableuse en pente douce. Ils tirèrent le scooter sous-marin hors de l'eau, puis se débarrassèrent de leurs gilets stabilisateurs et de leurs bouteilles. Tout cela sans échanger un seul mot. Enfin, Bell ouvrit le sac d'armes. Après avoir tendu à Casey un fusil d'assaut AK et un Browning, il prit les siens.

Ils se redressèrent. Étrangement, leurs combinaisons de plongée noires, luisantes, leur donnaient l'air de chevaliers du Moyen Âge.

— Nous savons qu'il fait toujours son jogging avant le petit-déjeuner. Vu l'heure, autant dire qu'il est peut-être déjà à mi-parcours. Ou qu'il va se mettre en route très bientôt. Dans le marais, les sentiers sont innombrables et partent dans toutes les directions. Mais entre le marais et la maison, il n'y a qu'un seul chemin d'accès, qui fait à peu près cinq cents mètres de long. C'est là que nous devons le cueillir. En nous planquant au bord de ce chemin, nous serons sûrs de l'avoir — soit quand il viendra vers nous, soit quand il rentrera chez lui. Allons-y !

Il pivota sur lui-même et ouvrit la marche au milieu des roseaux. Il se sentait calme, déterminé, et l'idée d'assassiner dans quelques minutes le président des États-Unis ne suscitait en lui aucune émotion particulière.

Jake Cazalet, Clancy et Murchison couraient à bonne allure. Il pleuvait à verse, à présent, mais le président s'en fichait. Il savourait chaque minute de ce jogging matinal. Comme il aimait le répéter, cet exercice lui faisait oublier le poids des années — et les soucis que ne manquait pas d'éveiller en lui le monde, tellement complexe, auquel il avait à faire face.

Murchison cavalait juste à côté de lui ; Clancy, comme d'habitude, se tenait cinq pas en retrait. Ils firent une pause sur un vieux pont de bois surmonté d'un toit qui leur offrit un abri appréciable contre la pluie.

— Tout va bien, monsieur le président ? demanda l'agent des services secrets.

— Parfaitement bien. J'en veux bien une, comme d'habitude.

Clancy sortit un paquet de Marlboro de sa poche, alluma deux cigarettes. Cazalet en prit une. Il tira dessus et exhala la fumée avec un immense plaisir.

— Que jamais les photographes ne vous voient faire ça, monsieur le président.

— Bah ! J'ai bien le droit d'avoir au moins une petite faiblesse. Au Viêt-nam, ce sont ces... clopes qui m'ont permis de tenir le coup. Et vous dans le Golfe, je crois.

— Je ne peux pas le nier, acquiesça Clancy.

Ils fumèrent dans un silence agréable et complice, puis enfouirent les mégots dans la terre.

— Allons-y, dit Cazalet, et il repartit au trot sous la pluie.

Caché dans les roseaux au bord du chemin, Bell les vit arriver de loin. Il se tourna vers Casey, qui s'était posté de l'autre côté du chemin.

— Les voilà ! murmura-t-il avec force. Prépare-toi. Tu prends le type des services secrets, je m'occupe du président. Ne t'emballe pas. Prends le temps de viser.

Il patienta. À quoi bon l'abattre de loin, alors que les circonstances permettaient de le tuer quasiment à bout portant ? Il s'installa, le fusil à l'épaule, et regarda Cazalet courir droit vers lui.

Comme Bell l'avait lui-même expliqué à Kate Rashid, il arrive que les opérations les mieux préparées se déroulent complètement de travers. À cause d'un grain de sable. Il avait tout prévu, peaufiné les moindres détails de son plan, envisagé toutes les éventualités — mais il n'avait pas pensé au sixième sens d'un certain Labrador à poil court baptisé Murchison.

Mû par cet instinct si particulier que seuls les chiens possèdent, Murchison pressentit le danger, accéléra subitement et se précipita dans les roseaux sur le côté du chemin.

Casey se redressa brusquement au-dessus de la végétation, essayant d'échapper au Labrador qui l'agrippait par la cheville. Dans le mouvement, il pressa la détente de son AK. Le fracas de l'arme déchira le silence matinal.

Jake Cazalet s'immobilisa à quelque vingt-cinq mètres d'Aidan Bell, qui resta caché et le prit en joue. Mais Clancy Smith réagit trop vite. Il poussa brusquement le président de côté — et reçut dans l'épaule droite la balle que Bell avait destinée à Cazalet.

Il chancela, mais ne s'écroula pas.

— À couvert, monsieur le président ! cria-t-il, et d'une bourrade il força Cazalet à se mettre à l'abri dans les roseaux.

Sur un sifflement de son maître, Murchison les rejoignit quelques secondes plus tard. Une large déchirure zébrait le ciré jaune de Smith ; le sang y coulait en abondance.

— Vous tiendrez le coup ? demanda Cazalet.

— Ça ira, oui. Vous devriez prendre ça, monsieur le président, dit l'agent des services secrets, et il lui passa le Browning.

Un peu plus loin, Bell chuchota d'un côté à l'autre du chemin :

— Reste planqué, Liam.

Avec son AK, il tira plusieurs salves vers l'endroit où il avait vu les deux hommes disparaître entre les roseaux.

Clancy appelait déjà à l'aide sur son portable, et Cazalet répliqua deux fois de suite avec le Browning.

Dans la Salle des communications, Blake Johnson et Harper examinaient ensemble des documents du renseignement, quand la voix de Clancy s'éleva dans les haut-parleurs :

— Alerte ! Le président est attaqué !

En arrière-plan, ils entendirent des coups de feu. Blake se précipita sur le micro.

— Où êtes-vous ?

— À la moitié du chemin principal. Je suis touché, mais le président est indemne. C'est lui qui répond à l'agresseur.

— J'arrive, dit Blake, et il se tourna vers Harper. Donnez-moi votre arme. Vous savez ce que vous avez à faire.

Atterré, Harper lui tendit un Beretta. Blake le glissa dans sa poche, se précipita dehors, dans le jardin, et jusqu'à la remise. Quelques secondes plus tard, il s'élançait sur la Montesa en direction du marais.

À travers les roseaux, Clancy et le président le virent arriver d'assez loin. C'était aussi valable, bien sûr, pour Bell et pour Casey.

— Il est fou, nom de Dieu ! s'exclama Cazalet. Il va se faire descendre. Pourquoi n'a-t-il pas attendu que la cavalerie débarque ?

— Ce n'est pas le genre de Blake, répondit Clancy Smith avec un sourire.

Blake avait poussé la moto de trial à près de quatre-vingt-dix à l'heure — une vitesse insensée, sur ce chemin étroit et boueux. Aidan Bell tira entre les roseaux une courte salve qui fit exploser le pneu avant. La Montesa fit une embardée et se coucha en dérapant vers l'accotement, mais Blake réussit à sauter de la selle et à effectuer une roulade pour s'immobiliser par terre sans heurt.

Liam Casey fit à ce moment-là une grave erreur. Il se mit debout, brandissant son AK.

— Tu es mort, salopard !

La main de Blake jaillit de sa poche droite, tenant le Beretta. Il fit feu, touchant le colosse irlandais en pleine poitrine. Casey poussa un cri, tituba, puis tomba la tête la première dans les roseaux, près de Bell.

Un peu plus loin sur le chemin, Cazalet se redressa un instant.

— Par ici, Blake. Je vous couvre.

Et il se dissimula de nouveau derrière les roseaux. Blake vint vers lui en boitant.

— Aidan, grogna Liam Casey, est-ce que tu peux abattre ce fumier qui m'a tiré dessus ?

Bell aperçut Blake s'enfoncer dans les roseaux.

— C'est trop tard, Liam.

— Nom de Dieu, ce que j'ai mal !

Bell examina la blessure de son comparse : un trou béant, inondé de sang, en plein milieu de la combinaison de plongée.

— Oui, j'imagine.

Dans le lointain, il entendit un inquiétant bruit de moteur.

— Mince. Voilà la brigade d'intervention. Faut ficher le camp d'ici.

— Que veux-tu dire ? demanda Liam, effaré.

— Je veux dire que parfois on gagne, et d'autres fois on perd. Et aujourd'hui, à cause de cette saleté de cabot, l'opération est un échec total. Il mérite que Cazalet lui achète un collier en or massif. Je vais leur faire peur, et me barrer en vitesse.

Il pointa l'AK vers les roseaux dans la direction du président, tira à plusieurs reprises afin de vider le chargeur, puis le laissa tomber dans la boue et ramassa le fusil de Casey.

— Et moi, qu'est-ce que je fais ? gémit ce dernier.

— Toi, tu me poses un sérieux problème. Mais j'ai la solution. Nos amis n'ont vu qu'un seul gars, pas deux. S'ils te trouvent ici, ça les occupera un moment et ça me laissera le temps de disparaître.

Il se redressa et saisit le Browning muni du silencieux Carswell qu'il portait à la ceinture.

— Tu ne peux pas m'abandonner, Aidan, protesta son complice.

— Le pragmatisme s'impose.

Bell visa le cœur, le Browning toussota. Liam Casey se raidit et retomba dans la boue.

— Désolé, vieux frère, murmura Aidan en rangeant son arme, puis sans perdre une seconde il s'éloigna à travers les roseaux.

Il n'avait guère plus de trois cents mètres à parcourir pour retrouver le Dolphin. Une distance raisonnable, qui lui permettrait d'avoir remis son équipement de plongée et de disparaître sous l'eau avant que les hélicoptères ne commencent à survoler la zone. Ensuite, le cadavre de Liam constituerait une excellente diversion.

La longue salve finale de l'AK laissa place à un silence profond.

— Peut-être est-il mort ? suggéra Cazalet au bout de quelques instants.

— Ou alors, il a décampé, observa Clancy.

Murchison gémit, puis renifla en dressant le museau.

— Il a senti quelque chose, dit le président.

Les hélicoptères — il en arrivait deux — n'étaient plus très loin.

— Le tueur ne risque pas d'attendre que nos gars débarquent, dit Blake. Soit il est mort, soit il a filé. Je prends les devants.

Il se redressa et sortit du couvert des roseaux avant que le président n'ait eu le temps de lui ordonner de rester. S'avançant dans le chemin, il agita les bras à l'attention des deux hélicoptères Hawk, qui descendirent rapidement au-dessus du marais. De chacun des appareils surgirent six agents des services secrets en combinaison d'assaut bleu marine, armés du tout nouveau pistolet-mitrailleur Parker-Hale. Ils formèrent un cordon de sécurité : Jake Cazalet s'avança, soutenant Clancy Smith qui avait perdu une énorme quantité de sang.

— Le président est indemne, dit Blake.

— Grâce à Clancy, précisa l'intéressé. Il a reçu la balle qui m'était destinée. Que deux hommes l'emmènent immédiatement avec un des hélicos.

— Et vous, monsieur le président, vous connaissez nos règles de sécurité, reprit Blake. Nous devons vous conduire en lieu sûr et vous protéger jusqu'à ce que l'affaire soit tirée au clair.

— Admettons ! marmonna Cazalet. Allons-y, puisqu'il le faut...

Il siffla Murchison et suivit les hommes qui portaient Clancy Smith.

L'un des Hawk décolla. Blake s'adressa aux agents rassemblés autour de lui.

— J'ai aperçu un homme vêtu d'une combinaison de plongée noire. Il était armé — un AK — et il a essayé de me tuer. Je suis certain de l'avoir touché à la poitrine. Je l'ai vu tomber dans les roseaux, de ce côté-là. Ne revenez pas sans l'avoir trouvé.

Aidan Bell boucla le gilet stabilisateur autour de sa taille. Masque sur le visage et embout de détendeur entre les lèvres, il mit le Dolphin à l'eau et démarra le moteur. Par précaution, il descendit à sept mètres de profondeur. Dix minutes plus tard, il avait atteint la mer. « Tu es doué, Aidan, se dit-il en son for intérieur. Tu as toujours été très doué pour te tirer d'affaire. »

Quand les agents des services secrets découvrirent Liam Casey, ils pensèrent tout d'abord qu'il était mort. L'un d'eux alla prévenir Blake. Lorsque celui-ci arriva à l'endroit où Bell avait abattu son comparse, cependant, la situation avait changé : trois agents se chargeaient de soulever délicatement Casey pour le porter jusqu'à l'hélicoptère.

Campbell, le chef de groupe, informa Blake :

— Il a une sale blessure au ventre. Votre balle, à mon avis. Mais vous dites n'avoir tiré qu'une seule fois ?

— Absolument.

— Alors c'est qu'il y avait quelqu'un d'autre dans les parages. Quelqu'un qui a essayé de lui loger une balle dans le cœur. Pour l'achever, j'imagine, sauf que le gars avait un Browning caché sous sa combinaison, et la crosse a détourné la balle. Il n'empêche qu'à mon avis il ne vivra pas longtemps.

— Dans ce cas, emmenez-le le plus vite possible auprès d'un chirurgien.

Il y avait un hôpital militaire à une cinquantaine de kilomètres de là, sur la côte du Massachusetts.

— On vient de m'apprendre que le président s'y trouve déjà avec Clancy, précisa Campbell.

— Alors, dépêchons-nous.

Dans le Hawk, ils étendirent Liam Casey sur une civière et appliquèrent des compresses sur ses blessures. Ses yeux papillotèrent, puis s'ouvrirent en grand. Il dévisagea les personnes présentes autour de lui, puis son regard s'arrêta sur Blake — et s'intensifia aussitôt, comme s'il le reconnaissait.

— Je sais qui vous êtes, murmura-t-il.

Blake se pencha vers lui.

— Comment ? Vous me connaissez ?

— Le Sous-sol. Vous êtes l'ami de Dillon. Le type du Sous-sol.

Jamais Blake n'avait connu pareille stupéfaction.

— Nom de Dieu, comment se fait-il que vous sachiez cela ?

Mais il n'obtint aucune réponse, car Liam Casey s'était évanoui.

À l'hôpital, Casey fut immédiatement conduit au bloc opératoire. Blake trouva Cazalet dans un salon particulier, une tasse de café à la main.

— Comment va Clancy, monsieur le président ?

— L'opération va être difficile, mais il devrait s'en tirer. Il mérite une médaille. La plus haute distinction. Bon sang, Blake, vous vous rendez compte qu'il m'a poussé sur le côté pour prendre la balle à ma place ?

— Je sais ce dont il est capable.

— On m'a dit que vous aviez retrouvé l'assassin ? Dans quel état est-il ?

— Le chirurgien s'occupe de lui. Il a dit quelques mots dans l'hélicoptère.

Blake lui répéta les propos exacts tenus par le blessé.

— Le type du Sous-sol ? L'ami de Dillon ? s'étonna Cazalet. Blake, qu'est-ce que c'est que cette histoire ?

— Pour le moment, monsieur, je ne sais pas. Nous devons attendre.

— En tout cas, une chose est certaine : je ne veux pas que cette affaire s'ébruite. Secret absolu sur cette tentative d'assassinat. Ce qui s'est passé ce matin n'est jamais arrivé. Vous, moi, et les gars des services secrets — il n'y a que nous qui sachions, et c'est très bien ainsi. Ceci dit, je tiens à découvrir la vérité : qui était derrière cet attentat, et pourquoi ?

— Dois-je en parler à Ferguson, monsieur le président ? L'homme a mentionné Dillon. C'est peut-être un début de piste...

— En effet. D'accord, racontez notre aventure à Charles et à Dillon. Mais à personne d'autre.

— Pour Murchison, nous n'avons rien à lui dire, précisa Blake avec un sourire. Il est déjà au courant.

Le chien était allongé devant le radiateur électrique. En entendant son nom, il se leva et s'approcha d'eux avec une joie manifeste. Le président des États-Unis lui donna une bise sur la truffe.

— Il s'est jeté sur ce salopard. Il m'a sauvé la vie, Blake.

— Oui, c'est un précieux compagnon. Veuillez m'excuser, à présent, monsieur le président. L'enquête m'attend.

Une forte houle secouait l'*Alice Brown* lorsque Bell refit surface avec le scooter sous-marin. Des filets couvraient les flancs du bateau, disparaissant sous l'eau. Grant avait bien fait les choses pour se donner l'air d'un pêcheur en pleine activité.

Bell détacha les sangles et les Velcros de son gilet, puis laissa ses bouteilles couler. Il retira enfin son masque et ses palmes. Il s'était débarrassé de l'AK un moment plus tôt, sous l'eau.

— Aidez-moi à remonter, ordonna-t-il.

Grant se pencha par-dessus la rambarde, sourcils froncés.

— Où est votre ami ?

— Nous avons eu un accident.

Grant se rembrunit ; l'explication lui paraissait un peu courte.

— Quoi ? Non, mais... Qu'est-ce qui vous arrive ?

Bell baissa la fermeture Éclair de sa combinaison, sortit son Browning et visa Grant pour lui loger une balle entre les yeux. Il se hissa à bord par l'arrière, et avant de ranger son arme tira trois fois sur le Dolphin qui commença aussitôt à couler. Dans les coffres de rangement de l'habitacle il trouva une longue chaîne qu'il enroula autour des chevilles de Grant avant de le balancer à la mer. Le corps disparut en quelques secondes. Bell remonta les filets, puis l'ancre. Avant de démarrer les moteurs, il descendit dans la coquerie chercher la bouteille de whiskey irlandais qu'il avait lui-même apportée.

Le bateau prit rapidement de la vitesse. Tenant la barre d'une main, Bell se servit de l'alcool — une très grande rasade — dans une tasse en plastique. Il la but d'un trait, puis s'en versa une seconde tandis que la pluie se remettait à tomber.

Lorsque Paul Rashid reçut un appel de Bell sur son portable codé, il était assis près de la cheminée, en compagnie de sa sœur, dans le salon de leur vaste propriété de Quogue. Michael et George, quant à eux, se trouvaient à Londres.

— Alors, comment ça s'est passé ? demanda l'aîné des Rashid.

— L'opération a foiré. Voilà ce qui est arrivé...

L'Irlandais lui relata les événements qui s'étaient produits à Nantucket. Sa version des faits était relativement honnête : il se contenta juste de ne pas préciser qu'il avait achevé Liam Casey.

— J'aimerais pouvoir vous dire que je suis désolé, conclut Bell. Je n'y suis pour rien. Je n'ai commis aucune erreur. S'il n'y avait pas eu ce sale cabot, l'Amérique aurait un président de moins.

— Vous connaissez l'expression arabe ? *Inch'Allah !* Par la grâce de Dieu, précisa Paul Rashid. Vous n'avez pas pu tuer le chien ?

— Nous n'en avons même pas eu le temps.

— Quand serez-vous ici ?

— Dans quatre heures.

— Bien. Je vais m'assurer que le Gulfstream soit prêt à décoller de l'aéroport de Westhampton. Ma sœur est ici, avec moi. Nous retournerons tous ensemble en Angleterre.

— Ça me convient.

— Et Grant ? Je déteste les électrons libres.

— Affaire réglée. Comment dit-on, déjà ? Arthur Grant... « dort avec les poissons ». C'est ça !

— Et son bateau ?

— Je gagnerai la côte avec l'annexe.

— Parfait. À bientôt.

Paul Rashid coupa la communication.

— Un chien, dit-il à Kate. Un labrador qui s'appelle Murchison !

Il éclata de rire, puis se ressaisit et composa un nouveau numéro.

— J'appelle l'aéroport pour qu'ils préparent le Gulfstream, expliqua-t-il. Ensuite, nous ouvrirons une bouteille de champagne.

— Pour fêter quoi ?

— Pour fêter *qui*, tu veux dire. Murchison, bien sûr !

À l'hôpital militaire, le personnel médical lutta sans relâche pendant quatre heures pour sauver la vie de Clancy Smith. On avait fait venir, par un avion de l'Air Force, deux chirurgiens supplémentaires spécialisés en traumatologie, ainsi que le médecin personnel du président.

Après l'opération, Cazalet et Blake passèrent un moment au chevet du malade. De puissants analgésiques atténuaient ses souffrances, et il était maintenant en mesure de leur parler. Le chirurgien en chef entra dans la chambre pour l'examiner.

— Vous tiendrez le coup, fiston. Vous êtes tiré d'affaire.

— Merci, monsieur.

Le chirurgien fit un signe à Cazalet, qui le suivit dans le couloir.

— Monsieur le président, suis-je bien sûr de deviner ce qui s'est passé ce matin à Nantucket ?

— Faites-moi le serment, Robert, de ne jamais révéler cette histoire à quiconque.

— Je vous le promets, monsieur le président. Cependant... C'est une balle d'AK que nous avons extraite du corps de cet homme. Moi-même, j'en ai pris une au Viêt-nam...

— Cette balle m'était destinée. Clancy a eu le courage de me pousser sur le côté, et de s'offrir comme cible au tireur.

— Seigneur ! Et l'autre homme ?

— C'est l'assassin. Ou l'un des assassins. Nous pensons qu'il n'était peut-être pas seul. Est-ce qu'il survivra ?

— Difficile à dire. Je vous tiendrai au courant. Nous aurons bientôt terminé de l'opérer.

De retour dans la chambre, Cazalet informa Blake de la situation.

— Espérons qu'il vivra. J'ai hâte de tirer cette affaire au clair.

Clancy, qui semblait au bord de l'évanouissement, murmura soudain :

— Est-ce que je vais conserver mon boulot, monsieur le président ? Ou bien... vous allez prendre quelqu'un d'autre ?

— Il faudrait me tuer pour que je me débarrasse de vous, mon ami.

Clancy poussa un petit rire, puis grimaça.

— Seigneur... Ce que j'ai mal ! D'un autre côté, c'est assez drôle...

— Reposez-vous, l'interrompit Blake. Le président et moi allons manger un morceau. Nous reviendrons vous voir un peu plus tard.

Aidan Bell eut beaucoup de chance quand il arriva près de Quogue à la barre de l'*Alice Brown*. Un épais brouillard recouvrait toute la côte ; il ne risquait pas d'être vu. À moins d'un kilomètre du rivage, il mit le canot gonflable à l'eau, puis plongea sous le bateau pour ouvrir les purgeurs. Il grimpa à bord du canot, démarra le moteur et s'éloigna de quelques mètres. Rapidement, l'eau envahit le pont de l'*Alice Brown,* qui disparut quelques instants plus tard sous les vagues. Bell mit les gaz et se dirigea vers le rivage.

À la propriété des Rashid, Paul et sa sœur patientaient dans le salon.

— Et maintenant, que va-t-il se passer ? demanda-t-elle.

— J'ai une cible de remplacement. J'avais envisagé l'éventualité d'un échec avec Cazalet.

— Ai-je le droit de savoir qui c'est ?

— Bientôt, chère sœur. Mais pas tout de suite.

Un petit coup sec, sur la vitre de la porte-fenêtre donnant sur le balcon, les fit sursauter. Paul Rashid se leva en sortant un

Walther de sa poche, et fit signe à Kate de s'approcher doucement de la porte-fenêtre.

Derrière les carreaux, elle aperçut un homme en combinaison de plongée : Aidan Bell.

— Dieu bénisse cette demeure et tous ses occupants, comme on dit chez moi ! lança-t-il avec un sourire narquois quand elle ouvrit la porte.

— Vous allez bien ?

— Aussi bien que possible. Montrez-moi où vous avez rangé mon sac de voyage. Une douche, des vêtements secs, et je suis prêt.

— Dépêchez-vous, dit Rashid. Nous décollons de Westhampton dans une heure.

— Est-ce que la télévision a parlé de notre affaire ? demanda Bell.

— Non. Pas la moindre allusion, ce qui est assez étrange. Je n'aime pas du tout ça. Il faut filer d'ici en vitesse.

Après s'être restauré, le président se reposa un moment dans l'une des chambres réservées au personnel de l'hôpital militaire. Blake, lui, somnolait sur une chaise du salon, lorsqu'une main se posa sur son épaule. Il ouvrit les yeux et se redressa. Un colonel de l'Air Force se tenait devant lui : l'un des chirurgiens qui avaient opéré Liam Casey.

— Monsieur Johnson. L'assassin a repris conscience. Mais il est extrêmement faible, je pense qu'il ne vivra plus très longtemps.

— Est-ce que je peux lui parler ?

— Vous pouvez toujours essayer, mais je ne sais pas si vous en tirerez grand-chose.

— Compris. J'y vais tout de suite. Avertissez le président je vous prie.

Liam Casey était sous assistance respiratoire. Un infirmier se trouvait dans la chambre, à son chevet.

— J'ai la permission d'essayer de lui parler, annonça Blake.

— Hmm... Ça m'étonnerait qu'il soit très bavard.

Blake tira une chaise près du lit. Casey ouvrit les yeux. Il se racla la gorge, et s'exprima alors d'une voix étonnamment ferme :

— Je vais mourir, n'est-ce pas ? Vous, vous êtes le type qui m'a logé cette balle dans le ventre. Le patron du Sous-sol. L'ami de Dillon.

— Et vous ? répliqua Blake. Comment vous appelez-vous ?

Le président et le chirurgien entrèrent dans la chambre.

— J'imagine que ça ne changera rien, maintenant, si je vous dis mon nom, commenta le malade d'un air résigné. Je m'appelle... Casey — Liam Casey.

— D'où venez-vous ?

Un filet de sang coulait entre les lèvres de Casey. L'infirmier lui essuya doucement la bouche.

— De Drumcree. Comté de Down.

— OK, je connais le coin, répondit Blake. Mais vous, pourquoi m'appelez-vous le patron du Sous-sol ? Et pourquoi dites-vous que je suis l'ami de Dillon ?

— J'ai lu un topo sur vous... dans le dossier. Il y avait aussi votre photo.

— Quel dossier ?

— Le dossier qu'Aidan avait préparé, le projet d'assassinat du président. Trois millions. La fille nous a offert trois millions, quand on s'est rencontrés à Drumcree. Elle a menti à Dillon, en lui racontant qu'elle avait juste besoin de notre protection... Soi-disant parce qu'elle voulait investir en Irlande du Nord.

— Nom de Dieu, marmonna Cazalet. Qu'est-ce que c'est que cette histoire ?

Blake lui fit signe d'écouter Liam Casey, et demanda :

— Cet Aidan dont vous parlez, c'est Aidan Bell ? Il était avec vous, quand vous avez essayé de tuer le président ?

— C'est lui qui m'a tiré cette balle... dans le cœur. J'ai cru qu'il m'avait achevé. Il m'a abandonné, pour que je porte le chapeau... et il s'est tiré !

— Comment ? Comment a-t-il pris la fuite ?

— En plongée, avec un scooter sous-marin, répondit Casey qui prenait, curieusement, de plus en plus d'aplomb. Un bateau de pêche... de pêche sportive... nous attendait, en face de Nantucket, pour nous ramener à Long Island. Ils ont une maison là-bas ! Les Rashid, ils ont une maison !

— Calmez-vous, dit Blake d'une voix apaisante. Pourquoi parlez-vous des Rashid ? C'est Paul Rashid qui a commandité ce meurtre ? Pourquoi voulait-il tuer le président ?

— Un agent double, un Russe... Gatov... a tué sa mère. Alors Rashid l'a éliminé. Ensuite, les Arabes ont essayé de le tuer, lui, pour favoriser les Russes et les Américains dans l'exploration pétrolière dans la péninsule Arabique. Il voulait se venger.

— Et il a échoué.

— Comme vous dites. Mais il a une cible de remplacement.

— Qui ? De qui s'agit-il ?

— Il ne nous l'a pas dit.

Tout à coup, une grimace de souffrance tordit les traits de Casey. Son corps fut saisi de convulsions. Blake s'écarta du lit pour permettre à l'infirmier et au chirurgien d'intervenir.

— Veuillez sortir, messieurs, dit le colonel de l'Air Force.

Le président et Blake retournèrent au salon.

— Quelle histoire ! C'est invraisemblable, marmonna Cazalet.

— Oui. Mais souvenez-vous de la conversation que j'ai eue il n'y a pas si longtemps avec Charles Ferguson. Il m'avait parlé d'un voyage que Lady Kate Rashid aurait effectué, dans le comté de Down, en utilisant Dillon comme garde du corps...

Quand Blake revint au salon, une heure plus tard, le président était assis dans un fauteuil, une tasse de café à la main, la mine soucieuse.

— Alors ? fit-il.

— Casey est mort. J'ai appelé Harper, qui est encore chez vous, dans la Salle des communications. Il oriente ses recherches sur Long Island, du côté de la propriété des Rashid.

Cazalet alluma une Marlboro, se leva et fit les cent pas à travers la pièce.

— Ça défie l'entendement. Rashid est l'un des hommes les plus riches du monde. Il est comte, et ami de la famille royale d'Angleterre. Il s'est montré héroïque au combat. Qui peut croire, nom de Dieu, qu'il ait voulu faire une chose pareille ?

— Personne, monsieur le président. Personne en ce bas monde. Et puisque Casey est mort, tout ce qu'il nous a avoué pourrait être réfuté, considéré comme les divagations d'un homme à l'agonie. Ce qui veut dire que pour le moment nous n'avons rien qui nous permette d'agir contre Rashid.

— À votre avis, Blake, pourquoi est-il si déterminé à se venger ?

— Oh, sans doute pour un tas de raisons... La tentative d'assassinat à son encontre, la disparition de sa mère, la trahison du Sultan, l'envie qui le tenaille de nous chasser du Hazar, nous les Américains. Nous sommes le Grand Satan, ne l'oubliez pas. Il est anglais, certes, mais il est aussi à moitié bédouin, et... Pour ma part, je n'aimerais pas me retrouver seul avec lui dans le désert.

— Et toute sa fortune ? Ça ne signifie rien, pour lui ?

— L'argent n'est que l'instrument de sa puissance. S'il lui permet de débarquer dans le Golfe en hélicoptère, c'est pour mieux chevaucher le dromadaire en compagnie de ses guerriers bédouins. À ses yeux, rien n'est plus important...

Un long silence tomba entre eux. Cazalet s'apprêtait à relancer la conversation, lorsque le portable de Blake sonna.

— Très bien. Je vous rappelle, conclut-il après avoir écouté son interlocuteur, et il coupa la communication. C'était Harper, monsieur le président. Les Rashid étaient à Quogue.

— Et ?

— Ils ont décollé de Westhampton il y a quatre heures. Paul et Kate Rashid, plus un dénommé Thomas Anderson.

— Aidan Bell ?

— Sans doute. Destination la base de la RAF de Northolt, près de Londres.

De nouveau, il y eut un silence, puis Cazalet soupira.

— Nous ne pouvons rien faire de plus, n'est-ce pas ?

— En toute franchise, je ne crois pas. Pas pour le moment. Mais je vais contacter Ferguson.

— Parfait. Racontez-lui l'affaire, puis prenez un avion pour Londres. Je vous charge de coordonner les opérations en collaboration avec le général.

— À propos, il vient d'être promu. Il n'est plus général de brigade, mais général de division.

— Ah oui ? Ça me fait très plaisir pour lui. Je le féliciterai moi-même avant votre départ. Mais je veux rentrer chez moi, à présent. La journée a été rude.

À bord du Gulfstream, au-dessus de l'Atlantique, Bell et les Rashid partagèrent un repas léger composé de saumon fumé, de salade et de champagne.

Aidan vida son verre et le posa devant lui.

— Que va-t-il se passer, maintenant ?

— J'y réfléchis. Pour l'heure, j'ai des problèmes à régler dans le Hazar, répondit Paul. Je vous contacterai.

— D'accord, mais n'attendez pas trop longtemps. Moi, d'ici là, je fais un saut à Drumcree pour m'assurer que tout est en ordre, et que mes gars se tiennent bien.

— Ça, je n'en doute guère, commenta Kate Rashid.

— Ils connaissent les consignes. Ils savent qu'il vaut mieux ne pas m'énerver.

Aidan Bell inclina le dossier de son fauteuil et ferma les yeux. La journée avait été longue ; il méritait de prendre un peu de repos.

Londres

6

Ce soir-là, Ferguson, Dillon et Hannah Bernstein se retrouvèrent chez le général, à son appartement de Cavendish Place, pour discuter de l'affaire. Après qu'ils eurent récapitulé tous les éléments dont ils disposaient — sans aboutir à la moindre conclusion —, Ferguson prit la parole :

— Bon. Le tueur engagé par Rashid, le fameux Aidan Bell, a échoué avec Cazalet. C'est une chance extraordinaire pour nous, d'autant qu'ils ne retenteront sans doute pas le coup. Mais quelle peut être leur cible de rechange ?

— Puisque Rashid semble en vouloir aussi bien aux Américains qu'aux Russes, répondit Hannah Bernstein, j'imagine qu'il s'agit du président russe...

— Je vois mal Aidan Bell, aussi doué soit-il, mener une telle opération à Moscou, répliqua Dillon.

— Il n'aurait même pas à s'y rendre, précisa le général, maussade. Le président russe sera en visite officielle à Londres le mois prochain. Le dix-sept, précisément. Il vient pour mener des négociations commerciales avec notre gouvernement.

— Je l'ignorais, monsieur, observa Hannah.

— Commissaire, je ne vous informe pas systématiquement, ou immédiatement, de tout ce que je sais. De toute façon, il ne sera ici que dans six semaines.

— Pensez-vous comme moi qu'il pourrait être pris pour cible ?

— En tout franchise, je l'ignore. Dillon ? Votre avis ?

— C'est un peu trop évident, vous ne trouvez pas ?

— Rétrospectivement, dit Ferguson, nous nous apercevons que Cazalet semblait lui aussi constituer une cible trop évidente. C'est une erreur d'appréciation qu'il vaudrait mieux éviter à l'avenir. Et si ce n'est pas le président russe, à qui pensez-vous ?

— Je sèche, répondit Dillon. Et je crois que le mieux... c'est de lui poser la question.

S'ensuivit un silence stupéfait de Ferguson et de Hannah Bernstein.

— Lui poser la question ? répéta cette dernière. Tu veux dire... à Paul Rashid ?

— Cher et noble général de division, commença Dillon avec un petit sourire, vous souvenez-vous que par le passé nous nous sommes plusieurs fois retrouvés dans des situations où nos adversaires savaient que nous savions ce qu'ils mijotaient, et où nous-mêmes savions qu'ils savaient que nous savions ? Vous me suivez ?

— Parfaitement.

— Alors je propose d'asticoter un peu monsieur le Comte. Qu'il sache que nous savons qu'il prépare un nouveau coup, et qu'il sache qu'il nous aura sur le dos aussi longtemps que nécessaire.

Ferguson hocha la tête.

— Ce n'est pas une mauvaise idée. Si nous secouons le cocotier, il en tombera peut-être quelque chose de bon pour nous. Rashid commettra des imprudences. Blake sera ici demain matin. Dès son arrivée, nous irons pour ainsi dire braver le lion dans sa tanière.

— Excellent, approuva Dillon. Quant à Aidan Bell, je présume qu'il est retourné à Drumcree, mais mieux vaut s'en assurer. Pouvez-vous charger un de vos hommes de se rendre sur place, Charles ? Liam Casey a beau être rayé du tableau, Bell ne manque pas de gars pour le servir. Tommy Brosnan, Jack O'Hara, Pat Costello — une belle brochette de fripouilles. Vérifions qu'ils sont encore tous dans le Down.

Le lendemain soir, en entrant au Piano Bar de l'hôtel Dorchester, les Rashid trouvèrent Sean Dillon assis au piano. Vêtu d'un complet bleu nuit et d'une cravate des Guards, il arborait une cigarette éteinte à la commissure de ses lèvres.

Kate Rashid s'avança vers lui et tendit son briquet en or, qu'elle venait de sortir de son sac à main.

— Ça va mieux, comme ça ?

— Dieu vous bénisse, ma bonne dame, de votre âme charitable, répondit Dillon en forçant son accent irlandais. Je vous aime si fort que je suis prêt à vous pardonner de m'avoir trompé, quand je vous ai accompagnée à Drumcree.

— Trompé ?

— Absolument. J'ai eu vent de vos petits projets avec ce brave Aidan Bell, qui a essayé pas plus tard qu'hier de tuer le président des États-Unis.

Elle s'alluma une cigarette.

— Eh bien, Dillon ! fit-elle d'un air amusé. J'ignorais que vous aviez tant d'imagination.

— Oh non, Kate chérie. Je n'ai aucune imagination. Je sais simplement qu'Aidan Bell a voulu achever Liam Casey à Nantucket. Le hic, c'est que ce pauvre Liam portait une arme sous sa combinaison, et que la crosse a détourné la balle. Juste assez pour lui permettre de survivre.

— Comme c'est intéressant.

— Il a survécu le temps nécessaire à nous raconter son histoire. Il en voulait beaucoup à Aidan, voyez-vous, ce pauvre Liam...

— Hmm... Ça se comprend, je pense.

— Le général Ferguson doit arriver d'une minute à l'autre, avec Blake Johnson. Je pourrais vous expliquer qui est Blake, mais je suis certain que vous le savez déjà. N'est-ce pas, Kate ? À votre place, j'écouterais très attentivement ce qu'ils auront à vous dire.

Elle tourna les talons et rejoignit ses frères. Ils discutaient à voix basse depuis un petit moment, lorsque Charles Ferguson apparut dans l'escalier, suivi de Hannah Bernstein et de Blake Johnson. Ils se dirigèrent droit vers les Rashid. Comme ils prenaient place à leur table, Dillon quitta le piano pour les rejoindre.

— Eh bien, monsieur Dillon, dit Paul Rashid, c'est une histoire tout à fait extraordinaire que vous avez racontée à ma sœur !

— La version des témoins oculaires est encore plus fascinante, répliqua Blake. J'étais là-bas. Liam Casey a tiré sur moi, mais je l'ai abattu d'une balle en plein ventre. Avant que Bell ne lui en loge une près du cœur. Il a fini par succomber à ses blessures, mais nous avons eu le temps, lui et moi, d'avoir une bonne discussion.

— Vous n'avez aucune preuve, et vous le savez, rétorqua Rashid.

— C'est exact, intervint Ferguson. Nous n'avons pas encore de preuves. Mais nous en aurons, monsieur le Comte. Je vais vous faire pourchasser, jusqu'aux confins du monde s'il le faut. Dillon, ici présent, se chargera volontiers de cette mission.

— Ah oui, vraiment ? répondit Rashid avec un sourire aimable. J'ai le sentiment que vous me déclarez la guerre, général Ferguson.

— Précisément.

Rashid se leva. Ses frères et sœur l'imitèrent.

— Prenez garde. Je pourrais moi aussi déclarer le *jihad* contre vous. Mais je ne pense pas que ce sera nécessaire. N'est-ce pas, général ?

Il fit volte-face et quitta le bar, suivi des siens.

— Vous y êtes allé fort, dit Blake.

— Je l'ai fait exprès, répondit Ferguson, et il se tourna vers Hannah. Qu'en pensez-vous ?

— Vous ne lui avez pas laissé beaucoup de marge de manœuvre.

— Et vous, Dillon, qu'en dites-vous ?

— Moi ? fit l'Irlandais, et il éclata de rire. Je vous en prie, monsieur le juge, moi je ne suis qu'un pauvre gars de l'Ulster ! Ceci dit, ce qui m'intrigue c'est qu'il n'a absolument pas nié les accusations portées contre lui.

— Maintenant, c'est votre affaire, dit Ferguson. Ne le lâchez pas.

— Nous devrions réfléchir à ce qu'il a dit, monsieur, observa Hannah. Il est vraiment capable de nous déclarer la guerre.

— Vous contestez mes ordres, commissaire ?

— Ne vous tracassez pas, général, intervint Dillon. Elle sait obéir, cette petite, même aux ordres les plus stupides. De nous deux, c'est moi qui déforme toujours les choses. Mais bon, comme nous le savons tous, je suis un peu cinglé ! Viens, Hannah, il est temps, une fois de plus, que nous allions refaire le monde.

Il se leva et sortit du bar avec la jeune femme, laissant Blake attablé en compagnie de Ferguson.

Les quatre enfants Rashid se réunirent chez Kate pour un conseil de guerre.

— C'est foutrement ennuyeux que Casey ait survécu, dit George.

— Et encore plus ennuyeux qu'Aidan Bell nous ait caché la vérité, observa Kate.

— Exact, acquiesça Paul. Mais il fallait s'y attendre, avec ce genre d'homme. Pour le moment, je préfère ne rien dire. J'ai encore besoin de lui.

— Que comptes-tu faire, à présent ?

— À mon avis, il faut donner une leçon à Ferguson. Il m'a présenté Dillon comme une menace. Donc, il faut se débarrasser de Dillon, conclut Paul avant de se tourner vers Michael. Tu t'en charges, d'accord ? Fais appel à Ali Salim, du Parti de Dieu. Il est doué. Mais une fois l'affaire conclue, veille à rester en dehors du coup.

— Entendu. Quand veux-tu qu'il intervienne ?

— Le plus tôt possible. Si Salim est libre, qu'il y aille dès maintenant. Ceci dit, laisse-le choisir sa méthode d'action. Tu es très courageux, Michael, mais tu n'es pas de taille à t'attaquer à des bonshommes comme Dillon. Es-tu d'accord, Kate ?

— Absolument, répondit-elle, et elle étreignit Michael. Confie ce travail à Ali Salim.

Dillon et Hannah dînèrent dans un petit restaurant italien proche de son pavillon, à Stable Mews. Ils avaient longuement discuté de l'affaire — leur principal souci étant de savoir si Ferguson avait ou non poussé le bouchon trop loin —, et ils prenaient le café lorsque Blake, qui avait téléphoné un moment plus tôt, les rejoignit.

— Tu veux manger quelque chose ? demanda Dillon.

— Nous avons pris des œufs brouillés chez Ferguson, répondit l'Américain avant de s'asseoir. Je viens d'avoir le président en ligne. Il pense que Paul Rashid est fou à lier.

— En ce cas, je le suis aussi, objecta Dillon, et il secoua la tête. Le problème majeur qui frappe notre civilisation, en ce moment, c'est l'expansion illimitée du capitalisme, et l'ingérence des compagnies occidentales dans des endroits comme l'Arabie, où elles ne pensent qu'à faire de l'argent. Nous vivons dans une société où l'argent est tout. Nous devrions pourtant nous rendre compte que nous sommes susceptibles d'avoir affaire à des gens qui pensent que l'argent, au contraire, n'est rien. Et les Bédouins sont de ceux-là.

— Va dire ça à Rashid, répliqua Blake. Dans le genre bédouin, il est plutôt riche.

— Oui, mais toutes ses activités dépendent du contrôle des Bédouins et, plus strictement, de sa famille bédouine. Ça fait une différence de taille. Maintenant, veux-tu venir chez moi boire un verre ?

— Volontiers. Je suis garé devant le restau, je vous emmène.

Blake sortit avec Hannah. Dillon paya l'addition, puis les rattrapa dehors.

Ali Salim était un Arabe d'origine yéménite, âgé de trente-cinq ans. Outre la lueur farouche qui brillait dans ses yeux, il se distinguait par sa peau très mate et affreusement grêlée. Il accepta le contrat sans la moindre hésitation, en faisant fi de la réputation de Dillon.

— Vous dites que ce type est dangereux ? Pas autant que moi, comme il va l'apprendre à ses dépens. Où est-ce qu'il habite ?

Ils se trouvaient alors dans son appartement, près de Marble Arch. Ali sortit un Beretta d'un tiroir. Michael se sentait mal à l'aise. Cet homme ne lui plaisait pas ; son agressivité patente l'embarrassait. Cependant, son frère avait exigé qu'il fasse appel à ses services — tout en lui ordonnant de ne pas se mêler de l'opération. Il n'avait d'autre choix que de se montrer le plus aimable possible avec Ali.

— Dillon habite à Stable Mews, au numéro cinq. Je vous déposerai là-bas en voiture.

— Allons-y dès maintenant.

Le tueur arabe sortit un volumineux trousseau de clés d'un placard.

— Des rossignols, expliqua-t-il. Au cas où il ne serait pas chez lui pour nous ouvrir la porte. Gardez votre argent. Ce coup-là, je le ferai gratuitement. Pour votre frère, qui est un exemple pour nous tous.

Dillon ouvrit la porte d'entrée et franchit le seuil de son pavillon, suivi de Hannah et de Blake. Au fond du vestibule, ils pénétrèrent dans le salon. Ali Salim était là, caché derrière la porte. Avec le Beretta, il donna un coup violent à Dillon, juste au-dessus de l'oreille. L'Irlandais tituba à travers la pièce et tomba à genoux.

Ali agrippa Hannah par le poignet et la projeta brutalement sur sa droite. Elle s'écroula sur le parquet en perdant son sac à main. Salim frappa Blake, lui aussi à la tête, puis pivota sur lui-même pour prendre Dillon en joue. La jeune femme réussit à récupérer son sac : elle l'ouvrit pour en sortir son arme, un Walther. Apercevant son geste à la périphérie de son champ de vision, Ali Salim se tourna vers elle et tira — trois fois.

Blake, à terre, agrippa l'assassin par les jambes pour le déstabiliser, mais Salim réussit de nouveau à le frapper sur le crâne. Dillon s'était redressé en se déportant vers la cheminée. Il tendit le bras vers l'intérieur du conduit, sa cachette secrète, pour y attraper un Walther suspendu à un clou.

Dans un geste précis et fulgurant, il visa Ali Salim et lui logea une balle entre les yeux. L'assassin bascula en arrière, renversant un fauteuil. Comme il se convulsait à terre, Dillon se rapprocha et lui tira deux fois dans le cœur.

Il s'agenouilla aussitôt auprès de Hannah. Ses yeux étaient vitreux. Elle avait du sang partout. Il se redressa, décrocha le téléphone et composa un numéro.

— Rosedene ? Dillon. Nous avons été victimes d'une agression. Chez moi. La commissaire Bernstein est blessée. Trois balles de revolver. Envoyez les secours immédiatement !

Il se précipita jusqu'à sa chambre, mit un placard sens dessus dessous, et revint au salon avec plusieurs compresses de l'antenne médicale militaire. Debout, Blake Johnson l'attendait, apparemment peu affecté par le coup que lui avait infligé leur agresseur.

— Occupe-toi d'elle, s'il te plaît, ordonna-t-il en lui tendant les compresses.

Tandis que l'Américain s'exécutait, Dillon se pencha sur le cadavre pour le fouiller. Il trouva un portefeuille.

Il appela Ferguson au téléphone.

— Je suis chez moi. Un tueur arabe nous attendait, Hannah, Blake et moi. Il était en embuscade dans le salon. D'après les papiers qu'il porte sur lui, il s'appelle Ali Salim. Il a tiré trois fois sur Hannah, et je l'ai tué. J'ai prévenu Rosedene. Une ambulance arrive.

— Mon Dieu ! s'exclama le général, horrifié.

— À votre place, je mettrais au courant la famille de Hannah. Blake l'accompagnera à la clinique. Moi, je reste pour le nettoyage.

— Entendu, répondit Ferguson d'un ton plus calme.

Dillon raccrocha, et composa aussitôt un autre numéro, qui répondit dès la première sonnerie.

— Dillon à l'appareil. J'ai un enlèvement pour vous. Immédiatement. À mon domicile.

— Nous arrivons, assura son interlocuteur.

À l'instant où il reposait le combiné, la sonnette de l'entrée retentit. Il alla ouvrir et guida les ambulanciers jusqu'au salon, où Blake était accroupi près de Hannah.

— Trois blessures par balle. Presque à bout portant. Il a tiré avec ce Beretta, précisa Dillon en présentant l'arme d'Ali Salim à l'un des hommes.

Ils relayèrent Blake pour donner les premiers soins à Hannah, la mirent sous perfusion et l'emmenèrent sur un brancard.

— Vas-y, Blake. Je te rejoins dans un moment.

L'instant d'après, Dillon se retrouva seul dans le salon. Il alluma une cigarette, puis il versa une large rasade de Bushmills dans un verre, qu'il but d'un trait. Il se resservit aussitôt. Sa main tremblait.

— Si elle meurt, Rashid, murmura-t-il, je ne réponds plus de moi.

On sonna de nouveau à la porte quelques minutes plus tard. Il accueillit deux hommes au teint blême, vêtus de costumes et de manteaux noirs. L'un d'eux portait une housse mortuaire en plastique en travers de son bras.

— Par ici.

Dillon les invita à le précéder dans le salon.

— C'est affreux, dit le plus âgé des deux hommes en découvrant la dépouille d'Ali Salim.

— N'ayez aucune compassion pour lui. Il a logé trois balles dans le corps de la commissaire Hannah Bernstein. J'ai son portefeuille. Je le transmettrai au général Ferguson. Débarrassez-moi vite fait de ce salopard.

— Certainement, monsieur Dillon.

Un peu plus tard, tandis qu'il pensait à Hannah et à tout ce qu'ils avaient vécu ensemble, il s'aperçut qu'il était avant tout extrêmement inquiet pour sa collègue. La colère viendrait sans doute — il se savait capable d'une fureur terrible dans ce genre de situation —, mais plus tard. D'autant que le drame de ce soir, après tout, faisait partie des risques inhérents à leur métier.

Il enfila un manteau en cuir et sortit de la maison.

Nombreux étaient ceux qui considéraient Arnold Bernstein comme le meilleur chirurgien de Londres. Mais la déontologie lui interdisait de soigner sa propre fille. Aussi, ce fut le Professeur Henry Bellamy, du Guy's Hospital, qui se chargea de l'opération. Il autorisa Bernstein à l'accompagner au bloc comme simple observateur, ce qui constituait déjà une entorse au code de leur profession.

Ferguson, Dillon et Blake patientèrent dans une salle adjacente en compagnie du rabbin Julian Bernstein, le grand-père de Hannah. Du thé et du café leur furent servis, à plusieurs reprises, pendant les quatre heures que nécessita l'intervention.

— Vous devez tous nous détester, rabbin, dit Ferguson.

Le vieil homme haussa les épaules.

— Pourquoi vous en voudrais-je ? C'est la vie qu'elle s'est choisie. Elle en connaissait les risques.

La porte s'ouvrit enfin sur Bellamy et Bernstein, qui étaient encore en tenue de chirurgien. Ferguson se leva, aussitôt imité par ses compagnons.

— Alors ? Va-t-elle survivre ? demanda le général.

— Elle est très mal en point, répondit Bellamy. L'estomac a été touché, ainsi que la vessie, et la vésicule biliaire. L'une des balles a aussi traversé le poumon gauche, et une autre a méchamment ébréché une vertèbre. C'est un miracle qu'elle soit encore avec nous.

— Mais elle est en vie, n'est-ce pas ? demanda Dillon.

— Oui, Sean, elle est en vie et je crois qu'elle le restera. Mais sa guérison prendra du temps.

— Grâce à Dieu, murmura le rabbin Bernstein.

— Non. Grâce à un grand chirurgien, rectifia Dillon et, tournant les talons, il quitta la pièce.

— Sean ! Attendez ! s'exclama Ferguson.

Il le rattrapa sur le perron de la clinique. Blake l'avait suivi, lui aussi.

— Sean, vous n'allez pas commettre une bêtise, j'espère ?

— Qu'est-ce qui vous fait penser ça ?

— Je vais m'occuper de Rashid, affirma Ferguson.

Dillon, le visage impénétrable, soutint son regard.

— Alors faites-le bientôt, général. Très bientôt. Si vous ne vous en occupez pas, je n'attendrai pas longtemps. Ne l'oubliez pas.

Il fit volte-face et s'éloigna.

— Cet homme est en colère, général, dit l'Américain.

— Oui, et il en a bien le droit. Allons réfléchir ensemble à la situation, Blake, et voyons si nous ne pouvons pas trouver une solution satisfaisante pour nous tous.

De retour à Stable Mews, Dillon reçut la visite du plus âgé des deux hommes qui avaient emporté le cadavre d'Ali Salim. Il tenait une urne en plastique noir entre ses mains.

— Monsieur Dillon. J'ai pensé que vous voudriez en disposer vous-même.

— Qu'est-ce que c'est ?

— Les cendres du tueur, expliqua-t-il en lui tendant l'urne.

— Excellent. Je veillerai à les disperser au bon endroit.

L'homme se retira. Dillon ferma la porte, posa l'urne sur la console du vestibule, et téléphona à Ferguson.

— Quand allons-nous rendre visite à Rashid ?

— Je ne le sais pas encore.

— Eh bien moi, je sais. Je vous ai prévenu : si vous n'agissez pas, je me charge de l'affronter.

— Inutile de le provoquer maintenant. Je vais l'appeler pour lui proposer une rencontre.

— Faites-le. Maintenant.

Dillon reposait le combiné quand, à sa grande surprise, la sonnette tinta de nouveau. Ouvrant la porte, il découvrit le rabbin Bernstein sur le seuil.

— Puis-je entrer, Sean ?

— Bien sûr.

Il précéda son visiteur jusqu'au salon, et lui fit face avec anxiété.

— Elle a survécu, n'est-ce pas ?

— Oui. Il semble qu'elle ait de bonnes chances de rester parmi nous. Sean, je ne connais pas toute l'affaire, mais je sais ce qu'elle voudrait que je vous dise. Hannah ne crierait pas vengeance.

— Moi, si ! Je regrette, rabbin, mais en ce moment je suis d'humeur Ancien Testament. Œil pour œil...

— Aimez-vous ma petite-fille ?

— Pas de la façon dont vous pensez. Dieu sait si elle, elle ne m'aime pas de cet amour-là ! À vrai dire, elle déteste même le genre d'homme que je suis. Mais ça n'a aucune importance pour le moment. J'ai énormément d'estime pour elle et je n'ai pas l'intention de m'interdire de punir l'homme qui a failli lui ôter la vie.

— Même si elle s'opposerait à une telle attitude ?

— Oui. Par conséquent, rabbin Bernstein, à moins que vous ne désiriez prendre le thé avec moi, je vous conseille de me laisser seul.

— Dieu vous vienne en aide, Sean.

Le vieil homme se dirigea vers la porte, que Dillon lui ouvrit.

— Je suis désolé, rabbin.

Bernstein sortit. Soupirant profondément, Dillon regagna le salon. Le téléphone sonna.

— Onze heures, demain matin, à mon appartement, annonça Ferguson. Je compte sur vous.

— Je serai là, assura-t-il, et il raccrocha.

Le lendemain matin, il commença par passer à la clinique Rosedene. Hannah était dans un état critique, mais stable. Bien entendu, elle recevait les meilleurs soins qui se puissent imaginer à Londres — Ferguson n'aurait jamais accepté moins pour sa protégée. Il n'y avait donc rien que Dillon pût faire pour elle dans l'immédiat.

Il s'était habillé d'un pantalon en cuir noir, d'une veste d'aviateur noir, et avait noué une écharpe blanche autour de son cou. L'urne en plastique sous le bras, il gagna l'appartement de Ferguson à Cavendish Place. Kim l'introduisit dans le salon, où il trouva le général assis près du feu, devant un plateau de thé et de toasts.

— Je n'ai pas eu le temps de prendre le petit-déjeuner. Blake est dans le bureau, il téléphone au président. Il nous rejoindra dans un petit moment. Servez-vous à boire. Je sais que de ce côté vous êtes matinal.

Dillon ne le démentit pas : il se servit un Bushmills coupé d'un peu d'eau.

— Des nouvelles du comté de Down ? demanda-t-il.

— Quelques-unes. Bell est là-bas, c'est confirmé, avec trois de ses acolytes. Tommy Brosnan, Jack O'Hara et Pat Costello. C'est bien ces noms-là ?

— Absolument.

Blake entra dans la pièce.

— Le président vous salue. Il est très soucieux pour Hannah. Si elle a besoin de quoi que ce soit, un traitement médical particulier... ou autre chose, n'hésitez pas à m'en parler.

La sonnette de l'entrée retentit. Kim apparut sur le seuil,

interrogeant Ferguson du regard. Sur un signe de tête du général, il alla ouvrir la porte.

Le serviteur gurkha revint quelques instants plus tard, invitant Paul et Kate Rashid à pénétrer dans le salon.

Elle portait un tailleur noir. Il était vêtu d'un pantalon décontracté, d'un pull et d'une veste d'aviateur en cuir. Tous deux avaient l'air de très bonne humeur.

— À boire ? proposa Ferguson. Café, thé — ou quelque breuvage plus costaud, peut-être ?

— Je prendrai la même chose que Dillon, dit Kate.

— Du Bushmills, ma jolie ? À onze heures et quart du matin ? Il faut s'y être habitué dès le berceau, pour encaisser...

— Eh bien, le coupa-t-elle, je vais essayer et nous verrons ce que ça donne, n'est-ce pas ?

— À votre convenance.

Dillon lui servit un verre de whiskey, auquel il ajouta de l'eau.

— C'est paraît-il le plus ancien whiskey du monde, ajouta-t-il. Inventé par des moines.

Kate en but une petite gorgée.

— Pas de commissaire Bernstein, ce matin ? demanda-t-elle.

— Non. La malchance lui a joué un vilain tour. Elle est à l'hôpital, en réanimation. Hier soir, quand nous sommes entrés chez moi, un certain Ali Salim nous y attendait. Je me suis renseigné sur lui : c'est un fanatique du Parti de Dieu.

Un silence pesant tomba sur la pièce. Au bout de quelques secondes, Paul Rashid demanda :

— Qu'est-il arrivé à la commissaire ?

— Oh, presque rien, répondit Dillon. Son estomac, sa vessie

et sa vésicule biliaire sont déchiquetés, elle a pris une balle dans le poumon gauche, une autre lui a arraché un bout de vertèbre. Rien de très étonnant, en définitive, puisque ce fanatique lui a tiré dessus trois fois de suite.

— Et ce fanatique, dit Kate Rashid avec prudence, c'est le fameux Ali Salim ? Où est-il ?

— Sur le guéridon, ici, répondit Dillon en désignant l'urne en plastique. Je vous ai apporté ses cendres. Trois kilos de poussière, voilà tout ce qu'il reste de lui.

Il se resservit du Bushmills.

— Oh, ai-je oublié de vous préciser que j'ai descendu ce salopard après qu'il a tiré sur Bernstein ?

Kate but de nouveau un peu de whiskey, puis sortit une cigarette de son sac à main. Dillon lui tendit la flamme de son briquet.

— Et voilà, ma chère.

— Je suis désolée. Pour la commissaire Bernstein.

— Je n'en doute pas. Après tout, ce n'est pas elle qui était visée. C'était moi.

— Vous croyez ?

Paul Rashid se tourna vers Ferguson.

— Général, pourquoi nous avoir fait venir ici ?

— Parce que je vous avais donné un avertissement, Rashid, et que vous l'avez ignoré. Maintenant, je vous le dis clairement : vous voulez la guerre, vous l'avez ! Je n'apprécie guère qu'on s'en prenne à mes collaborateurs. Nous allons vous poursuivre sans relâche, désormais — vous serrer de si près que vous n'aurez plus aucune marge de manœuvre. Croyez-moi, vous ne réussirez pas à toucher votre « cible de remplacement ».

— Ah oui ? De qui parlez-vous, au juste ?

— Je ne peux m'empêcher de penser au président russe, qui sera en visite à Londres le mois prochain.

— Vraiment ? fit Paul Rashid avec un demi-sourire. Comme c'est intéressant.

— Intéressant, mais un peu trop évident, intervint Dillon en allumant une cigarette. Notre ami doit avoir autre chose en tête.

— Eh bien... Attendez, et vous verrez, répondit Rashid, puis il se tourna vers sa sœur. Viens, Kate, nous partons.

— Monsieur Rashid ! s'exclama soudain Blake. Au nom du ciel, *pourquoi* agissez-vous ainsi ? La disparition de votre mère est une tragédie, nous en convenons tous, mais pourquoi pousser les choses si loin ?

— Vous êtes un homme remarquable, monsieur Johnson, et pourtant vous ne comprenez toujours pas. Les grandes puissances commerciales de votre pays s'arrogent le droit d'agir comme bon leur semble d'un bout à l'autre de la planète, de piller ses richesses pour leur seul bénéfice, de semer la destruction sur leur passage, de piétiner les populations locales. Quant aux Russes, ils font exactement la même chose. J'ai décidé de mettre un terme à leurs agissements comme aux vôtres sur le territoire des Rashid, qui s'étend du Hazar au Quartier Vide. J'ai les ressources financières nécessaires pour vous résister, et j'ai le soutien de mon peuple. Songez-y, mon ami. Je vous promets que bientôt vous aurez une énorme surprise. Tu viens, Kate ?

Dillon les raccompagna à la porte.

— Kate..., dit-il. Essayez de le ramener à la raison.

— Mon frère sait très bien ce qu'il fait, répliqua-t-elle.

— En ce cas, c'est l'enfer qui nous attend, les uns et les autres.

— Jolie perspective, observa Paul Rashid, et il s'éloigna avec sa sœur.

Dillon referma la porte et retourna dans le salon.

— Bien, dit Ferguson. Nous savons donc à quoi nous en tenir.

— Vis-à-vis de Rashid, oui, acquiesça Blake. Mais bon sang, nous ignorons complètement ce qu'il a l'intention de faire dans les jours ou les semaines à venir !

— Général, dit Dillon, la balle est dans votre camp.

— Commençons par les méthodes traditionnelles. Mettre les lignes téléphoniques des Rashid sur écoute ne nous apprendra sans doute pas grand-chose, d'autant que les portables codés rendent ce genre de travail de plus en plus difficile, mais nous allons quand même les surveiller par ce biais. Il faut aussi épier leurs moindres allées et venues. Leurs avions sont obligés de déclarer leurs plans de vol et l'identité de leurs passagers. La Special Branch se chargera de ces vérifications. Par ailleurs, nous allons orienter l'enquête vers leurs amis, leurs relations d'affaires, etc. Peut-être aurons-nous de la chance.

— La chance ne sera pas de trop si nous voulons aboutir à un résultat, dit Blake. Rashid semble très énergique et déterminé. Ça m'inquiète.

— Que veux-tu faire, dans l'immédiat ? demanda Dillon.

— Je rentre au bercail. Ma place est auprès du président. Mais si vous avez besoin de moi pour quoi que ce soit, prévenez-moi. Je reviendrai aussitôt.

Dans la limousine, Paul Rashid ordonna au chauffeur de remonter la vitre de séparation, puis se tourna vers Kate.

— Ils vont nous harceler. De toutes les façons imaginables.

— En effet, acquiesça-t-elle, songeuse. Maintenant, il devient quasiment impossible de tenter l'assassinat du président russe.

— Ce n'est pas lui, ma cible de remplacement.

— Ah bon ? fit-elle, stupéfaite. Mais Paul, depuis tout ce temps je pensais que...

— C'est ce que j'ai voulu que tout le monde croie. Et j'ai réussi. Sauf en ce qui concerne Dillon, bien sûr.

— Alors qui est-ce ?

— Je te le dis à toi, et à toi seulement : c'est le Conseil des Aînés, au Hazar. Les douze hommes, au complet. Ils traînent les pieds. Ils me craignent, et ils ne veulent pas de moi parmi eux — parce qu'ils n'apprécient pas, et à juste titre, l'influence que j'ai sur les tribus bédouines. Quand je me serai débarrassé d'eux et que j'aurai été nommé Sultan, je déclarerai le *jihad*. Et là, les grandes puissances auront de bonnes raisons de trembler.

— Comment comptes-tu t'y prendre ?

— Dans deux semaines, le Conseil se réunit au complet. Je veux que tu ailles là-bas. Tu t'installes dans nos bureaux, dans la ville de Hazar, et tu commences les préparatifs. Je te rejoins un peu plus tard.

— Quel sort leur réserves-tu ?

— Ils périront dans une explosion bien calculée. Pour cela, nous aurons besoin du savoir-faire de Bell. Tu vas devoir retourner lui rendre visite. Mais attention, il faut que personne ne le sache. Parles-en à Kelly. Il connaît des gens. Le genre qui propose des vols discrets, c'est-à-dire non déclarés aux autorités, avec des petits appareils qui décollent d'anciennes bases de la RAF. Aller-retour dans la journée, aucune trace, aucun problème. Organise-toi, et rapidement.

— Tu peux compter sur moi, grand frère.

7

Effectivement, Kelly connaissait son affaire. Il emmena Kate dans le Surrey, jusqu'à une petite société nommée Grover's Air Taxi dont le propriétaire, un homme entre deux âges au regard fuyant, avait l'habitude de travailler « en toute discrétion ». Vêtu d'une salopette et d'une veste d'aviateur marron, il les accueillit devant un baraquement Nissen datant de la Seconde Guerre mondiale, derrière lequel se dressaient deux hangars plus récents.

— Nous sommes d'accord, n'est-ce pas, Mick ? dit Kelly. Tu considères que ta cliente s'appelle madame Smith, et nous nous mettons en route tout de suite. Comme je te l'ai expliqué au téléphone, nous voulons aller à Drumcree. On passe deux heures là-bas — maximum — et on rentre.

— Aucun problème. Je peux vous y conduire avec le vieux Titan. C'est un bimoteur, avec une porte à escalier incorporé.

— On pourra approcher Drumcree sans difficulté ?

— Ce sera du gâteau. Bien avant d'atteindre la côte irlandaise, je descendrai sous les deux cents mètres d'altitude, et je me poserai sur une piste abandonnée de la RAF qui se trouve à une quinzaine de bornes de Drumcree. J'ai un contact, sur place, qui nous attendra avec une voiture.

— Bravo, l'ami. Allons-y.

— Eh, une seconde ! Et mon fric ?

De la mallette qu'elle tenait à la main, Kate sortit une enveloppe kraft assez épaisse, et la lui tendit.

— Tout y est. Nous pouvons partir ?

Grover hésita, visiblement tenté d'inspecter le contenu de l'enveloppe, puis se ravisa.

— D'accord.

Tournant les talons, il ouvrit la marche jusqu'au deuxième hangar. Il en releva la porte et leur désigna le Titan.

— Combien de temps durera le vol ? demanda Kelly.

— Entre une heure et une heure et demie. Ça dépendra du vent.

— C'est parfait, mais ne lambinons pas, déclara Kelly, et il accompagna Kate jusqu'à la porte-escalier de l'appareil.

Quand ils furent à mi-chemin, au-dessus de la mer d'Irlande, elle alluma son portable codé pour appeler Bell, qui se trouvait alors dans la cuisine de son ancienne ferme.

— Kate Rashid à l'appareil. Je serai chez vous dans une heure.

— Quoi ! ?

— Je viens vous proposer un séjour d'agrément sous des latitudes nettement plus clémentes que celles de votre Irlande natale.

— De quoi parlez-vous, au juste ?

— D'une grosse somme d'argent à gagner. Et de la cible de remplacement.

— Hmm... Ça, très chère, ça me plaît bien.

— Kelly est avec moi. Retrouvons-nous au Royal George.

Lorsque Kate Rashid avait quitté Londres, Dillon avait décidé de la suivre — sans même prendre la peine de prévenir Ferguson. En pantalon et blouson de cuir, il avait enfourché sa Suzuki pour suivre la limousine de la jeune femme. Puis, dissimulé derrière un taillis, il avait observé à l'aide de jumelles sa prise de contact avec Grover.

Quand ils grimpèrent à bord du Titan, Dillon remonta sur sa moto et gagna le village le plus proche, à deux kilomètres de là. Il entra dans le pub local. Un bon feu crépitait dans la cheminée, mais il n'y avait aucun client. Une femme d'une quarantaine d'années sortit de la cuisine.

— On se croirait aux pompes funèbres, ici ! s'exclama joyeusement Dillon.

— Il est encore tôt, répondit-elle avec un haussement d'épaules. Qu'est-ce que je peux pour vous ?

— Me servir un Bushmills et m'indiquer la direction de Hoxby. Je suis perdu.

Il alluma une cigarette, avant d'ajouter d'un air innocent :

— C'est drôle... Je viens de voir un avion décoller, y a pas cinq minutes. Vous avez un aéroport, par ici... ?

— Aéroport ? répéta-t-elle en riant. Comme vous y allez ! C'est rien que la boutique du vieux Grover. Une vieille base de ravitaillement, avec une piste en assez bon état, un peu après la sortie du village. Avec ses deux avions, il fait de l'épandage pour les cultures, ou bien il trimballe des clients ici ou là, à l'occasion. Mais parfois, je me demande comment il fait pour tenir le coup.

— Moi non plus, je ne sais pas comment je fais, répondit Dillon avec un large sourire. Vous servez à manger ?

— En effet.

— Je dois régler une affaire à Hoxby. Je m'arrêterai ici en revenant.

Grover resta auprès de l'avion tandis que Kelly prenait le volant pour conduire Kate au Royal George. En ce milieu de matinée, il ne s'y trouvait aucun client. Patrick Murphy, le taulier, lisait le *Telegraph* de Belfast accoudé au comptoir.

— Aidan Bell nous attend, annonça Kelly.

— Ouais. Il est à côté, répondit Murphy avec un geste de la main.

Kate traversa le pub et ouvrit la porte de l'arrière-salle, suivie de Kelly.

Aidan Bell était assis près de la cheminée, la cigarette aux lèvres, une tasse de thé entre les mains.

— Lady Kate. Votre coup de fil m'a beaucoup plu. Qu'attendez-vous de moi, cette fois-ci ?

— Ce que vous savez faire de mieux, répondit-elle en prenant place en face de lui. Il se trouve que les douze cheiks arabes du Conseil des Aînés, dans le Hazar, nous posent de sérieux problèmes.

— Vraiment ? C'est inadmissible, renchérit Bell d'un ton léger. Cependant... je pensais que les Rashid, et toutes les tribus du coin, adoraient votre frère et lui obéissaient aveuglément.

— Ce sera le cas quand les cheiks auront été éliminés. Pour réussir cette opération, nous avons besoin du savoir-faire d'un expert comme vous. Un expert qui nous garantira le meilleur spectacle possible. Nous voulons qu'un maximum de gens remarquent cet événement, et en tirent les conséquences. Bien sûr, vous aurez besoin d'une équipe.

— Ça ne posera aucune difficulté. J'ai des gars qui sont prêts à bosser pour moi.

— Seront-ils vraiment à la hauteur ?

— La question se pose pour nous tous, n'est-ce pas ? Mais... la réponse est oui. Pas de risque qu'ils fichent tout par terre comme Liam. Quelle est l'étape suivante, chère amie ?

— Rashid Investments a des intérêts à Hazar, la capitale de la région du même nom. Hormis le pétrole, nous travaillons dans la construction immobilière. Je pars là-bas dès cet après-midi, officiellement pour superviser certains projets. Je veux que vos « gars » et vous-même, vous soyez à l'aéroport de Dublin après-demain. Notre Gulfstream vous y attendra, pour vous emmener à Hazar. Nous discuterons plus avant de notre affaire quand nous nous retrouverons.

— Qu'est-ce que vous voulez, au juste ? Une espèce d'embuscade ? Une bombe ? Dites-moi ce qui vous ferait plaisir.

— Nous en parlerons à Hazar. L'équipement dont vous pourrez avoir besoin, quel qu'il soit... vous le trouverez là-bas.

— Tout ce que j'ai à faire, donc, c'est de trouver le bon moyen de vous débarrasser de douze vieux cheiks arabes et de m'en tirer les balloches intactes ?

Elle poussa un petit rire rauque.

— Exact. Vous avez peut-être raison de penser à les protéger. Nous autres Arabes, nous sommes parfois terribles. Montrez-vous très prudent !

— Je n'y manquerai pas, Lady Kate, répondit-il en souriant. Faites-moi confiance.

Il leva sa tasse comme pour porter un toast.

— À nous. Et à la paix, Lady Kate. À la paix, répéta-t-il, puis il but une gorgée de thé. Et au diable ces conneries !

Dillon déjeuna au pub — une assiette de hachis Parmentier et un verre de sancerre. Il y avait une douzaine d'autres clients dans la salle, tous des gens du coin apparemment. Il prit son temps pour terminer son assiette, puis paya la patronne et retourna à la Suzuki. Dix minutes plus tard il était de nouveau caché derrière le taillis, d'où il avait une vue dégagée sur le petit terrain d'aviation.

Il patienta en fumant et en réfléchissant, sous la pluie fine qui tombait du ciel. Enfin, un bruit de moteur attira son attention : le Titan apparut à l'ouest et vira pour atterrir.

À l'aide des jumelles, Dillon vit Kate Rashid, Kelly et Grover sortir de l'appareil. Ils bavardèrent quelques minutes sur le tarmac, avant que la jeune femme et son chef de la sécurité ne remontent dans la Mercedes, qui démarra aussitôt. Dillon attendit encore un petit moment, puis il enfourcha la Suzuki pour descendre jusqu'à l'ancienne base de la RAF.

À l'intérieur du vieux baraquement Nissen, Grover était en train de faire bouillir de l'eau sur un réchaud quand il entendit la moto approcher. Par la lucarne, il vit Dillon mettre l'engin sur sa béquille, et retirer son casque.

L'Irlandais s'approcha et poussa la porte.

— Qu'est-ce qu'il y a pour votre service ? demanda Grover.

— J'ai besoin de renseignements. De réponses à certaines questions. Voyez le genre ?

— Quoi ? répliqua Grover d'un air inquiet. Qu'est-ce que vous voulez dire ?

Dillon baissa la fermeture éclair de son blouson. Il sortit un Walther muni d'un silencieux et tira sur la bouilloire, qui tomba du réchaud.

— Mince ! cria Grover, terrifié. Qu'est-ce qui se passe ?

— Vous me dites ce que je veux savoir, et j'éviterai de vous estropier. OK ? Maintenant, je vous écoute. Les gens que vous venez de débarquer de votre coucou, qui étaient-ils ?

— Le type s'appelle Kelly. Je le connais depuis des années. Pour la femme, il m'a dit qu'elle s'appelait Smith.

— Ah ouais ? Et où est-ce que vous les avez emmenés ?

Grover hésita. Dillon tira une balle entre ses pieds.

— Où les avez-vous emmenés ?

— En Irlande. Comté de Down. Un village qui s'appelle Drumcree.

— Ils avaient rendez-vous ? Avec qui ?

— Comment je le saurais, nom de Dieu ? Je les ai emmenés

là-bas, ils m'ont dit d'attendre près de l'avion et ils sont partis en voiture au village. Je n'en sais pas plus. Ils sont revenus une heure et quart plus tard, et nous sommes remontés dans le Titan.

— Et leurs conversations ? Vous n'avez rien entendu ?

— Non. Je n'ai aucune idée de ce qu'ils ont fait là-bas.

Dillon leva de nouveau le Walther. Grover tressaillit, le visage livide.

— Je ne sais rien, je vous jure ! s'exclama-t-il, puis il baissa les yeux, sourcils froncés. Enfin... J'ai juste saisi un mot, à un moment, pendant le vol. Ils discutaient entre eux du hasard. Ça m'a surpris parce qu'ils en parlaient comme d'un endroit...

— Bravo. Vous êtes un type bien, vous, le félicita gentiment Dillon en rangeant son arme. Maintenant, mettons-nous d'accord. Notre petite discussion ne regarde que vous, moi et mon Seigneur. Elle n'intéresse ni Kelly, ni la petite madame Smith. Vous pigez ? Parce que si vous n'avez pas compris, je reviendrai vous loger une balle quelque part. Dans le genou, par exemple.

— Ça m'intéresse pas, vos histoires, bafouilla Grover. Fichez le camp, et laissez-moi tranquille.

— Ne me forcez pas à revenir.

Dillon sortit du baraquement, remit son casque et démarra la moto.

— Qu'il aille au diable ! pesta Grover en le regardant s'éloigner. Qu'ils aillent *tous* au diable !

En attendant, il avait tout de même gagné trois mille cinq cents livres sterling qui se trouvaient dans une enveloppe, bien au chaud dans sa poche de poitrine ! Ça compensait largement la frayeur que ce type venait de lui causer.

Il ouvrit un placard et en sortit une autre bouilloire.

À quelques kilomètres de chez Grover, Dillon arrêta la moto sur une aire de stationnement et sortit son portable pour appeler Ferguson.

— Où diable étiez-vous passé ? demanda le général avec colère.

— Si vous la bouclez, vieux ronchon, je vous explique.

Quand il lui eut tout raconté, Ferguson soupira.

— Bien. Nous savons donc qu'elle est retournée voir Bell, et que le pilote l'a entendue parler de Hazar. Qu'est-ce que ça signifie, à votre avis ?

— J'ai une suggestion à vous faire. La propriété des Rashid, à Mayfair — avez-vous déjà mis les téléphones sur écoute ?

— Oui. Et bien entendu, rien n'a filtré. Ils sont trop rusés pour commettre ce genre d'erreur.

— Eh bien... Que diriez-vous d'envoyer une équipe de surveillance près de chez eux, avec un puissant micro directionnel ? Ils peuvent s'installer sous leurs fenêtres dans... une camionnette des télécoms, par exemple. Que vos gars fassent semblant de travailler sur les lignes téléphoniques. Qui sait ? Si les Rashid sont assez finauds pour ne rien dire au téléphone, ils s'échangent peut-être des secrets dans leur salon ou dans leur chambre sans se douter qu'ils sont écoutés à travers les murs !

— Bonne idée. Je m'en occupe. Et vous, Dillon, rentrez immédiatement. J'ai besoin de vous.

Dillon repassa chez lui, à Stable Mews, se changer. Puis il se rendit à la clinique pour prendre des nouvelles de Hannah. L'infirmière en chef l'autorisa à entrer dans sa chambre, mais pas plus de trois minutes. Il trouva sa collègue inerte sur son lit, le corps bardé de tubes et de capteurs. Il la contempla un moment, avec colère et amertume, puis ressortit.

Dans le couloir, il croisa le professeur Bellamy.

— Quel est votre verdict, aujourd'hui ? demanda-t-il.

— Il n'est pas bon, Sean. Je pense qu'elle survivra, mais dans quel état... ? Ça, hélas, je n'en sais rien.

— Restons optimistes, affirma Dillon, et il s'éloigna.

À Cavendish Place, Ferguson était assis derrière son bureau, feuilletant des documents confidentiels.

— J'ai des nouvelles intéressantes, dit le général. Le micro directionnel, c'était une excellente idée. Notre équipe a capté une conversation entre Rashid et sa sœur. Paul a dit mot pour mot : « C'est donc toi qui accueilleras Bell et ses collègues à Hazar quand ils débarqueront là-bas. »

— Ah oui ? Ça, c'est *vraiment* intéressant. Que devons-nous faire, maintenant, général de mon cœur ?

— Disons plutôt : que devez-*vous* faire, Dillon. À mon avis, Hazar est votre prochaine étape touristique.

— Hmm... fit l'Irlandais d'un air sceptique. À l'instant où je poserai le pied dans cet endroit, je risque...

— Vous êtes payé pour prendre des risques. J'ai besoin que vous alliez sur place, que vous les teniez à l'œil, et que vous vous montriez aussi... emmerdant que vous savez l'être à l'occasion. Mais j'ai trouvé un bon prétexte à votre voyage. Par l'une de ces étonnantes coïncidences qui font le charme de la vie, il se trouve que mon cousin, le professeur Hal Stone, qui est titulaire d'une chaire au Corpus Christi College de Cambridge, est en ce moment même à Hazar. Il dirige une opération d'exploration sous-marine, sur un cargo de la Seconde Guerre mondiale.

Et comme il est doté de cet esprit d'imprévoyance si typique des universitaires, il est parti là-bas sans réelles subventions, ce qui l'oblige à mener ses recherches avec un petit groupe de plongeurs arabes peu expérimentés.

— Ça devient excitant, Charles !

— N'est-ce pas ? Et le plus excitant, semble-t-il, c'est que juste à côté de la carcasse du cargo, qui n'est évidemment qu'un alibi, il a découvert l'épave d'un antique navire phénicien. Vous êtes un plongeur expert, Dillon. Hal adorerait être épaulé par un homme comme vous. D'autant que vous ne lui coûterez pas un centime. Vous irez là-bas, et vous aurez tout loisir de surveiller Lady Kate, Bell et compagnie. J'organise votre voyage, et je vous rejoindrai là-bas un peu plus tard, quand vous serez installé. C'est d'accord ?

— Ça vaut le coup d'essayer. Mais il y a une chose qui me gêne. Je connais ces plongeurs arabes. Ils ont deux mains gauches. J'aimerais avoir le soutien d'un autre plongeur émérite.

Ferguson soupira.

— Seigneur ! J'en étais sûr ! Vous pensez à ce petit truand, n'est-ce pas ?

— Comme plongeur, Billy Salter est la crème de la crème.

— Et vous croyez qu'il vous accompagnera ?

— Si je le crois ?

Dillon éclata de rire.

Ferguson et Dillon se rendirent au Dark Man, le pub de Harry Salter. Ils y trouvèrent Harry, Billy, Joe Baxter et Sam Hall assis dans un box d'angle.

— Dieu tout-puissant ! s'exclama Harry Salter. Un général de brigade dans mon modeste établissement. Qu'est-ce qui vous amène ici, vieux brigand ?

— D'abord, sache qu'il n'est plus général de brigade, répondit Dillon. Il a été nommé général de division.

— Par tous les diables ! répondit Salter, et il fit un signe à Dora, qui se trouvait au bar. Amène une bouteille de champagne, ma jolie. Celui des grandes occasions.

Elle hocha la tête et ouvrit le frigo.

— Qu'est-ce qui se passe, Dillon ? demanda le jeune Billy. J'imagine que tu n'es pas venu ici pour manger des petits fours.

— Je pars à Hazar, capitale de la région du même nom, dans le golfe d'Oman. Le cousin du général travaille sur l'épave d'un bateau de la Seconde Guerre mondiale qui cache un autre bateau, beaucoup plus ancien. Un navire phénicien.

— Un navire phénicien ? répéta le jeune homme, rosissant d'excitation.

— Le problème, c'est qu'il n'a pas d'argent. Il ne peut se payer que des plongeurs arabes. Alors je vais bosser pour lui, en échange du gîte et du couvert.

— S'il a besoin de toi, il a besoin de moi, affirma Billy, et il se mit debout. Quand est-ce qu'on part ?

— Demain matin.

— Je vais me préparer.

Billy se tournait pour partir, lorsque Ferguson intervint :

— Dites la vérité à ce garçon, Dillon, pour l'amour du ciel. La dernière fois, il a tué quatre hommes pour nous. Nous avons une dette envers lui.

— Il va y avoir du grabuge ? demanda le jeune homme, l'air très intéressé, en se rasseyant.

— Ouais. Ça va barder. Cette fois, nous allons avoir affaire à des durs de durs.

— Alors en effet, tu ferais bien de m'expliquer ce qui se passe.

Quand Dillon lui eut raconté toute l'affaire, Billy soupira.

— Quelle bande de salopards. Je veux dire, si t'es citoyen britannique, t'es citoyen britannique. Ça ne me gêne pas que ce Rashid soit à moitié arabe, mais il devrait savoir se tenir. Enfin ! Allons nous occuper de lui... C'est bizarre, Dillon, mais depuis que je te connais, chaque fois qu'on fait un truc ensemble, c'est pour finir par sauver le monde. À quelle heure le décollage, demain matin ?

— Dix heures, de la base de Northolt.

— Qui nous emmène ? Lacey et Parry, comme d'habitude ?

— En qui d'autre aurais-tu confiance pour être largué en parachute, si besoin est, à deux cents mètres d'altitude ?

Un sourire de fauve se peignit sur les lèvres de Billy.

— Là, t'as foutrement raison. La dernière fois ils ont décroché une Air Force Cross chacun, non ?

— C'est juste.

— Je risque qu'on m'en donne une, à moi aussi ?

— Aucune chance, Billy. En tout cas, pas avant le Déluge.

— Et toi ? Ils vont finir par te récompenser ?

— La seule récompense que je peux espérer, c'est vingt années de taule pour tous mes crimes passés.

Harry Salter se leva.

— Nous ferions bien d'aller nous préparer. Il faut faire les bagages.

— Nous ? s'étonna Ferguson.

— Je ne sais pas plonger, mais je sais attendre dans le bateau avec un flingue à la main, répondit Salter. Ça s'appelle protéger sa famille.

Dans leur propriété de Mayfair, Rashid donna ses dernières instructions à Kate.

— Emmène George à Hazar. Il fera le lien entre les chefs de tribu et toi. Il connaît les dialectes locaux, et les hommes le respectent, parce qu'il est mon frère. Ils te respectent, toi aussi, parce que tu es ma sœur, mais ce sont des Arabes. Les femmes qui ont de la trempe les mettent mal à l'aise.

— Il faudra bien qu'ils apprennent à s'y faire.

Souriant, il la prit dans ses bras pour l'étreindre quelques instants.

— Le plus important, c'est Bell. Il est doué, mais il faut impérativement qu'il t'obéisse. S'il crée le moindre problème, je me chargerai de les rayer, lui et ses trois amis, de la surface du globe. Là-bas, auprès de mon peuple, ça ne posera aucune difficulté.

— Je sais, grand frère, je sais, murmura Kate. Je ne te décevrai pas. Je crois même que tu seras très fier de moi.

Dillon repassa à la clinique Rosedene pour voir Hannah. Elle avait repris connaissance, et le reconnut immédiatement lorsqu'il entra dans la chambre.

— Qu'est-ce que tu mijotes, Sean ? murmura-t-elle tandis qu'il se penchait au-dessus d'elle.

— Pose plutôt la question aux Rashid. Ils ont de nouveau recruté Bell, et ils l'envoient à Hazar avec ses comparses.

— Et tu pars aussi ?

— Oui.

— Raconte-moi tout.

Il s'exécuta.

— Sur la brèche, une fois de plus, conclut-elle d'une voix faible. Toi, Billy, et ce cher vieux Harry...

— On dirait bien, ouais.

— Tu ne t'arrêteras jamais, Sean, n'est-ce pas ?

— Je suis comme je suis, Hannah. Mon problème, c'est que je n'ai pas de gentille femme pour veiller sur moi.

— Oh, va faire ton boulot et arrête de te trouver des excuses idiotes !

— Moi aussi, je t'aime, dit-il, et il lui donna un baiser sur le front. Dieu te bénisse, Hannah.

Et, pour une fois, elle lui offrit un sourire — un vrai sourire.

— Dieu te bénisse, Sean.

Quand il sortit de la chambre — lui, Sean Dillon, le dur à cuire —, il avait les larmes aux yeux.

De retour chez lui, il appela Blake Johnson pour le mettre au courant de la situation.

— Nom de Dieu, Sean ! s'exclama l'Américain. Hazar, c'est le territoire des Rashid. Et toi, Billy et Harry vous voulez y aller jouer les plongeurs avec le cousin de Ferguson ? Arrête ton char ! Tu ne pourras pas mettre un pied en ville sans que quelqu'un essaie de te planter un couteau dans le dos.

— Exactement. C'est la grande vie qui nous attend là-bas, Blake. Tu devrais venir participer à la fête.

— En toute franchise, mon vieux copain irlandais, je suis tenté. Que nous préparent les Rashid, à ton avis ? Pourquoi faire venir un groupe d'assassins de l'IRA au Hazar ?

— C'est bien ce que j'ai l'intention de découvrir quand je serai sur place.

— Alors surveille tes arrières.

Dillon éclata de rire.

— Je n'y manquerai pas, Blake. Qui aurait cru voir ça un jour — un ex-tueur de l'IRA et deux grands truands londoniens pourchassant un milliardaire-assassin arabe au milieu du désert ? Pourquoi faut-il toujours que ça tombe sur nous, les réprouvés, les asociaux... ?

— Tu sais, Sean, je ne m'y connais pas trop en philosophie. Mais j'ai le sentiment que Billy et toi, vous allez vous amuser comme des petits fous. Je suis plongeur, moi aussi... Tu crois que le président... ?

— Tu n'as qu'un moyen de le savoir, mon ami.

À Northolt, le lendemain matin, ils retrouvèrent Lacey et Parry dans le hangar de leur avion. Ferguson se trouvait là, lui aussi.

— Je suis venu vous dire au revoir. Lacey a fait retirer les cocardes RAF de l'appareil. Inutile de s'attirer d'emblée la haine des braves gens de Hazar. Comment avons-nous décidé de nous présenter, Lacey ?

— Nous sommes un avion des Nations unies en mission humanitaire.

— Parfait. Personne n'y trouvera à redire.

L'intendant militaire s'approcha. C'était un ancien sergent-major des Guards, très grand, à la mine sévère.

— Nous devons régler la question de votre armement, monsieur Dillon. Pouvons-nous parler une minute ?

— Bien sûr.

L'homme ouvrit la marche, et entra dans une petite pièce adjacente au hangar. Sur une grande table étaient disposés des AK-47, des Browning, des silencieux Carswell, et trois pistolets-mitrailleurs de petite taille.

— Des Parker-Hale, monsieur Dillon, précisa l'intendant.

— Excellent, sergent-major.

— J'ai déjà fait embarquer les équipements de plongée dans l'appareil. Mais vous aurez besoin, sur place, de bouteilles d'air comprimé. Si je puis me permettre : méfiez-vous. On ne sait jamais ce que ces corniauds d'Arabes risquent de mettre à l'intérieur.

— Je vois ce que vous voulez dire.

— Tant mieux, car j'aurais plaisir à vous revoir ici un de ces jours, monsieur Dillon.

— Je vous promets de ne pas me faire tuer.

— Heureux de vous l'entendre dire. Maintenant, je m'occupe de charger l'armement dans le Gulfstream.

Tandis que l'équipage achevait de préparer l'avion au décollage, ils burent du café et du thé dans la salle d'attente.

— Nous n'avons plus beaucoup d'influence au Hazar, désormais, expliqua Ferguson. De nos jours, tous ces petits pays veulent jouir de leur indépendance. Mais ils n'ont pas d'armée — mis à part les Hazar Scouts, bien sûr. C'est un régiment de Bédouins placés, selon la tradition, sous commandement britannique. En ce moment, c'est le colonel Villiers qui en a la charge. Vous le connaissez ?

— De nom. Dois-je entrer en relation avec lui ?

— Il pourrait vous être utile. Il connaît bien le terrain et sait à peu près tout ce qui se passe là-bas. Actuellement, d'après mes informations, les Hazar Scouts sont en patrouille dans le Quartier Vide. Ils ont des problèmes avec une bande de rebelles venus du Yémen — ceux qu'on appelle les Adoo. Ils n'ont pas grand-chose à revendiquer, mais ils préfèrent se battre sans raison plutôt que de se tourner les pouces et de mourir d'ennui. C'est un peu comme en Irlande en Nord, en somme...

— Ce vieux brigand se fiche de toi, Sean, observa Billy.

— Ouais, je sais. Mais ce n'est pas grave, répondit Dillon avec un sourire désabusé. Que voudrais-tu que je fasse, d'ailleurs ? Que je lui dise d'aller se faire foutre ?

— Des scrupules, mon cher Dillon ? Ça ne vous ressemble pas beaucoup, observa le général en se levant. Bien. Je ne sais pas ce qui se passe là-bas, mais ça ne sera sûrement pas du gâteau. Soyez prudents.

— Comme toujours !

Dillon serra la main que lui tendait Ferguson.

— Ne vous tracassez pas, Charles. Billy, Harry, moi... Vous avez la combinaison gagnante.

Quelques minutes plus tard, le Gulfstream s'élançait dans un terrible rugissement de réacteur sur la piste de Northolt. Ferguson le regarda décoller, puis remonta dans la Daimler et ordonna au chauffeur de le ramener chez lui. Maintenant, l'affaire était entièrement entre les mains de Dillon. Mais il avait confiance : Dillon était le meilleur.

Hazar

8

L'aéroport de Hazar se trouvait à une petite dizaine de kilomètres de la ville. Il ne comportait qu'une seule piste : construite par la RAF des décennies plus tôt pour un usage militaire, elle pouvait supporter n'importe quel avion, y compris un gros porteur de type Hercules. Après l'atterrissage du Gulfstream, Dillon et ses compagnons descendaient sur le tarmac lorsqu'ils virent deux Land Rover venir à leur rencontre. Un homme d'une soixantaine d'années, dont le visage hâlé disparaissait sous une épaisse barbe blanche, émergea du premier véhicule. Il portait un pantalon et une chemise kaki, et un chapeau en toile froissé.

— Hal Stone, se présenta-t-il en tendant la main. J'ai cru comprendre, Dillon, que vous êtes un sacré plongeur !

— Comment m'avez-vous reconnu ?

— Les merveilles de la science moderne. Les ordinateurs, Internet, le téléchargement de jolies images en couleurs, répondit Stone, puis il désigna ses amis. Billy et Harry Salter. Un sacré duo, si je puis me permettre. Les frères Kray eux-mêmes vous auraient tiré leur chapeau.

Il cria quelque chose en arabe, et deux hommes sortirent de la seconde Land Rover.

— Embarquez tous leurs bagages, et emmenez-les au *Sultan.*

Lacey et Parry s'avancèrent. Dillon fit les présentations.

— Vous restez ici ? demanda Stone.

— Pas cette fois, monsieur, répondit Lacey.

— Tant mieux. Comme ça, je n'ai pas à vous mettre en garde contre les nombreux dangers qui attendent les visiteurs dans cette bonne ville de Hazar.

Il se tourna vers Dillon et les Salter.

— Venez. J'ai envie d'une bière bien fraîche avant de vous conduire au *Sultan.*

Dans la Land Rover, Dillon alluma une cigarette.

— Alors comme ça, vous êtes professeur à Cambridge ?

— Professeur et membre du conseil d'administration de Corpus Christi, et professeur d'archéologie sous-marine au Hoxley College. Mais il y a une autre chose que vous devez savoir à mon sujet : autrefois, quand j'étais beaucoup plus jeune et infiniment plus casse-cou qu'aujourd'hui, j'ai travaillé pour les services secrets de Sa Majesté. Le cousin Charles m'a bien renseigné à votre sujet, ainsi qu'au sujet de vos amis. Je sais donc la raison qui vous amène ici. Et en tout franchise, je vous dirais que tout ça m'est bien égal. Du moment que vous faites un peu de plongée pour mon service, je suis content !

— Ça me paraît un bon plan, dit Billy.

— Ce jeune homme est un excellent plongeur, précisa Dillon. Un des meilleurs.

— Et vous ?

— Moi je suis le gars modeste. Et j'ai d'autres soucis en tête pour le moment.

— Des soucis qui s'appellent Rashid ? relança Stone en souriant. Kate Rashid est arrivée ici hier, dans l'après-midi. Avec quatre Irlandais. Des costauds à l'air patibulaire. Genre IRA, à mon avis. Comme ça, Dillon, vous ne serez pas trop dépaysé.

— Savez-vous où ils logent ?

— À l'hôtel Excelsior, sur le front de mer. Un établissement qui ferait un décor parfait pour un vieux film de la Warner. Il ne manque que Bogart. J'ai dit que je voulais une bière fraîche, et c'est précisément là-bas que nous allons la boire.

Dillon s'alluma une nouvelle cigarette.

— Donnez-m'en une, ajouta le professeur de Cambridge.

— Bien sûr.

Stone inspira la fumée avec un plaisir manifeste.

— Permettez-moi d'ajouter une dernière chose. Vos projets personnels dans la région, ça ne regarde que vous. Mais j'aimerais vous rappeler que vous êtes ici dans le genre de coin où les gens sont capables de vous couper les parties pour un paquet de cigarettes.

— Les salauds, dit Harry Salter en s'esclaffant. Ils n'ont pas intérêt à essayer de s'en prendre aux miennes !

L'hôtel Excelsior, outre les chambres de son bâtiment principal, proposait à la location de nombreux bungalows disséminés dans ses jardins. Kate en avait réservé trois, regroupés autour d'un patio privatif, pour Bell et ses trois complices. Pour sa part, elle logeait à la villa Rashid, où se trouvaient aussi les bureaux de la société, ainsi qu'une salle équipée d'un ordinateur et d'un système de télécommunications performant.

Un jeune Arabe entra dans son bureau et posa quelques feuilles de papier devant elle.

— Un avion des Nations unies a atterri à Hazar il y a un moment. Voici les passagers déclarés aux autorités de l'aéroport.

Kate esquissa un sourire à la vue du document.

— Eh bien, quelle surprise...

— C'est le professeur Stone qui est allé les accueillir à la descente d'avion.

— Allez chercher ma jeep. Je descends faire un tour sur le port.

Hazar était une petite ville portuaire adossée à une colline plutôt aride, composée d'un entrelacs de ruelles étroites et de maisons blanches. L'Excelsior, comme l'avait indiqué Stone, avait le cachet des anciens bâtiments coloniaux, avec ses ventilateurs de plafond tournant au ralenti, son gigantesque bar en marbre, ses portes-fenêtres ouvrant sur le port où s'alignaient quelques petits cargos de cabotage et, en très grand nombre, des boutres — les bateaux arabes traditionnels.

Ils s'installèrent autour d'une table sur la terrasse. La brise faisait claquer la marquise au-dessus de leur tête. Le professeur de Cambridge désigna l'extrémité de la rade, à plus d'un kilomètre de distance.

— Là-bas, vous pouvez apercevoir le *Sultan*. Le grand boutre avec la voile rouge. Il est mouillé tout près du bateau que nous examinons. C'est un navire chargé de munitions, coulé par un sous-marin nazi alors qu'il se rendait au Japon. Il repose sur le sable à une trentaine de mètres de profondeur.

— Et l'épave phénicienne ? demanda Billy.

— Mes gars ont déjà remonté quelques fragments de jarres en terre cuite, et d'autres objets. Ce qu'il en reste est en partie recouvert par le bateau américain. Il va falloir creuser. J'ai fait une première datation au carbone 14. L'embarcation remonterait à cent ou deux cents ans avant Jésus-Christ. Nous vérifierons plus tard.

— J'ai hâte de plonger.

— Billy est un gars très enthousiaste, observa Dillon.

Derrière leur table, à l'intérieur, Bell, Brosnan, O'Hara et Costello entrèrent dans le salon et se juchèrent sur des tabourets, près du bar. Dillon et Bell s'aperçurent au même instant dans le miroir. La stupéfaction se peignit sur le visage du mercenaire des Rashid.

— Avec moi, Billy, ordonna Dillon en se levant, et il franchit la porte-fenêtre. Tiens donc ! Aidan ! Te voilà bien loin de Drumcree et de la douce pluie irlandaise.

— Nom de Dieu, répliqua Bell. Qu'est-ce que tu fous ici, toi ?

— Je suis venu te donner des cauchemars.

Costello, qui avait déjà englouti sa bière, leva tout à coup son verre, mais Billy lui donna un violent coup de pied dans la cheville, agrippa son bras et le lui tordit jusqu'à ce qu'il lâche le verre.

— C'est très stupide de réagir de cette façon, dit-il. Refais ça, et je t'éclate le verre sur la tête.

— Je ne pense pas que ce soit nécessaire, répliqua une voix féminine.

Dillon se tourna pour voir Kate s'avancer calmement vers lui.

— Ma chère, dit-il, vous m'émerveillez. Où que j'aille, je tombe sur vous.

Ils retournèrent tous les deux sur la terrasse, tandis que les Salter et Stone maintenaient un fragile armistice avec Bell et ses hommes.

— Étrange situation, n'est-ce pas ? reprit Dillon. Connaissez-vous Hal Stone ?

— J'ai entendu parler de lui. Pourquoi êtes-vous ici ?

— Je suis venu plonger pour le professeur. Si vous connaissez Hazar, vous devez aussi connaître le *Sultan*.

— Oh, je sais à peu près tout ce qu'il y a à savoir à son sujet, tout comme je sais tout de vous et de vos amis... Harry et Billy Salter. Vous avez d'intéressantes relations, Dillon.

— Tout à fait exact, Kate. Les affaires de Harry Salter sont aujourd'hui parfaitement légitimes — enfin, la plupart d'entre elles —, mais il n'en reste pas moins l'un des truands les plus influents de Londres. Billy a déjà tué quatre fois. Ce ne sont pas des aristocrates comme vos frères et vous-même, mais ce sont des hommes... remarquables.

— Certes. Et vous, vous n'êtes pas ici pour passer votre temps sous l'eau au nom du professeur Stone.

— Mais si, très chère. Je vais plonger pour lui rendre service. Et Billy aussi.

— Vous n'avez rien d'autre en tête ?

— Kate, ma douce, que pourrais-je bien faire d'autre dans cette région ?

— Vous me harcelez. Vous voulez me mettre des bâtons dans les roues.

— Prenez garde aux coups de soleil, Kate. Parfois, ils entraînent des crises de paranoïa assez sévères, dit l'Irlandais, puis il vida le verre de bière qu'il tenait à la main. Maintenant, malgré mon affection pour vous, je vais devoir vous quitter. Je suis très pressé d'aller voir cette épave sous-marine de plus près.

Elle retourna auprès du bar et fit signe à Bell et aux autres de la suivre. Ils regagnèrent le patio des bungalows.

— Qu'est-ce qu'il trafique ici, ce petit salopard ? demanda Bell.

— Il ne peut rien contre nous, affirma-t-elle. Rien du tout. Nous sommes à Hazar, pas à Londres. Ici, c'est nous qui sommes les maîtres. Le Conseil des Aînés croit contrôler la région, mais son règne est près de s'achever. Les Rashid seront très bientôt seuls au pouvoir. Maintenant, examinons votre plan.

Bell étala une carte d'état-major sur la table basse.

— Comme vous le savez, il n'y a qu'une seule route qui traverse la région.

— Et qui mène aux Saints Puits, ajouta-t-elle. Mardi prochain, les douze membres du Conseil des Aînés se réuniront là-bas en conclave.

— Vous ne m'avez toujours pas donné vos indications. Souhaitez-vous organiser une embuscade, ou régler l'affaire avec une bombe au Semtex ?

— Je pense qu'une bombe aura davantage d'impact psychologique. Des hommes de confiance vont vous accompagner là-bas, pour que vous puissiez repérer les lieux.

— Très bien. Et Dillon ?

— Oh, lui... Je m'en charge. Un accident de plongée est si vite arrivé, n'est-ce pas ?

Ils quittèrent le port à bord d'un vieux canot à moteur manœuvré par deux Arabes. Un vent chaud, porteur de parfums épicés, soufflait de la mer.

— Nom de Dieu, dit Harry Salter. Avec toi, Dillon, on tombe toujours sur des endroits étranges.

— Arrête ton char. Tu adores ça. On frôle constamment le danger, ici, et ça te plaît comme à nous tous. D'ailleurs il faudrait que tu aies un calibre dans ta poche. Comme l'a dit le professeur, les gens du coin te couperaient volontiers les roupettes pour un paquet de clopes.

— J'aimerais qu'ils essaient, tiens. Ça fait un bail que je n'ai pas eu un peu d'action, dit Salter, puis il désigna le *Sultan* dont ils se rapprochaient rapidement. Ce rafiot m'a l'air tout droit sorti d'un vieux film sur Sindbad le Marin.

Stone éclata de rire.

— Vous n'avez pas tort, Harry, si je peux me permettre de vous appeler par votre prénom. Son principal avantage, c'est qu'il est très gros. Il possède de nombreuses cabines.

Dillon inspira profondément. L'atmosphère saline de la côte

lui plaisait. Un banc de poissons volants bondit à côté du bateau, avant de disparaître sous l'eau un instant plus tard.

— Bon sang, Dillon, dit Billy. Ça, c'est vraiment spécial. Je veux dire... C'est pas du toc, par ici.

Ils parvinrent au *Sultan*. Un homme leur lança un cordage. Ils attachèrent le canot, puis grimpèrent l'un après l'autre sur le pont.

— Les garçons vont s'occuper de vos affaires, annonça Hal Stone. Je vous montre vos quartiers.

Tandis que Billy et son oncle s'installaient dans la cabine qu'ils partageaient, Dillon s'enferma dans celle qui lui avait été allouée, à la poupe. Il rangea ses affaires personnelles, puis ouvrit le sac d'armes. Il étala sur la table les AK-47, les pistolets-mitrailleurs Parker-Hale, les Browning avec leurs silencieux, et enfin son arme de prédilection, le Walther.

On frappa à la porte. Billy et Harry entrèrent.

— On va encore déclarer la guerre ? demanda le jeune homme.

— Nous sommes dans une zone de guerre, affirma Dillon, puis il leur passa des Browning. Ils sont chargés. Et voici des chargeurs supplémentaires. Ici, il faut que vous soyez armés en permanence. Surtout avec Bell et compagnie dans le secteur.

— Ouais, marmonna Harry. Qu'ils ne nous chauffent pas trop les oreilles, ceux-là.

Il soupesa le Browning, l'examina avec attention.

— Ce joujou-là me convient bien, ajouta-t-il en le glissant dans sa poche. Il fera l'affaire pour allonger Bell.

— Je vois que nous avons aussi de l'artillerie lourde, observa Billy en rangeant son propre Browning dans sa poche.

— Oui, répondit Dillon. Au cas où.

— Moi, maintenant, j'aimerais bien plonger. Qu'est-ce que tu dirais de jeter un œil aux épaves ?

— Remontons sur le pont. Nous allons essayer de te donner satisfaction.

Dillon et Billy se préparèrent en compagnie de trois plongeurs arabes. Stone les observait, ainsi que Harry, qui soupira à plusieurs reprises.

— Je trouve ça bizarre, dit-il au bout d'un moment. Je veux dire... Plonger, descendre sous l'eau, comme ça... C'est pas très naturel. Sans parler du danger !

— Tu as raison. C'est dangereux, renchérit Dillon qui était en train de mettre une combinaison. L'air que nous respirons est composé essentiellement d'oxygène et d'azote. Plus nous descendons profond, plus notre corps absorbe d'azote. Et c'est là que nous risquons l'accident.

Il fixa une bouteille à son gilet stabilisateur, puis attacha un ordinateur de plongée Orca au détendeur. Après avoir enfilé et bouclé le gilet, il prit un sac de plongée et une lampe qu'il crocheta l'un et l'autre à sa ceinture. Enfin, il cracha dans son masque et le plaça avec soin sur son visage. Billy, de son côté, avait fait la même chose. Le pouce et l'index joints, Dillon lui fit le signal que tout allait bien, puis se laissa basculer dans l'eau. Le jeune homme l'imita aussitôt.

Dessous, dans les profondeurs marines, se déployait un superbe récif de coraux multicolores. Un banc de barracudas passa à côté d'eux, bientôt suivis par des poissons-perroquets et des scalaires qui arboraient fièrement leurs rayures jaunes et noires, puis vinrent des lunes de mer, des hippocampes, et une infinité d'autres poissons. La plongée procurait à Dillon un rare sentiment d'exaltation. Il bascula en avant et descendit davantage, en jetant un œil sur l'ordinateur qui lui indiquait la profondeur précise à laquelle il se trouvait, le temps passé en plongée et le temps qui lui restait avant qu'il ne doive remonter — en respectant les paliers de sécurité nécessaires.

Enfin, à trente mètres, ils trouvèrent le cargo militaire américain. L'épave était encore en assez bon état. Dillon se tourna, signala à Billy que tout allait bien, puis s'approcha du monstre de métal échoué sur le sable.

Il s'y engagea le premier, par le tribord, en se glissant dans un tube lance-torpilles. À l'intérieur, il se fraya un chemin dans le labyrinthe des coursives, des corridors et des escaliers, avant de ressortir, à la poupe, par la bouche d'un autre tube à torpilles. Il marqua une pause, pointa le pouce vers le bas à l'adresse de Billy, puis plongea de nouveau.

Les restes de l'épave phénicienne s'étalaient sur une assez large zone, à partir de l'arrière du cargo. Dillon descendit en douceur au milieu des débris du bateau, et se mit à creuser le sable. Il se produisit alors un miracle. L'objet sur lequel ses doigts s'étaient refermés était une petite figurine représentant une femme aux yeux écarquillés et au ventre très arrondi, signe de grossesse.

Billy s'approcha et examina la trouvaille de Dillon avec une expression ravie. Puis il se mit à chercher à son tour dans le sable. En quelques minutes, il trouva une espèce d'assiette, parfaitement intacte. Dillon hocha la tête, et ils entamèrent leur remontée.

De retour sur le bateau, ils tendirent leurs trésors au professeur, puis se débarrassèrent de leur équipement de plongée. Hal Stone était enchanté.

— Bon sang, Dillon ! Cette figurine est une découverte exceptionnelle. Les gens du British Museum vont en avoir une attaque.

— Et mon assiette ? demanda Billy.

— C'est un plateau votif, précisa le professeur. Et c'est une merveille absolue.

Le jeune homme se tourna vers son oncle.

— Tu te rends compte ? C'est dingue ! On a ramené des trucs qui feraient péter les plombs au British Museum.

— Et ça ne fait que commencer, précisa Dillon en allumant une cigarette, puis il regarda Stone. Mais pour le moment nous avons de la visite, je crois.

Proche de la cinquantaine, le colonel Tony Villiers était un homme de haute stature, au visage étrangement mélancolique. Il appartenait au régiment des Grenadier Guards, et avait longtemps servi dans les SAS. Des Malouines à la guerre du Golfe, il avait été en mission un peu partout dans le monde — notamment en Irlande, qu'il connaissait bien. Plusieurs fois médaillé, en particulier pour ses actions en Bosnie et au Kosovo, il était sans doute l'un des meilleurs officiers de l'armée britannique. Il se tenait à l'avant de la vedette qui l'amenait au *Sultan*. Un jeune officier se trouvait à son côté.

Quand il grimpa sur le pont, Hal Stone s'avança à sa rencontre.

— Nous nous sommes déjà rencontrés une fois. Je suis le cousin de Charles Ferguson.

— Ce qui est déjà une recommandation en soi, répondit aimablement Villiers. Je vous présente le sous-lieutenant Richard Bronsby, du corps des Blues and Royals.

— Alors rien n'a changé, observa Stone avec humour. C'est comme à la bonne vieille époque de l'empire colonial. Un colonel et son fidèle lieutenant à la tête d'un bataillon d'autochtones... Voici monsieur Sean Dillon, ainsi que messieurs Billy et Harry Salter.

— Je connais tout le monde, répondit Villiers. Charles Ferguson vous tient tous en très grande estime.

Ils s'installèrent dans des fauteuils, à l'arrière du *Sultan*, sous un auvent qui les protégeait du soleil.

— Qu'est-ce que ce bon Charles vous a raconté, au juste ? demanda Dillon.

— Il m'a fait comprendre qu'il ignore ce que mijotent les Rashid, et que c'est pour le découvrir qu'il vous a envoyés ici, vous et vos amis.

— Vous et moi, savez-vous, nous avons parfois été très... proches l'un de l'autre, observa Dillon. Dieu merci, nous ne nous sommes jamais réellement rencontrés.

— En ce qui me concerne, ce n'est pas faute d'avoir essayé. J'ai passé je ne sais plus combien de temps à vous pourchasser d'un bout à l'autre de l'Armagh sud.

— J'imagine... L'important, au fond, c'est qu'aujourd'hui nous nous comprenions. D'autant que je crois savoir que, comme moi, vous n'êtes pas né avec une cuiller en argent dans la bouche. Le sous-lieutenant Bronsby, par contre...

— Écoute et apprend, conclut Villiers avec un sourire agréable. C'est un officier prometteur.

— Parfait. Maintenant, prenons un verre et voyons ce que nous pouvons nous raconter au sujet des Rashid.

Ils sortirent des bières de la glacière.

— Paul Rashid est un de mes anciens camarades, dit Villiers. Nous avons fait le Golfe ensemble. Il a reçu la Military Cross. C'est un soldat de première classe.

— C'est aussi le patron de cette région, ajouta Dillon.

— En effet. Et, oui, puisque vous allez sans doute me poser la question, il fait peu de doute qu'il soit à l'origine de la mort du Sultan.

— À votre avis, qu'a-t-il en tête ? Pourquoi faire venir un terroriste réputé de l'IRA, avec son équipe, dans un endroit comme le Hazar ?

— Parce qu'il a confié à Bell la tâche de tuer quelqu'un à sa place, je présume.

— Mais qui ? insista Dillon.

— Il va falloir le découvrir. Malheureusement, je ne peux rester ici. Nous avons des problèmes, à la frontière, avec un groupe de marxistes yéménites. Bronsby et moi-même, nous devons retourner là-bas calmer le jeu.

— Gardons le contact, tout de même, proposa Dillon.

— Comptez sur moi. Une dernière chose...

— Je vous écoute.

— Le cadet des frères Rashid, George, celui qui a servi en Irlande avec le One Para — mes espions m'ont prévenu qu'il s'est rendu dans le Quartier Vide, en passant par le campement des Rashid à l'oasis de Shabwa. Non seulement George parle parfaitement l'arabe, mais il parle aussi le dialecte de la tribu Rashid.

— Grand bien lui en fasse, répliqua Dillon. Moi, mon arabe est tout juste acceptable. Mon gaélique, par contre, est impeccable !

Villiers rit, et répondit en gaélique :

— J'avais une grand-mère, à Cork, qui me forçait à parler cette langue quand je passais l'été chez elle. Vous êtes un type bien, Dillon. Gardez la foi. Voici mon numéro de portable, si vous avez besoin de moi.

Dillon se tourna vers le sous-lieutenant Bronsby.

— Fiez-vous à lui, fiston. C'est un des meilleurs. Dans cette région, vous risquez de sacrées mauvaises rencontres, alors si vous voulez vivre...

Le sourire qui se dessina sur le visage plutôt juvénile de Bronsby lui donna l'air d'un petit garçon intimidé.

— Jusqu'à maintenant, en tout cas, bafouilla-t-il, j'ai plutôt fait d'excellentes rencontres.

Ils se serrèrent la main.

— Ouais, fit l'Irlandais. Mais comme on dit par chez nous : faites gaffe à votre arrière-train.

En fin d'après-midi, Dillon et Billy décidèrent de plonger une nouvelle fois. Il y avait encore beaucoup de lumière, il faisait chaud, et ils se sentaient en grande forme.

Kate Rashid, assise à la poupe d'un boutre amarré dans le port, les observait avec des jumelles. Kelly se tenait debout derrière elle.

— Dillon et Billy Salter se préparent à plonger, annonça-t-elle.

— Que dois-je faire ?

— Vous les tuez. Maintenant. Prenez Saïd et Ahmed. Et... pas de cafouillage, surtout ! L'enjeu est beaucoup trop important.

— À vos ordres, Lady Kate.

Dillon enfila le gilet stabilisateur auquel il avait fixé une bouteille d'air comprimé. Billy, de son côté, était déjà prêt. Harry et Hal Stone vérifièrent leur équipement.

— J'adore ce pays, dit le jeune homme.

— Tu as ton couteau ? demanda Dillon.

— Bien sûr.

— Prends aussi un fusil à harpon.

— Pourquoi ?

— Parce qu'il y a des requins, dans ces eaux. Tout à l'heure, j'ai cru en apercevoir un.

— Ah ouais ? fit Billy, hilare. Eh bien ! On en apprend tous les jours.

— Fais attention à toi, tu m'entends ? marmonna Harry.

Billy, tout sourires, mit son masque et se laissa tomber en arrière dans l'eau. Dillon éclata de rire.

— N'est-ce pas Suétone qui a écrit la célèbre phrase : « Ceux qui vont mourir te saluent » ?

— Je peux vous la dire en latin, si ça vous fait plaisir, répondit Hal Stone.

— Bah ! C'est l'idée qui compte, pas la langue.

Dillon se jeta à l'eau à son tour.

Ils se retrouvèrent de nouveau sous la voûte bleue de la mer, avec cet étrange sentiment de voir l'espace s'étendre autour d'eux, tandis qu'ils descendaient lentement en direction du cargo américain, leur fusil à la main. Ils virent encore des barracudas, et trois ou quatre raies sur le sable, mais pas de requin. Dillon se sentait très bien. Il savourait chaque seconde qui passait. Ils pénétrèrent dans le bateau par le tube lance-torpilles, se suivirent à tour de rôle dans le labyrinthe des coursives, puis ressortirent, comme la première fois, par la poupe du navire... pour se retrouver face à Kelly, Saïd et Ahmed qui descendaient droit sur eux. Tous trois étaient armés de fusils.

Dillon donna une tape sur l'épaule de Billy, et le poussa de côté à l'instant où Ahmed tirait. La flèche manqua le jeune homme d'un cheveu. Dillon se déporta en partant en vrille, tira à son tour et atteignit l'Arabe en pleine poitrine.

Kelly tira. Sa flèche toucha la manche gauche de la combinaison de Dillon, à l'oblique, déchirant le tissu mais sans le blesser.

Furieux de l'avoir manqué, Kelly se précipita vers lui en brandissant un couteau. Dillon réussit à lui agripper le poignet. Tandis qu'ils commençaient à se battre au corps à corps, Saïd tira sur Billy, qui s'écarta en répliquant avec son propre fusil. La flèche transperça la gorge de l'Arabe.

Dillon et Kelly luttaient avec une fureur inouïe. Soudain, Dillon réussit à retourner son adversaire, et en profita, d'un coup de couteau bien placé, pour trancher le tuyau de son respirateur. Kelly gesticula frénétiquement au milieu de la myriade de bulles d'air qui s'échappaient de sa bouteille, puis se calma soudain quand il rendit l'âme. Dillon le poussa doucement vers le fond de la mer.

Ahmed vivait encore ; il essayait d'arracher la flèche plantée dans sa poitrine. Billy le contourna et lui arracha l'embout de son détendeur. Puis il rejoignit Dillon, et ils regardèrent quelques instants les trois corps s'immobiliser sur le sable, au fond de la mer.

Dillon leva le pouce, signe qu'ils devaient regagner la surface, et ils entamèrent leur remontée.

Ils s'écroulèrent, épuisés, sur le pont du *Sultan*.

— Pour l'amour du ciel ! s'écria Hal Stone. Que s'est-il passé ? C'était la Troisième Guerre mondiale ? J'ai cru que vous vous battiez.

— C'est vrai. Nous avons été attaqués, répondit Dillon. Un type qui s'appelle Kelly — un ancien SAS qui est le chef de la sécurité des Rashid. Les deux autres étaient arabes.

— Nom de Dieu, grogna Harry Salter. Ça doit être la petite mignonne qui a ordonné de vous tuer. Lady Kate Rashid.

— Je crois que ça ne fait aucun doute. Nous représentons un fardeau pour cette fille. Un lourd fardeau.

— Ce qui ne peut vouloir dire qu'une seule chose, intervint Hal Stone. Quelle que soit l'opération qu'ils préparent, elle peut encore échouer.

— Entièrement d'accord, acquiesça Dillon en se levant. Allons nous doucher et nous changer, Billy, puis nous irons dîner à l'Excelsior. Qui sait ? Nous y ferons peut-être d'heureuses rencontres ?

Hal Stone préféra rester à bord de son bateau tandis que Dillon, Harry et Billy se rendaient à l'Excelsior. Il y avait peu de clients au bar ; le restaurant, lui, était complètement vide. Les serveurs se tenaient au garde-à-vous, prêts à satisfaire leurs moindres désirs. Recouvertes de nappes brodées, les tables disparaissaient sous l'argenterie, le cristal et la porcelaine — exactement comme du temps de la splendeur de cet établissement hôtelier.

Ils prirent un verre au bar, assis dans de confortables fauteuils. Dillon commanda un bouteille de veuve-clicquot, puis appela Villiers sur son portable.

— Toujours parmi nous, mon ami ? demanda le colonel.

— De justesse, répondit l'Irlandais, et il lui raconta ce qui s'était passé.

— Ça confirme ce que je pensais. Ils préparent sans aucun doute quelque chose de très important. On se rappelle très bientôt.

Ils discutaient depuis un petit moment, quand Lady Kate Rashid entra dans le bar, suivie de Bell. Dillon se leva.

— Couvre-moi, Billy. Costello est sur la terrasse.

Il s'avança jusqu'au comptoir. Billy se leva à son tour et alla se placer à l'autre bout de la pièce, tenant ostensiblement son Browning à la main.

— Il paraît que la cuisine n'est pas mauvaise, dit Dillon.

— Ça ne vaut pas Le Caprice, mais c'est très correct, répondit la jeune femme.

— Notre bon Aidan ici présent préférerait sans doute avoir sa platée de ragoût irlandais. Mais on ne peut pas toujours tout avoir, n'est-ce pas ? J'espère que vous n'attendez pas Kelly ?

Elle se raidit, les joues pâles.

— Il a commis l'erreur assez stupide de nous attaquer, Billy et moi, alors que nous étions en plongée. Ça n'a pas été très joli, vous pouvez me croire ! Des flèches, des couteaux, des tuyaux de respirateur sectionnés... Un vrai foutoir. La dernière fois que j'ai posé les yeux sur Kelly, il gisait sur le dos, au fond de la mer. Totalement mort. Comme les deux Arabes qui l'accompagnaient. C'est une grosse bêtise, Kate.

— Fumier, grommela Bell.

— Oh, je t'en prie, Aidan ! Tu voulais que j'écarte les bras et que je me laisse abattre comme un chien ?

— Hmm, fit son interlocuteur avec un sourire désabusé. Ce n'est pas ton style, évidemment...

— En effet. Alors si ça ne t'ennuie pas, Billy et moi nous allons dîner, puis retourner plonger. Ça nous... détendra.

Bell éclata de rire, et se tourna vers la jeune femme.

— Pardonnez-moi, Lady Kate, mais ce type est vraiment trop drôle !

9

Le lendemain, Bell et ses hommes s'entassèrent dans un Cessna 310 qui décolla aussitôt, pour se poser un moment plus tard sur une petite piste située à quelques kilomètres de l'oasis de Shabwa. George Rashid, habillé en Bédouin, les y attendait.

— Je vous emmène sur la route des Saints Puits, annonça-t-il. Ça vous permettra d'évaluer la situation.

Ils montèrent dans une grosse jeep qui possédait trois rangées de sièges. George s'assit à l'avant, à côté du conducteur, tandis que Bell et ses trois acolytes prenaient place à l'arrière. La voiture s'élança sur la piste en soulevant un immense nuage de poussière. La chaleur était accablante.

— Saleté de pays, grogna Costello.

— C'est un pays rude, en effet, mais il incite les garçons à devenir des hommes, répliqua George Rashid. Et il y a autre chose que vous devez savoir. Toute cette zone, par ici, où le Hazar borde le Quartier Vide, est revendiquée depuis la nuit des temps par les uns et par les autres. Ce qui revient à dire que le territoire n'appartient à personne en particulier, et qu'il ne dépend d'aucune juridiction. Vous tueriez le Pape, ici, que personne n'y pourrait rien.

— C'est bon à savoir, répondit Bell en riant.

Ils s'arrêtèrent un moment au campement principal des Rashid, à l'oasis de Shabwa, pour faire le plein d'essence et d'eau. George leur proposa de profiter de cette halte pour manger un morceau.

— Qu'est-ce que c'est ? demanda Costello après avoir goûté à l'assiette qu'on lui avait apportée.

— Du ragoût de chèvre, avec du riz.

— Excusez-moi...

Costello se leva et courut se vider l'estomac derrière un palmier.

— Ça va mieux ? lui demanda George quand il revint près d'eux.

— Pas vraiment. Mais tant pis. J'imagine que quand vous étiez dans l'Armagh sud avec le One Para, vous n'aviez pas d'autre choix que de manger dans les pubs du coin...

— Mais j'adore la nourriture qu'on y sert ! déclara George avec un large sourire. Des pommes de terre d'Irlande, du bon pain frais, du chou en saison...

— Arrêtez, nom de Dieu ! gémit Costello. Vous me rendez encore plus malade.

Bell posa son assiette, qu'il avait terminée jusqu'à la dernière bouchée.

— Dépêchons-nous. Allons voir le site, puis nous pourrons rentrer à Hazar. Tu mangeras là-bas, Pat.

La route suivait une sorte de défilé délimité par des affleurements rocheux peu élevés derrière lesquels on apercevait, à droite comme à gauche, un océan de dunes de sable qui s'étirait jusqu'à l'horizon. La jeep s'arrêta au sommet d'une petite colline. George en descendit, les autres l'imitèrent.

— Vous voyez ce virage, là-bas ? Les rochers sont tellement élevés, à cet endroit, qu'ils forment comme des falaises de chaque côté de la route. C'est l'endroit idéal pour une embuscade. Les Saints Puits sont quinze kilomètres plus loin, à l'est.

— D'accord. Allons jeter un coup d'œil.

Bell ouvrit la marche, suivi de George et de ses hommes. Le défilé, ici, était extrêmement impressionnant. Deux murs de roche de près de cinquante mètres de haut encadraient la chaussée étroite.

— Nous placerons nos explosifs en ligne, les gars, dit Bell. D'un côté à l'autre de la route. Moi et Costello on se chargera de ça. Vous deux, vous irez vous poster avec une mitrailleuse sur ce promontoire, là-bas. À plat ventre, prêts à faire feu. Vous éliminerez les survivants.

— Ça me paraît un excellent plan, approuva George.

— À moi aussi. Maintenant, retour à Hazar, et voyons le matériel que vous pouvez mettre à notre disposition.

— Vous aurez tout ce que vous voudrez, affirma George tandis qu'ils repartaient vers la jeep.

Hal Stone demanda à Dillon, Billy et Harry de le rejoindre à l'arrière du *Sultan*, sous l'auvent.

— Je viens d'avoir des renseignements intéressants. Par mes contacts arabes. George Rashid, Bell et ses amis sont allés dans le Nord, tout à l'heure, à bord d'un Cessna 310. Ils ont atterri près de Shabwa, où ils sont restés deux heures, avant de revenir ici.

— Et nous ne savons pas pourquoi ? demanda Dillon.

— Hélas non. J'ai demandé à mes gars de tendre l'oreille, mais ils n'ont rien pu découvrir de plus.

— Si nous allions faire un tour à Shabwa, cela pourrait-il nous aider ? demanda Dillon après quelques instants de réflexion.

— À voir ce qu'ils mijotent ? Je n'en sais trop rien. Et qu'entendez-vous par « nous » ?

— Moi, Billy, Harry... et vous-même si ça vous tente. Nous n'avons pas besoin de pilote. Je sais tenir le manche d'à peu près n'importe quel type d'appareil. Il me faut juste un avion.

— Facile, répondit Stone. Ben Carver, le patron de Carver Air Transports, possède deux Cessna et un Golden Eagle, qu'il loue avec ou sans pilote.

— Parfait. Faites une réservation immédiatement, et je nous emmène à Shabwa.

— Entendu, acquiesça l'universitaire. Si c'est ce que vous voulez, je m'en charge tout de suite.

À la villa, Kate Rashid travaillait sur un dossier de Rashid Investments, lorsque son portable sonna.

— Je viens d'apprendre, dit George, que Dillon et les Salter se sont envolés pour Shabwa dans l'un des Cessna de Carver. C'est Dillon qui pilote.

— Parfois, je me demande s'il n'a pas envie de mourir, murmura Kate.

— Que veux-tu faire ?

— Ce type me fatigue, George. Débrouille-toi pour qu'ils se crashent, lui et ses amis.

— Avec grand plaisir.

Le Cessna 310 volait paisiblement en direction de Shabwa. Billy et Harry, assis derrière Dillon qui tenait le manche, appréciaient beaucoup la balade. Le ciel était d'un bleu parfaitement pur, les dunes de sable, dont certaines s'élevaient à plus de deux cents mètres, s'étiraient à l'infini dans toutes les directions. L'une d'elles, gigantesque, obligea Dillon à virer pour la contourner. Derrière, ils aperçurent soudain une colonne de trois véhicules, et plusieurs hommes armés de fusils d'assaut.

Le mitraillage commença avant que Dillon ait pu réagir.

Le pare-brise et une vitre latérale volèrent en éclats, et Harry poussa un cri de douleur : un éclat de verre lui avait lacéré la joue. Une pluie de balles déchiqueta l'aile gauche. Dillon leva le nez de l'appareil, vira à cent quatre-vingt degrés et essaya de reprendre de la vitesse. La colonne de véhicules disparut derrière eux. Mais les moteurs toussaient de façon inquiétante : le gauche d'abord, puis le droit, s'arrêtèrent. Un lourd silence tomba dans le cockpit, fendu par le seul sifflement du vent sur la carlingue.

Devant eux se dressait une dune de sable colossale — sans doute mesurait-elle près de trois cents mètres.

— Nom de Dieu, fit Billy. Jamais je n'ai vu un truc pareil.

— Ouais, fit Dillon. Ici, c'est pas la plage de Brighton. Tenez bon, vous deux.

Il tira à fond sur le manche, passa de justesse au-dessus de la lèvre de la dune, et se laissa descendre, de l'autre côté, vers la pente sableuse. L'avion rebondit deux ou trois fois, glissa jusqu'au pied de la dune en brinquebalant furieusement, puis s'immobilisa en plongeant le nez dans le sable. Dillon coupa aussitôt le contact.

— Ça va ?

— J'en ai marre, dit Salter. Les vacances à l'étranger, c'est ter-mi-né ! Après un coup pareil, je ne suis même plus sûr d'aller à Calais pour la journée.

Dillon ouvrit la porte et sortit de l'avion en escaladant l'aile. Billy, puis son oncle, le suivirent.

— Quel est le programme, maintenant ? marmonna Harry.

— Ils vont venir s'assurer qu'il n'y a pas de survivants. À mon avis, ils savaient très bien qui se trouvait dans cet avion, si vous voyez ce que je veux dire.

— Mais qu'est-ce qu'on doit faire, à ton avis ? insista Billy, un peu nerveux.

— Appeler la cavalerie, tout simplement.

Dillon sortit son portable, puis fouilla ses poches.

— Mince ! Je n'ai pas le numéro de Villiers sur moi, marmonna-t-il. OK, tant pis...

Il composa le numéro de Ferguson, à Londres. Le général décrocha immédiatement.

— Charles, c'est moi. Nous avons de gros ennuis.

Il exposa les faits, que Ferguson accueillit calmement.

— Ne vous inquiétez pas. Je me charge de trouver Villiers et de lui donner votre numéro. Il vous aidera. Quand il le veut, il peut se montrer aussi terrible que vous.

— Je suis heureux de vous l'entendre dire.

Dillon coupa la communication, puis s'assit sur le sable.

— Nous attendons, dit-il aux Salter.

Moins de vingt minutes plus tard, le téléphone sonna.

— Vous êtes sains et saufs ? demanda Villiers.

— Aucun problème. Harry, Billy et moi, nous allons bien. Les gens qui nous ont abattus nous attendaient — ça ne fait aucun doute.

— Que croyez-vous ? Dans un endroit comme le Hazar, les allées et venues des touristes, surtout ceux de votre genre, ne passent pas inaperçues.

— Que devons-nous faire, à votre avis ? Ils vont venir. Si nous ne bougeons pas, nous sommes foutus.

— Je me trouve à soixante kilomètres de vous, à l'est, avec les Scouts. Je vais laisser Bronsby avec la moitié de la troupe, et rappliquer avec les autres. Néanmoins, je vous suggère de vous déplacer dès maintenant. Regardez votre GPS, que nous sachions précisément où vous vous trouvez.

— Une minute.

Dillon grimpa dans l'avion, lut sa position exacte sur les appareils de bord et la communiqua à Villiers.

— Bien, dit ce dernier. Fichez le camp tout de suite. Pas très loin d'où vous êtes, il y a un vieux fort militaire, en ruines, qui vous protégera mieux que l'avion. Marchez au nord-est. Nous allons nous dépêcher... Mais vos assassins ne seront pas loin, Dillon. Ça va être serré. Gardez mon numéro de portable et tenez-moi au courant. Bonne chance.

Dillon répéta aux Salter ce que le colonel lui avait dit.

— Prenez de l'eau, ce que vous trouverez de nourriture dans l'avion, un AK chacun et des munitions — le maximum, précisa-t-il. Et fichons le camp d'ici !

Il sourit à l'oncle de Billy.

— Tu vas pouvoir résilier ton abonnement à la salle de gym, Harry. Quelques heures de marche dans ce désert, et tu auras perdu toute ta brioche.

Deux heures plus tard, George Rashid et les dix Bédouins qui l'accompagnaient découvrirent le Cessna 310. L'un des hommes examina l'avion et les traces laissées par Dillon et ses amis, puis revint auprès de George.

— Par là, *Effendi*, dit-il en pointant un doigt vers le nord-est. Ils sont à pied.

— Il faut les rattraper. Et les abattre une fois pour toutes, déclara le benjamin des Rashid.

Les Salter et Dillon marchaient de front. Ils s'étaient noué un foulard autour de la tête pour se protéger du soleil et de l'écrasante chaleur. Leur progression à travers les dunes était très difficile, car le sable alourdissait chacun de leurs pas. Enfin, ils débouchèrent sur une zone plus plane, une sorte de plaine de sable croûteux sur laquelle se dressaient une oasis et les ruines d'un fort.

— C'est un mirage, ou quoi ? dit Billy.

Soudain, Harry cria :

— Dillon, regarde derrière nous !

Ils se tournèrent pour voir deux Land Rover apparaître au sommet d'une dune, à trois ou quatre cents mètres de distance.

— Courez ! s'exclama Dillon. Le plus vite possible ! S'ils nous attrapent ici, en terrain dégagé, nous sommes foutus.

La peur leur donna des ailes. Ils passèrent devant un puits, longèrent quelques palmiers, puis s'engouffrèrent sous les restes de la voûte en pierre qui marquait l'entrée du fort. Dillon aperçut un escalier. Ils s'y précipitèrent : la volée de marches menait au sommet du bâtiment, sur une petite terrasse que protégeait d'un côté un parapet en partie écroulé. S'accroupissant, ils virent les Land Rover arriver à vive allure, et s'arrêter à cinquante mètres du fort.

George Rashid et les Bédouins descendirent des véhicules. Dillon s'allongea à plat ventre, les guettant à travers un trou dans le parapet. Billy et Harry, à sa droite et à sa gauche, armèrent chacun leur AK-47.

— Qu'est-ce qu'on fiche ici, nom de Dieu ? dit Harry. Ça me rappelle un film que j'ai vu quand j'étais gosse. Avec Ray Milland, Gary Cooper — *Beau Geste*, qu'il s'appelait.

— Je l'ai vu, moi aussi, dit Billy. Quand ses hommes se font tuer, le sergent les met contre le mur, pour donner l'impression qu'il y a toujours du monde.

— Ouais, mais nous, nous ne sommes que trois, répliqua Dillon. Et nous avons intérêt à bien viser, parce que ces types ne feront pas de quartier.

Ils se préparèrent à l'attaque, tandis que les Arabes se déployaient autour des Land Rover.

— Bon sang, Dillon, marmonna encore Harry Salter, qu'est-ce que je fiche ici, moi ?

— Tu t'amuses comme un petit fou, Harry. Fais-moi confiance, et tu reverras ton Wapping adoré.

Il visa avec précaution, puis tira. Un Bédouin s'écroula, mort sur le coup.

— Et voilà le travail, ajouta Dillon. Nous avons toutes les munitions qu'il nous faut. Nous allons supprimer ces fumiers les uns après les autres.

Les Rashid, qui avaient battu en retraite derrière les véhicules, ouvrirent un feu nourri contre le fort. Dillon et les Salter répliquèrent.

— Prends ton temps, Billy. Une balle à la fois. Harry se charge de les arroser en continu, pendant que toi et moi nous prenons des cibles précises. C'est notre seule chance de les vaincre.

Billy visa en prenant son temps, et pressa la détente. Un Bédouin à demi caché derrière une Land Rover s'écroula sur le côté.

— Bravo, approuva Dillon, c'est exactement comme ça qu'il faut faire pour les repousser jusqu'à l'arrivée de Villiers.

Il sortit les jumelles Zeiss qu'il avait trouvées dans l'avion. Derrière les Land Rover, les Bédouins se rassemblaient.

— Je viens d'apercevoir George Rashid, annonça-t-il.

— Nous savons donc avec certitude à quel genre de salopards nous avons affaire, dit Harry, et il tira une longue salve sur les véhicules.

En contrebas, George Rashid donnait des ordres à ses hommes :

— La moitié d'entre vous reste ici, derrière la voiture, pour me couvrir, pendant que je pars avec les autres dans la deuxième Land Rover. Nous allons contourner le fort et les prendre à revers. Là-bas, le mur est presque complètement écroulé. Nous les aurons sans difficulté. Dépêchons-nous !

Quelques instants plus tard, la Land Rover démarra dans un rugissement de moteur. Dillon regarda de nouveau dans les jumelles, et aperçut des jambes sous l'autre véhicule. Il visa avec application et tira : un autre Bédouin s'écroula sur le sable. Son corps fut secoué de spasmes durant quelques secondes, puis il expira. Au même instant, des détonations retentirent derrière eux. Dillon se tourna juste à temps pour voir George Rashid et ses hommes enjamber le mur d'enceinte effondré et s'engouffrer dans la cour.

Une salve d'automatique crépita sur le parapet. Dillon et les Salter baissèrent la tête, puis répliquèrent sans perdre une seconde. Un autre Bédouin tomba. Les hommes postés derrière la Land Rover qui n'avait pas bougé se mirent alors à arroser la façade du fort.

Les trois hommes s'aplatirent sur le sol tandis que des fragments de mur tombaient en pluie au-dessus de leur tête. Puis, alors que Dillon tentait de reprendre l'offensive, ils entendirent des coups de feu quelque part sur leur gauche. L'Irlandais se tourna et vit cinq Land Rover arriver dans leur direction par le flanc de la dune géante qui bordait l'oasis. Les véhicules s'arrêtèrent. Tony Villiers et les Hazar Scouts firent feu, avec une mitrailleuse lourde, sur la Land Rover stationnée devant le fort. Une balle atteignit son réservoir, qui explosa. Quatre hommes tentèrent de prendre la fuite, mais les Scouts les éliminèrent les uns après les autres.

Comme Villiers et ses hommes se précipitaient vers le fort, George Rashid et ses trois Bédouins survivants battirent en retraite par-dessus le mur d'enceinte. Quelques secondes plus tard, leur Land Rover démarrait en trombe et disparaissait derrière les dunes.

Brutalement, le calme revint sur le désert. Dillon s'adossa au parapet avec Billy, et sortit un paquet de Marlboro. Harry soufflait comme s'il avait couru le marathon.

— Nom d'un chien, je suis trop vieux pour ça.

— Tu as été très bon, assura Dillon.

— Ouais... Tu peux même dire génial — si on était dans un vieux film en noir et blanc diffusé sur une chaîne satellite ! Mais quand on est avec toi, malheureusement, ça se passe pour de vrai. Tu es un monstre, Dillon.

Les Land Rover des Hazar Scouts franchirent l'entrée voûtée du fort et se garèrent dans la cour. Dillon et les Salter descendirent les rejoindre.

— C'était moins une, dit Tony Villiers en s'avançant à leur rencontre.

Dillon lui serra la main.

— George Rashid était à la tête de cette petite bande.

— Ah oui ? Ça prouve qu'ils vous considèrent vraiment comme une menace. Vous avez de la chance, tout de même...

— Ouais. Je ne peux pas dire le contraire.

— Bon, ajouta Villiers après s'être allumé une cigarette. Je vous emmène à l'oasis de Shabwa, et nous demanderons à Carver de vous envoyer un avion pour vous ramener à Hazar.

— Entendu.

— N'oubliez pas de remercier Charles Ferguson. Sans lui, messieurs, à l'heure qu'il est vous seriez morts.

Plus tard, Dillon, les Salter et Hal Stone s'installèrent à une table du bar de l'Excelsior.

— Vous avez raison, Harry, dit l'universitaire. Ce qui vous est arrivé, ça ressemble vraiment à un mauvais film.

— Pire que ça, bon sang ! renchérit Salter. Les vacances avec Dillon, ça n'a rien d'une balade sur la promenade de Brighton, avec cornet de frites, poisson pané et verre de champagne dans la soirée. Ce type vous embarque dans des trucs qui mettent réellement votre vie en danger.

— Oh, arrête ton char, protesta Dillon en riant. Il y avait des années que tu ne t'étais pas autant amusé. En plus, tu n'as même pas à te soucier des conséquences de notre joyeuse fusillade. C'est Tony Villiers et ses gars qui se chargent de nettoyer le fort et les environs.

Hal Stone soupira.

— Tout ça c'est très bien, Dillon, mais nous n'avons toujours pas la moindre idée du coup que les Rashid préparent. La seule chose dont nous sommes sûrs, c'est qu'ils veulent vous rayer de la carte. Mais pourquoi ? Pourquoi vous voient-ils à ce point comme une menace ?

— Moi aussi, j'aimerais le savoir.

— À mon avis, intervint Billy, le truc le plus important c'est que Bell est ici, et avec plusieurs gars. Dans quel but les Rashid ont-ils fait venir une telle équipe à Hazar ?

— Hmm, fit son oncle. Personne n'en a donc la moindre idée ?

Après un moment de silence, Hal Stone reprit la parole :

— Bien sûr, nous pourrions tenter quelque chose pour essayer de découvrir leurs intentions...

— À quoi pensez-vous ? demanda Dillon, perplexe.

— Eh bien... En comptant Bell, ils sont quatre. Et je suppose qu'ils savent tous les quatre ce qu'ils sont venus faire dans la région.

— Alors nous pourrions en capturer un, dit Billy. C'est ça que vous proposez ?

— En gros, oui. À moins que ça vous semble trop évident ?

— Parfois, dit Dillon, les idées les plus évidentes sont aussi les meilleures.

— Il faudrait savoir quand et où mettre la main sur ces salopiauds, observa Harry. À quel moment ils descendent en ville, et pour y faire quoi...

— Ils vont au bordel, évidemment ! précisa Billy.

Ils rirent, tous ensemble, puis Hal Stone reprit son sérieux.

— À vrai dire, c'est exactement ça qu'ils font. D'après ce que mes gars m'ont raconté, l'un d'eux — celui qui s'appelle Costello, je crois — apprécie beaucoup un certain établissement de Hazar, tenu par une Madame Rosa...

— Comment est-ce qu'on procède ? demanda Harry. On l'enlève ?

— Pourquoi pas ? répondit Stone.

— Ouais, d'accord, fit Billy, l'air incertain. Mais que feront Bell et les autres quand ils s'apercevront de sa disparition ?

— Je ne sais pas, répondit Stone avec un haussement d'épaules. Il est bien possible qu'ils se disent tout simplement qu'il est au lit avec une des femmes de Madame Rosa. Une ou plusieurs, d'ailleurs.

— Eh bien, professeur ! s'exclama Harry en riant. Je suis choqué d'entendre un homme comme vous, un homme de science, nourrir des pensées aussi salaces.

— Ne vous inquiétez pas, répondit Stone avec un large sourire. Je m'en remettrai.

Dillon confia l'organisation de l'opération à Harry, qui s'en tira remarquablement.

Ce soir-là, il se vêtit à la manière d'un riche touriste en goguette : chemise en lin noire et costume de bonne coupe, en lin lui aussi mais de couleur crème. Billy et lui s'installèrent à la terrasse d'un café situé juste en face de l'établissement de Madame Rosa. Là, ils attendirent que leur informateur — un jeune Arabe qu'ils avaient généreusement payé — vienne les prévenir que Costello avait quitté l'Excelsior et venait dans leur direction. Le moment venu, Harry entra dans la maison close et ordonna qu'on lui présente les filles. Billy guetta Costello ; dès qu'il le vit arriver, il rejoignit son oncle chez Madame Rosa.

Bell, ses hommes et Kate Rashid étaient assis autour d'une table basse, examinant une nouvelle fois la carte d'état-major de la région des Saints Puits.

— Donc, dit l'Irlandais en désignant le document, nous nous positionnons ici. Les Aînés doivent se mettre en route vers midi. Nous, nous partons là-bas dès ce soir, avec le Golden Eagle de Carver. Nous préparons les armes et le reste du matériel à Shabwa, et demain, à l'aube, nous nous rendons sur place.

— Ça me paraît bien, approuva Kate.

— Par sécurité, je crois qu'il vaut mieux que votre frère et ses Bédouins nous rejoignent. Nous pourrions avoir besoin de renforts. Autant qu'ils soient sur place.

— Entendu. Je vais appeler George pour le prévenir.

Elle composa le numéro de son frère aîné à Londres. N'obtenant aucune réponse, elle essaya son portable. Paul Rashid décrocha aussitôt.

— Comment ça se passe ?

— Très bien, répondit-elle. Nous prenons un des avions de Carver pour nous rendre ce soir à Shabwa.

— Je suis en route. Dès que j'atterris à Haman, je monte dans l'hélicoptère pour vous rejoindre. Préparez-vous à mon arrivée.

— Avec joie, grand frère.

Costello, qui s'était discrètement éclipsé de l'Excelsior, appréciait énormément l'accueil chaleureux que lui réservait le personnel de Madame Rosa. Trois filles étaient à sa disposition pour satisfaire ses moindres désirs — des désirs exacerbés par le whiskey irlandais et la cocaïne. Ça changeait de l'Armagh sud ! Jamais il n'avait connu un tel bonheur. Quand les filles l'entraînèrent dans une chambre luxueuse, puis, l'ayant couvert de caresses et de baisers, lui proposèrent de se déshabiller, il se dit qu'il avait trouvé la porte du paradis. Comme il ôtait ses vêtements, les prostituées sortirent discrètement de la chambre. Une porte s'ouvrit alors près de la tête de lit : Harry Salter et Billy s'avancèrent vers lui.

— Hé ! se récria Costello. Qu'est-ce qui se passe ?

Harry le prit par la gorge.

— La ferme, connard. Rhabille-toi. Tout de suite.

— Attendez un peu...

Billy, qui avait sorti un Browning, en posa le canon contre la tempe de Costello.

— Obéis, si tu veux vivre.

Terrifié comme jamais, l'Irlandais obtempéra sans plus regimber.

Ils l'emmenèrent au *Sultan*, où Dillon et Stone les attendaient sous l'auvent de poupe. Les Salter et le professeur s'assirent sur les banquettes, une cannette de bière à la main. Sur ordre de Dillon, deux matelots arrachèrent à Costello sa veste, sa chemise et son pantalon, ne lui laissant que son slip.

— Je te préviens, Patrick. Ne joue pas au con avec moi. Toi, Bell et les autres, vous ne seriez pas ici si vous n'aviez pas un gros coup en tête.

— Va te faire foutre, rétorqua Costello.

— Génial, commenta Harry Salter. Ça, c'est très élégant. Tu ne trouves pas que c'est élégant, Billy ?

— Non. En fait, je trouve que son attitude est grossière, stupide, et qu'elle témoigne d'un inquiétant penchant à l'autodestruction...

— Hmm, tu t'es remis à lire des bouquins de philosophie, je parie ?

Dillon se planta devant Costello, les poings serrés.

— Nous perdons notre temps. Je croyais qu'ils avaient une raison précise d'être ici, mais ça n'a pas l'air d'être le cas.

Il saisit la chaîne posée en travers de la rambarde, et la tendit aux matelots.

— Mettez-lui ça autour des chevilles, dit-il en arabe, et balancez-le par-dessus bord.

Une expression de pure terreur se peignit sur le visage de Costello.

— Hé ! Qu'est-ce qu'ils font, là ?

— Ils vont nous débarrasser de toi, expliqua calmement Dillon. Tu vas rejoindre Kelly et les deux Arabes qui ont essayé de nous tuer, Billy et moi.

— Tu ne ferais pas ça, Sean...

— Pour l'amour du ciel, Dillon, vous n'avez pas le droit ! protesta Hal Stone en se levant brusquement.

Il jouait à merveille l'âme charitable — comme ils en étaient convenus au préalable.

— J'en ai ma claque d'être toujours gentil et compréhensif, répliqua Dillon. Assassinats, attentats à la bombe — ce type a tout fait ! S'il sert de repas aux requins, ça arrangera bien des gens.

Il fit signe aux deux matelots, qui retournèrent Costello et le suspendirent par les pieds au-dessus de la rambarde. Il poussa un hurlement d'effroi quand sa tête effleura la surface de l'eau.

— Remontez ce connard, suggéra Harry Salter. Peut-être qu'il va se montrer raisonnable, maintenant.

Les matelots s'exécutèrent. Costello, avachi sur le pont, se mit à sangloter comme un enfant. Dillon s'accroupit à côté de lui.

— Alors, Patrick ? Pourquoi vous êtes ici, toi, Bell et les autres gars ?

— Je vais te le dire, je le jure ! cria Costello, et il renifla bruyamment. Demain, il y a un groupe de chefs arabes — le Conseil des Aînés, qu'ils s'appellent — qui se rend aux Saints Puits. Nous sommes venus pour les éliminer.

— Dieu tout-puissant ! s'exclama Hal Stone.

— Où ? demanda Dillon.

— Rama. Sur la route des Saints Puits. Rama !

Dillon défit la chaîne attachée autour des chevilles de Costello, qui gémit de plus belle.

— Enfermez-le dans la cale, ordonna-t-il en arabe aux matelots.

— Qu'est-ce que tu viens de dire ? Hein, t'as dit quoi ? Oh, Seigneur, ils vont me tuer !

Soudain, Costello se releva, sauta par-dessus la rambarde et plongea dans l'eau.

Il refit surface un instant plus tard, nageant frénétiquement en direction du port.

— Billy, dit Dillon.

Le jeune homme visa avec précaution et atteignit Costello à la nuque.

— Était-ce absolument nécessaire ? demanda Stone.

— Oui, si nous voulons éviter que les autres n'apprennent que nous sommes maintenant au courant de leurs petits projets, répondit Harry Salter.

Bell et Kate Rashid attendirent à l'hôtel pendant que Tommy Brosnan et Jack O'Hara allaient chercher Costello dans sa chambre.

Ils revinrent un moment plus tard, bredouilles.

— Le salopard, marmonna Bell, furieux. Un jour, je le châtrerai moi-même. Je suis sûr qu'il est encore au bordel, complètement cuit. Il est incapable de se tenir.

— Que voulez-vous faire, alors ? demanda Kate.

— Ça ne change rien à notre plan. Nous pouvons nous organiser sans lui. Je lui botterai le cul plus tard. Allons-y !

Ben Carver, cinquante ans et un bel embonpoint, avait installé sa société d'avions-taxis à l'aéroport de Hazar. C'était un ancien commandant de la RAF, médaillé pendant la guerre du Golfe. Ses employés étaient en train de préparer le Golden Eagle, lorsque Kate Rashid et les Irlandais firent irruption sur le tarmac.

— J'ai appris que vous aviez perdu un avion ? dit-elle. Un Cessna ?

— Oui. Je l'avais loué à un monsieur Dillon, répondit Carver. Il s'est crashé dans le Quartier Vide, mais le colonel Villiers et ses Hazar Scouts les ont retrouvés, lui et ses amis.

— Ah, tant mieux. J'espère que vous étiez assuré ?

— Absolument, Lady Kate.

— Bien. Allons-y.

Un quart d'heure plus tard, le Golden Eagle décolla, grimpa à mille cinq cents mètres d'altitude et prit la direction de Shabwa.

Dillon appela Villiers sur son portable codé.

— J'ai de mauvaises nouvelles. Très mauvaises. Nous savons pourquoi Bell et ses hommes sont ici.

— Racontez-moi ça.

Ce que fit Dillon.

— En avez-vous parlé à Ferguson ? reprit Villiers.

— Non. À l'heure qu'il est, il doit être dans l'avion. Ou il le sera bientôt. Il a prévu de venir nous rejoindre.

— Écoutez, Dillon, je suis à deux cent cinquante kilomètres au sud de la route des Saints Puits, et j'ai scindé ma troupe en deux groupes. Bronsby est parti à l'est. Nous avons chacun cinquante hommes. Jamais je ne pourrai arriver sur place à temps.

— Je comprends. Dans ce cas, prévenez le Conseil des Aînés. Qu'ils n'aillent pas aux Saints Puits demain.

— Impossible ! Le Conseil se déplace toujours de façon très discrète. Ce sont des gens qui vivent à l'ancienne... Cet après-midi, j'ai essayé de téléphoner à leurs conseillers — un simple appel de routine. Leurs portables étaient éteints.

— Vous voulez dire que nous devons rester les bras croisés et laisser ces gens aller au-devant d'une mort certaine ?

— Je ferai aussi vite que possible. Mais dans ce pays, vingt-cinq kilomètres à l'heure c'est un grand maximum ! Je vais prévenir Bronsby, voir ce qu'il peut faire de son côté.

— C'est mal parti, marmonna Dillon, songeur. Et si nous allions là-bas en avion, en nous posant à Shabwa ?

— En ce moment, la piste doit être aux mains des Rashid. Ils vous descendront avant même que vous vous soyez posés.

Dillon entrevit alors une solution.

— Laissez tomber. Je vous rappelle bientôt.

Hal Stone téléphona à Ben Carver.

— J'ai entendu dire que vous étiez parti dans le Nord. Vous êtes donc déjà revenu ?

— Manifestement.

— J'ai besoin d'un avion. Destination Shabwa, un peu à l'est de l'oasis. Pour larguer deux parachutistes à trois cents mètres.

— Vous avez perdu la tête !

— Dix mille, en livres sterling.

Carver hésita, laissant le silence durer. Stone consulta Dillon, qui acquiesça du menton.

— Écoutez, Ben, on peut aller jusqu'à quinze mille. C'est un boulot facile. Une petite heure de vol, vous les larguez, vous revenez.

L'appât du gain, comme toujours, fut plus fort que tout.

— Entendu, dit Carver. Je suis votre homme.

Dillon prit le combiné.

— Autre chose, dit-il. Nous aurons aussi besoin de vous pour aller chercher le général de division Charles Ferguson à la base militaire de Haman, et le ramener à Hazar.

— Attendez un peu...

— Vingt mille, l'interrompit Dillon. Ça vous convient ?

Carver inspira bruyamment.

— J'ai entendu parler du général Ferguson.

— Ça ne m'étonne pas. Il travaille directement pour le premier ministre, vous savez.

— Ça ne me causera pas d'ennuis, vous êtes sûr ?

— Aucun. Je vous le garantis. C'est une opération comme à la grande époque, quand vous étiez à la RAF. Préparez votre avion, et deux parachutes.

Dillon rejoignit Billy et Harry sous l'auvent de poupe. Les Salter étaient en train de prendre un café.

— Où en est-on ? demanda Harry.

— Ça se corse. Faut qu'on y aille, Billy et moi.

— Ah ouais ? fit le jeune homme. Dans quoi tu vas m'entraîner, ce coup-ci ?

— Je viens de parler à Villiers. Il a scindé son groupe, et il est très loin d'ici. Il va rouler toute la nuit, mais il y a peu de chance qu'il soit sur place au moment où Bell et ses hommes attaqueront le Conseil des Aînés. À part ça, la piste d'atterrissage de Shabwa est aux mains des Rashid. Et pour couronner le tout, le Conseil des Aînés est injoignable en ce moment.

— Ce qui signifie, ajouta Hal Stone, qu'ils vont prendre la route en toute insouciance, et se faire tuer demain matin.

— Sauf si nous intervenons, objecta Dillon, puis il se tourna vers Billy. En Cornouailles, l'année dernière, tu as été formidable. Tu as eu le cran de sauter à deux cents mètres, sans le moindre entraînement préalable. Tu méritais une médaille.

— Hé ! Du calme ! protesta Harry. Tu veux dire que tu espères refaire ce coup-là à Shabwa, en sautant d'un avion ? Tu veux que Billy et toi vous interveniez en attendant l'arrivée de Villiers et de ses cow-boys ? C'est bien ça ?

— C'est mon boulot, Harry. Et Billy est un homme libre. En plus, lui et moi, on a la même passion de la philosophie...

— Ça veut dire quoi, ça, nom de Dieu ? l'interrompit Harry en grimaçant.

— Ça veut dire Platon. Tu te souviens de lui, Billy ?

Et Billy Salter, truand londonien, condamné à plusieurs peines de prison, capable de tuer si besoin était, échangea un sourire de connivence avec Dillon.

— Bien sûr que je me souviens : « Une vie qui n'est pas questionnée ne vaut pas la peine d'être vécue. » Ce qui veut dire, en ce qui me concerne : une vie qui n'est soumise à aucune épreuve. Je crois qu'il est temps de nous mettre à l'épreuve, Sean.

— Tu es un type bien, Billy. Nous allons nous faire emmener par Carver, un peu comme en Cornouailles, sauf que cette fois nous sauterons la tête la première à trois cents mètres. Il y en a qui me traitent de dingue, tu sais ? Ils se trompent. Un peu désaxé, je veux bien, mais pas dingue. J'ai fait des choses très répréhensibles, dans ma vie, mais les Rashid font bien pire, et j'ai l'intention de les mettre hors d'état de nuire.

— Pas tout seul, rectifia Billy. *Nous* allons les mettre hors d'état de nuire.

— T'es cinglé, protesta son oncle.

— Qu'est-ce que tu veux que je fasse d'autre ? Que je rentre à Wapping me tourner les pouces ? Que j'aille à la chasse au faisan avec tous ces blaireaux de l'autre fois ? Que je m'ennuie tellement que je me remette à faire des bêtises, et qu'on me renvoie en taule ?

Le jeune homme sourit.

— Je préfère me faire avoir pour quelque chose qui en vaut la peine.

— Qu'est-ce que je peux répondre à ça, moi ? marmonna Harry.

— Rien, dit Dillon. Par contre tu peux venir en balade avec nous, si ça te tente.

10

À Londres, Charles Ferguson était en train de ranger son bureau, lorsque la sonnette retentit. Quelques instants plus tard, Kim fit entrer Blake Johnson dans la pièce.

— Heureux de vous revoir, Blake.

— Le président a voulu que je revienne immédiatement. Les dernières nouvelles l'ont beaucoup choqué.

— Vous savez que le Hazar est un territoire quasiment neutre, et que des tas de gens revendiquent la zone frontalière avec le Quartier Vide. Vous pouvez y déclencher une guerre, massacrer le Conseil des Aînés, faire ce que vous voulez — aucun pays n'y trouvera à redire.

— Oui, Charles, nous savons tout cela. Il n'empêche que cela aurait des conséquences importantes, y compris chez nous.

— Est-ce la raison pour laquelle le président vous envoie ?

— Oui.

— C'est aussi pour cela qu'il a téléphoné au premier ministre, ajouta Ferguson.

— En effet.

— Eh bien, nous partons immédiatement pour Downing Street. Il nous attend. Vous êtes doué, Blake : le président des États-Unis et le premier ministre britannique le même jour, c'est un tour de force !

Un conseiller les accueillit sur le seuil de la plus célèbre adresse du Royaume-Uni.

— Général Ferguson. Monsieur Johnson. Le premier ministre vous attend.

Ils montèrent à l'étage, longeant les portraits des précédents occupants du 10 Downing Street. Le conseiller frappa à la porte. Le premier ministre — le plus jeune que le pays eût connu depuis plus d'un siècle — était assis à sa table de travail, en bras de chemise. Il leva les yeux, le visage impénétrable, puis sourit aimablement.

— Général Ferguson, dit-il en se levant, et il vint à leur rencontre pour leur serrer la main. Et monsieur Johnson, c'est bien cela ? Je suis content de faire enfin votre connaissance.

Il tapota Blake sur l'épaule.

— Le président m'a beaucoup parlé de vous. Il m'a aussi exposé, tout à l'heure, la situation à laquelle nous sommes confrontés dans le Golfe. Asseyons-nous pour revoir tout cela ensemble.

Un moment plus tard, après qu'on leur eut servi du thé et du café, le premier ministre les écouta calmement lui exposer la situation.

— Le comportement des Rashid défie l'entendement. Je connais très bien le comte et, vraiment, j'ai peine à croire qu'il puisse agir de la sorte.

— Les faits sont avérés, monsieur le premier ministre, déclara Ferguson.

— Avérés, mais stupéfiants. D'abord une tentative d'assassinat contre le président des États-Unis, et maintenant le Conseil des Aînés dans le Hazar. Pensez-vous comme moi, monsieur Johnson, que leur disparition serait un désastre ?

— C'est notre opinion à tous, monsieur. Ce serait une catastrophe.

Le premier ministre, impassible, réfléchit quelques instants.

— Bien. Vous avez mon aval pour agir. Faites le nécessaire, dit-il, et il se leva. À présent, j'ai un autre rendez-vous. Général, vous avez carte blanche.

Ils furent raccompagnés jusqu'à la porte de la rue. L'entrevue était terminée.

— Prochain arrêt : Hazar, dit Ferguson.

Au Hazar, Kate Rashid, Bell et ses comparses avaient déjà atterri sur la petite piste proche de l'oasis de Shabwa. Quatre heures plus tard, la jeune femme attendait le Gulfstream de Paul Rashid sur la base militaire de Haman. L'aube diffusait une magnifique lumière rose dans le ciel d'Arabie. L'avion se posa en douceur, et quatre Land Rover s'en approchèrent. Kate sortit du premier véhicule. Vêtue d'un treillis et d'une chemise kaki, elle avait noué un keffieh bédouin autour de sa tête.

Paul Rashid l'étreignit avec chaleur.

— Où est George ?

— Sur la route des Saints Puits. Avec ses hommes, Bell et les autres. Michael va bien ?

— Oui. Il veille sur nos intérêts à Londres.

Les guerriers Rashid qui étaient descendus des Land Rover se tenaient parfaitement immobiles et silencieux, le fusil à l'épaule. Kate se tourna et fit claquer ses doigts. Un jeune garçon accourut aussitôt, apportant une djellaba. Il aida Paul à l'enfiler, puis lui tendit un keffieh.

Quand Rashid eut noué le tissu autour de sa tête, il se mit face aux hommes et leva le bras droit, poing serré.

— Mes frères ! cria-t-il en arabe, puis il passa le bras autour des épaules de Kate.

Les guerriers levèrent leurs armes en poussant un rugissement d'acclamation.

— En route, maintenant, dit Rashid.

Il attendit que sa sœur fut assise dans la Land Rover pour prendre place à côté d'elle.

— Bell et ses gars sont prêts ? demanda-t-il après s'être allumé une cigarette.

— Oui. Comme je te l'ai dit, George et ses hommes sont là-bas pour les aider en cas de coup dur. Le seul souci, c'est qu'un des complices de Bell a disparu. C'est un alcoolique impénitent, doublé d'un amateur de prostituées. Bell pense qu'il est en train de cuver dans un bordel quelconque.

— Ça ne me plaît pas. La moindre modification au schéma initial peut nous être fatale.

— Ne t'inquiète pas, Paul. Manifestement, ce n'est pas la première fois que Bell a à se plaindre de Costello.

— Et Dillon ?

— Il est sur le *Sultan*, avec le professeur Stone et les deux truands londoniens.

— Hmm...

— Nous n'avons rien à craindre d'eux. Hazar n'est pas le quartier de Wapping. Là-bas ils sont quelqu'un, mais ici, ils sont totalement impuissants.

— C'est juste, répondit Rashid, méditatif. Et Shabwa nous appartient ?

— Complètement. Même si Dillon le souhaitait, il ne pourrait pas y atterrir.

— Et pourquoi aurait-il envie d'y aller ? Il ne connaît pas nos intentions !

Rashid jeta son mégot par la fenêtre.

— Bien. Je vais aux Saints Puits, sur le lieu de l'embuscade, rejoindre George, Bell et leurs hommes, dit-il, puis il sourit à Kate. Veux-tu m'accompagner ?

— Ce serait un privilège pour moi, grand frère.

— Parfait, approuva-t-il en allumant une autre cigarette. Nous allons mettre le feu à la planète.

Elle lui prit la main et l'étreignit avec vigueur.

Le jour se levait sur l'aéroport de Hazar tandis que Carver effectuait les dernières vérifications sur le Golden Eagle. Hal Stone était déjà arrivé avec Dillon et les Salter. L'Irlandais avait apporté le sac de matériel que lui avait fourni le sergent-major à Londres : des gilets pare-balles en titane, des AK-47, des Browning avec silencieux, une demi-douzaine de grenades à fragmentation et deux pistolets-mitrailleurs Parker-Hale. Exactement ce dont ils avaient besoin pour leur opération.

Une fois armés, Dillon et Billy se préparèrent pour le saut en parachute.

— Qu'est-ce que vous mijotez, tous les deux ? demanda Carver.

— Vous êtes encore réserviste, je présume, répliqua Dillon.

— Et alors ?

— Vous avez déjà été décoré, me semble-t-il ? Après cette opération, vous aurez peut-être une autre médaille. Nous sommes dans le même camp que vous, Ben. Est-ce que ça vous pose un problème ?

Carver sourit.

— Non. Aucun problème, nom de Dieu !

— Alors allons-y, dit Dillon, puis il se tourna vers Harry. Tu viens, ou pas ?

Mais ce fut Hal Stone qui répondit le premier :

— Sacré bon sang ! Ils ne me croiront jamais, à la table d'honneur de Corpus Christi — mais moi aussi je viens ! Billy a raison. Une vie sans épreuve ne vaut pas d'être vécue.

Plus au nord, Bell, O'Hara et Brosnan travaillaient sur la route, entre les hautes parois rocheuses, posant ici et là quantité de pains de Semtex, reliant les câbles au détonateur. Comme il était encore tôt, la chaleur restait tout à fait supportable. Les

Bédouins, dispersés sur la route et sur les rochers avoisinants, protégeaient leur chef, George, qui était accroupi à côté de Bell.

— C'est drôle, non ? dit l'Irlandais. À l'époque, dans l'Armagh sud, vous faisiez tout ce que vous pouviez pour nous descendre, et maintenant on se retrouve ici, tous ensemble...

— Bien sûr que j'essayais de vous descendre, renchérit George. Je servais l'armée de Sa Majesté. Vous étiez l'ennemi. J'ai personnellement abattu deux de vos hommes, vous savez ?

— Fumier, grogna Brosnan.

— Ne sois pas stupide, répliqua Bell. Il ne faisait que son boulot. Et toi, continue à câbler le Semtex.

Carver fit grimper le Golden Eagle à mille cinq cents mètres dans la lumière de l'aube. Ils survolaient le désert depuis un bon moment, lorsque Dillon se pencha par-dessus l'épaule du pilote.

— C'est ici ?

— Rama — c'est bien ce que vous vouliez ?

— Oui. Descendez et tournez autour de la zone. Il faut s'assurer qu'ils ne sont pas là.

Carver obtempéra, puis se stabilisa à trois cents mètres.

— J'ai l'impression que la voie est libre.

— Parfait. Faites encore un passage, pour être sûrs, et nous sauterons.

— Vous êtes cinglé !

— Oui, Ben, mais c'est ce qui donne du sel à la vie.

Dillon retourna dans la cabine et fit signe à Billy.

— C'est l'heure. Ouvre la porte.

Ce fut Harry qui se chargea de lutter avec la poignée d'ouverture. La porte bascula enfin, l'escalier se déploya, et une violente bourrasque s'engouffra dans l'avion. Stone et Harry s'agrippèrent aux sièges. Billy et Dillon s'approchèrent de l'ouverture, AK-47 et Parker-Hale en travers de la poitrine.

— Après toi, cria l'Irlandais pour couvrir le rugissement du vent. Place aux jeunes !

Billy éclata de rire.

— D'accord, mon vieux. Je saute le premier pour te réceptionner en bas.

Il agrippa le cadre de la porte et s'élança dans le vide, aussitôt suivi par Dillon.

Tandis que le Golden Eagle virait, Harry et Hal Stone s'échinèrent à refermer la porte. Puis Harry se précipita vers un hublot : il aperçut les deux parachutes au moment où ils atteignaient le sol.

— Ils ont réussi.

— Bien, dit le professeur de Cambridge. Maintenant, fichons le camp d'ici avant de nous faire remarquer. Les gens du coin pourraient se poser des questions.

À Northolt, Ferguson retrouva Lacey et Parry, dont le Gulfstream était prêt à décoller, et le sergent-major qui avait préparé à sa demande un sac contenant deux AK et quatre Browning.

— Allez-vous vous battre, mon général ?

— Je ne suis pas sûr d'être bien accueilli à mon arrivée. Mieux vaut être prudent, répondit Ferguson, puis il se tourna vers Blake. Vous savez manier l'AK ?

— Charles ! C'est comme de demander à votre grand-mère si elle sait cuisiner. J'ai fait le Viêt-nam, vous savez.

Ferguson remercia le sergent-major, puis s'approcha de Lacey.

— Quatre Browning, commandant. Cela veut dire qu'il y en a un pour vous, et un pour le capitaine. Hazar n'est pas un coin de tout repos. Aussi ai-je veillé à vous prémunir de ses dangers.

— C'est très gentil de votre part, mon général, répondit Lacey. Nous avons une aide à bord, pour le service. Le sergent-chef Avon.

Ferguson fit signe au sergent-major.

— Trouvez un autre Browning.

— Tout de suite.

Un moment plus tard, quand ils furent installés dans la cabine, le sergent-chef se présenta au général. La jeune femme ne portait pas l'uniforme de la RAF, mais un costume bleu marine comme en ont toutes les hôtesses de l'air à travers le monde.

— Désirez-vous quelque chose à boire, messieurs ?

— Plus tard, répondit Ferguson, et il sourit. Vous savez qui je suis ?

— Bien sûr, mon général.

Il lui tendit le Browning supplémentaire fourni par le sergent-major.

— Je suppose que vous avez été formée au maniement des armes ?

— Certainement.

— Parfait. Gardez ça sur vous. Nous nous rendons dans un

pays dangereux. Je veux que vous soyez capable de vous défendre, si besoin était.

Elle était d'un calme qui frisait la froideur.

— Je vous remercie. Pour le repas, je peux vous proposer de la salade de crevettes, du ragoût aux pommes de terre, du saumon fumé et de la soupe.

— Ça me paraît bien, dit Blake.

Ferguson sourit aimablement. Il se demandait encore comment rompre la glace.

— Monsieur Johnson travaille pour le président des États-Unis, expliqua-t-il. Ceci dit, tenez-vous prête à utiliser votre Browning. Les gens auxquels nous aurons affaire à Hazar ne sont pas tendres.

— J'ai bien compris, mon général. Si cela vous tente, j'ai une bouteille de champagne au réfrigérateur.

Elle s'éloigna.

— Je me demande ce que devient Dillon, dit Blake.

— La question, répondit Ferguson, c'est plutôt de savoir ce que deviennent nos ennemis. Si Dillon est déjà sur leur dos, je les plains.

Dillon se débarrassa de son parachute, l'enfouit dans le sable, puis partit à la recherche de Billy. Il grimpa au sommet d'une dune et aperçut son compagnon de l'autre côté, en train de dissimuler son équipement. Il courut le rejoindre.

— Ça va ?

— Super, répondit le jeune homme. On devrait faire ça plus souvent, toi et moi.

Dillon sortit son portable pour appeler Villiers. Le colonel lui répondit dès la première sonnerie.

— Billy et moi avons sauté. Nous sommes indemnes.

— Avez-vous vu l'ennemi ?

— Pas quand nous étions dans l'avion. Nous partons dès maintenant en direction de Rama. Où êtes-vous ?

— À trente kilomètres.

— Et Bronsby ?

— À une cinquantaine de kilomètres à l'est.

— Bien. Billy et moi, nous allons avancer à marche forcée, et traverser la route. Dès que je les trouve, je vous rappelle.

Il glissa le téléphone dans la poche à bouton de sa chemise, puis sortit une boussole qu'il examina avec attention.

— Parfait. Allons-y. Dès que nous trouvons la route, nous gagnons les hauteurs et nous essayons de voir ce qui se passe.

Il prit un keffieh dans son sac à dos et le noua autour de sa tête.

— Fais comme moi, Billy. D'ici peu, il va faire une chaleur d'enfer.

Ils tombèrent sur la route une heure plus tard. Une fine pellicule de sable couvrait la chaussée, et il n'y avait aucune trace de pneus — aucune trace de quoi que ce soit, d'ailleurs. Ils la longèrent un moment, puis Dillon s'arrêta. Un peu plus loin devant eux, les rochers formaient de véritables murailles de part et d'autre de la route.

— C'est là, j'en suis sûr, affirma-t-il, et il désigna une dune, sur la droite, qui mesurait au moins deux cent cinquante mètres de haut. Grimpons là-dessus. Nous aurons une vue plongeante sur le défilé.

L'ascension fut extrêmement pénible. La chaleur augmentait de minute en minute, et le sable faisait de chaque pas une épreuve épuisante. Lorsque, enfin, ils atteignirent le sommet de la dune, Billy s'écroula en soufflant bruyamment, avant de s'asseoir pour sortir une gourde de son sac. Il but, puis la passa à Dillon, qui se désaltéra longuement.

Jumelles Zeiss en main, ils scrutèrent la route, le défilé et les alentours.

— Là, dit Dillon. Regarde à l'est. Ils arrivent par l'autre côté, sur la route.

Billy aperçut la colonne de Land Rover qui approchait à grande vitesse.

— Nom de Dieu.... Les Rashid ne font pas les choses à moitié. Ils sont combien, dans ces bagnoles ?

— C'est une petite armée, Billy.

— Et nous, nous ne sommes que deux.

— Laissons-les se rapprocher. Ensuite, je préviendrai Villiers.

Au cœur du défilé, Bell, O'Hara et Brosnan continuaient de mettre leurs bombes en place. George Rashid, assis avec ses Bédouins, les observait en silence. Des hommes étaient postés sur les hauteurs. Soudain, l'un d'eux tira en l'air, puis agita le bras. Quelques instants plus tard, la colonne de Land Rover apparut sur la route.

Paul et Kate s'arrêtèrent à côté de leur frère et sortirent de la voiture. L'aîné des Rashid se dirigea aussitôt vers Bell.

— Ça se passe comme prévu ?

— Ça irait mieux si nous n'étions pas tout le temps interrompus par vos gars, qui se méfient de nous comme du diable...

Tout à coup, un coup de feu déchira le silence, et la bouteille en plastique qui se trouvait aux pieds de Bell explosa sous ses yeux.

Billy et Dillon attaquaient.

Deux hommes de la tribu Rashid se précipitèrent vers Paul pour le protéger. Ils l'escortèrent, avec Kate, en direction des Land Rover. De nouveau il y eut un coup de feu : l'un des Bédouins, touché à la nuque, s'écroula.

Dillon posa son arme et reprit les jumelles pour scruter le défilé.

— Paul Rashid et Lady Kate sont ici, marmonna-t-il. Je me demande bien qui a écrit ce scénario.

— Je ne sais pas, marmonna Billy. Par contre, je me permets de te rappeler qu'il y a au moins quarante types, là-bas, et que nous ne sommes que deux.

— C'est ça qui est bien marrant, justement ! Je prends le mec de gauche, qui s'occupe de câbler la charge. Toi, occupe-toi de celui qui est à droite.

Il visa et atteignit O'Hara dans le dos. Brosnan se leva et se mit à courir vers les voitures, mais Billy le faucha d'une balle dans la colonne vertébrale ; il bascula en avant pour mourir.

Sans perdre son sang-froid, Paul Rashid prit une paire de jumelles et se tourna vers la dune. Il aperçut les deux hommes à plat ventre sur le sable.

— Nom de Dieu ! C'est Dillon.

Il fit signe à ses hommes.

— Cernez la dune ! cria-t-il. Je les veux vivants !

Dillon appela Villiers sur son portable et le mit au courant de la situation.

— Nous n'en avons plus pour longtemps, dit le colonel. Pouvez-vous leur tenir tête ?

— Nous sommes deux, ils sont quarante. Vous voyez le problème.

— Tenez bon, Dillon. J'arrive sur les chapeaux de roue.

— Et Bronsby ?

— Il vient de l'autre côté. Aussi vite qu'il le peut, lui aussi.

— J'espère que ça sera assez vite pour nous. Parce que Rashid et ses Bédouins n'attendront pas pour nous mettre le grappin dessus.

Dillon rempocha le téléphone en soupirant.

— Allez, Billy, à nous de jouer.

Il visa et tira sur les Arabes qui avaient commencé à escalader la dune. Le jeune homme l'imita.

— Tu sais quoi, Dillon ? À mon avis, si le Conseil des Aînés se pointe maintenant, la fusillade les fera flipper et ils mettront aussitôt les voiles.

— Tout juste. Notre mort ne sera donc pas totalement inutile. Mais espérons tout de même que le colonel Villiers débarquera bientôt.

Villiers fit encore mieux : il rattrapa la route en avant du convoi de véhicules qui transportaient les douze Aînés, l'arrêta et parla au commandant de la troupe. Le Conseil au complet fit demi-tour, et Villiers repartit à fond de train en direction de Rama.

Dillon et Billy s'enfouirent autant qu'ils purent dans le sable, essayant de profiter au maximum de l'avantage que leur conférait leur position dominante au sommet de la dune. Ils tuèrent de nombreux Bédouins qui essayaient de gravir la pente, mais ils n'étaient toujours que deux et leurs munitions diminuaient rapidement. Enfin, au loin sur la route, ils aperçurent les véhicules du colonel.

Un des Bédouins se précipita vers Paul Rashid et lui désigna les Land Rover. Rashid, à l'aide de ses jumelles, distingua Tony Villiers dans le véhicule de tête.

— Mince, dit-il à Kate. Les Hazar Scouts !

— Autant dire que les explosifs de Bell ne serviront à rien aujourd'hui.

— Fichons le camp. Nous reprendrons la lutte plus tard.

Ses hommes battirent en retraite — non sans continuer de tirer vers le sommet de la dune. Billy et Dillon répliquèrent jusqu'au bout. Finalement, la colonne des Land Rover de Rashid s'ébranla et disparut dans le désert.

Dillon alluma une cigarette, observant les véhicules de Villiers qui approchaient.

— C'était moins une, murmura-t-il.

Ils descendirent au pied de la dune et rejoignirent le colonel et ses hommes.

— Ils ont installé des explosifs, avec un détonateur général, expliqua l'Irlandais. Si vous avez une pince, je me charge de couper les câbles.

— Merci.

Villiers donna un ordre en arabe. On apporta aussitôt à Dillon l'outil dont il avait besoin.

Un moment plus tard, ils s'assirent près des Land Rover pour fumer et boire du thé noir.

— Les Aînés sont donc sains et saufs, conclut Villiers après avoir raconté comment il avait intercepté leur convoi.

Dillon lui tendit son paquet de Marlboro. Le colonel se servit, puis secoua la tête.

— Je vais vous dire une chose. J'ai commandé cet homme, pendant la guerre du Golfe, mais je ne sais toujours pas ce qu'il a dans la tête.

— Rashid ? fit Dillon. Vous qui avez servi en Irlande, est-ce que vous vous souvenez d'un certain Frank Barry ?

— Bien sûr. Comment l'oublier, celui-là !

— Lui aussi, il appartenait à la noblesse. C'était un pair du royaume, et il possédait une propriété, Spanish Head, au nord de la côte du Down. Il était plein aux as. Mais tout ça n'avait aucune importance à ses yeux. Ce qu'il aimait, c'était le jeu. Le danger. Le combat.

— Et vous croyez que c'est aussi le cas de Paul Rashid ?

— Il a tout fait. Il possède tout. Je pense que la seule chose qui puisse encore l'intéresser, c'est de jouer avec la mort.

— Donc... Le Bosworth Field d'aujourd'hui, c'est Rama.

— C'est bien Dauncey, leur nom anglais ? demanda Billy.

— Oui. Pourquoi ? répondit Dillon.

— Eh bien..., fit le truand londonien avec un petit sourire. Les Dauncey ont perdu avec Richard III, et ils ont perdu avec nous.

Dillon réfléchit quelques instants, puis sourit à son tour.

— C'est exact, Billy, tout à fait exact, dit-il, puis il se tourna vers Villiers. Billy et moi, nous partageons le même intérêt pour la philosophie. Paul Rashid aussi, d'une certaine façon.

— Ce que moi je trouve très intéressant, répondit le colonel en riant, c'est d'entendre Sean Dillon, l'ancien tueur de l'IRA, me dire qu'il aime la philosophie !

— Vous étiez opposé à la cause que je défendais, colonel, mais vous savez bien que j'étais un soldat, comme vous, et vous savez aussi que les soldats se situent au-delà des grandes idées, au-delà de l'argent, au-delà de la norme de la réussite sociale. Ils sont là pour se battre et défendre leur camp, et voilà tout !

— Allez au diable, Dillon, répliqua Villiers. Vous êtes beaucoup trop malin.

Ils montèrent peu après dans les véhicules et partirent en direction de l'ouest, en suivant les traces des Land Rover de Paul Rashid. Peu à peu la lumière changea, la chaleur diminua d'intensité. La soirée s'annonçait.

À quelques kilomètres de leur convoi, la troupe menée par le sous-lieutenant Bronsby progressait elle aussi dans le désert, quand tout à coup elle essuya un feu nourri.

Bronsby et ses hommes répliquèrent immédiatement. L'échange dura un moment. Leur ennemi n'était autre que Paul Rashid, qui battait en retraite depuis Rama.

Les hommes de Rashid se battaient âprement. Finalement, Bronsby décida qu'il fallait mettre un terme au combat ; il ordonna à ses soldats de se retirer. Dans la confusion de la manœuvre, il se retrouva isolé pendant quelques minutes. Des hommes en keffieh surgirent des ténèbres et le capturèrent.

Paul Rashid, sa sœur et Bell rejoignirent George et ses hommes, qui leur annoncèrent la capture de Bronsby. Le chef des Rashid était de très mauvaise humeur. Assis avec ses compagnons autour d'un feu, il ordonna qu'on lui amène le sous-lieutenant.

D'une certaine façon, la scène lui rappelait l'époque où il était à l'Académie Royale de Sandhurst. Bronsby, ce jeune Anglais de bonne famille, était un soldat, et en tant que soldat il ne faisait ici que son boulot. Par bien des aspects ils étaient pareils, l'un et l'autre. Pourtant... Paul Rashid avait l'impression d'être à un tournant de son existence — tout en étant incapable de s'expliquer pourquoi, et comment. Tout ce qu'il savait, c'était que les événements ne s'étaient pas déroulés comme il l'avait prévu. Et ça, il ne l'acceptait pas.

Villiers s'avança vers Dillon.

— Je sais où ils sont, annonça-t-il. Mes espions méritent leur salaire. Un des blessés du groupe de Bronsby a confirmé que le sous-lieutenant avait été capturé.

— Alors nous avons des raisons de nous inquiéter pour lui, n'est-ce pas ?

— En effet, acquiesça Villiers en soupirant. Je crains qu'ils ne le maltraitent.

— Dites plutôt : qu'ils le torturent. Ils vont se venger sur lui.

— Avec Paul Rashid à leur tête, j'en ai bien peur.

Assis à même le sable, Dillon tira un moment sur sa cigarette, en réfléchissant.

— Je n'aime pas ça, dit-il en se tournant vers Billy. Bronsby était un snob, mais il ne faisait que son boulot.

— Ouais. Moi non plus, ça ne me plaît pas, répondit le jeune homme. Colonel, qu'allons-nous faire ?

— Je pense que nous devrions essayer de les rattraper. À Shabwa.

— Et là-bas ? relança Dillon. Nous provoquons un face-à-face avec Rashid et la douce Kate ?

— Autant que faire se peut..., répondit Villiers en le dévisageant. Elle vous plaît, n'est-ce pas ?

— À qui cette fille ne plaît-elle pas ? rétorqua Dillon en s'esclaffant, et il alluma une autre Marlboro. Cessez de me taquiner, colonel. Mettons-nous tout de suite en route, et tâchons de tirer d'affaire le sous-lieutenant Bronsby.

11

Près de l'oasis de Shabwa, au campement des Rashid, les Bédouins avaient allumé des feux pour se préparer à dîner. De nombreux gardes surveillaient les environs.

Non loin de là, Villiers et ses hommes, bien qu'épuisés, avaient trouvé l'énergie de manger, avant de s'installer pour se reposer.

C'est vers minuit que les hurlements commencèrent à déchirer le silence du désert. Les Bédouins de Paul Rashid torturaient le sous-lieutenant Bronsby. Ses cris se firent entendre durant des heures, par intermittence.

Au sommet d'une petite colline qui dominait le campement, Paul Rashid, George et Kate s'approchèrent de Bronsby, qui était ligoté par terre.

— Tu es sûr que c'est ce que tu veux, grand frère ? demanda Kate. Cet homme est pourtant un Guards, comme toi.

— Oui, mais ici, ça n'a aucune importance.

— Ça ne t'ennuie pas de le faire souffrir.

— Ça m'ennuie énormément, répliqua-t-il avec amertume. Mais il y a des choses plus graves.

La pleine lune diffusait une lumière blanche, et crue, sur la colline occupée par les Bédouins. Les hommes de la troupe des Hazar Scouts, qui s'étaient mis à couvert du mieux qu'ils avaient pu, patientaient calmement. Ils trompaient le temps en fumant et en buvant du café d'origine anglaise dans des tasses auto-chauffantes.

Tony Villiers, Dillon et Billy étaient assis à l'abri d'un rocher. Ils sirotaient du thé qu'ils avaient coupé de whiskey irlandais. Ali, l'aide de camp du colonel, gardait toujours en réserve une bouteille de Bushmills.

— Le breuvage vous plaît, Dillon ? demanda le colonel.

— Il est parfait.

— Moi ça ne m'emballe pas, dit Billy. Je ne bois jamais d'alcool.

Villiers se tourna vers Ali, lui parlant en arabe :

— Je vous en proposerais bien, mais je sais que le Prophète vous interdit l'alcool.

— Le Prophète, que Son Nom soit loué, sait se montrer très compréhensif, répondit Ali. Et dans le désert, les nuits sont vraiment fraîches...

— Alors servez deux rasades de Bushmills, dit le colonel. Une pour vous, et une pour Aziz.

Ali versa du whiskey dans deux tasses et en passa une à son collègue arabe, l'opérateur radio de la troupe. Les deux hommes burent du bout des lèvres.

Au-dessus d'eux retentit un nouveau cri de souffrance.

— Qu'est-ce qu'ils lui font ? demanda Billy.

— La peau, *sahib*, répondit Ali. Ils lui lacèrent la peau avec la lame de la jambiya. Après, ils le priveront de sa virilité.

Les hurlements continuèrent pendant de longues minutes.

— J'ai besoin d'un autre whiskey, grommela Dillon. Sec, cette fois.

Villiers versa du Bushmills dans la tasse de l'Irlandais.

— Ça me donnerait presque envie de boire, à moi aussi, déclara Billy. Mais ça ne servirait à rien. Je préférerais loger une balle dans la tête de Paul Rashid.

— Vous savez, dit Villiers à Ali, que le *sahib*, là-haut, n'a que vingt-deux ans ?

— Oui, mon colonel. C'est encore un enfant.

La radio grésilla. Aziz porta l'écouteur à son oreille.

— Des visiteurs, annonça-t-il. Un général anglais — Charles Ferguson —, et deux autres personnes.

— Parfait. Prévenez vos gens.

Une jeep s'approcha dans un nuage de poussière et s'arrêta près d'eux. Ferguson, Blake et Harry Salter étaient vêtus de treillis militaire et coiffés de keffieh. Billy se leva et s'approcha de son oncle, qui le serra dans ses bras.

— Alors tu as réussi, petit salopard ? On m'a raconté que ça avait bardé, pour vous deux. Tu rivalises avec Billy the Kid, ou quoi ?

— Pas mal, ton look, répondit Billy en le regardant de la tête aux pieds. Ça te change des costumes de richard que tu te fais tailler à Savile Row.

— Tu parles ! Ce treillis me donne l'impression d'être figurant dans un spectacle de Noël au Palladium.

Ferguson fit les présentations :

— Blake Johnson... Colonel Tony Villiers...

Un horrible cri de souffrance l'interrompit. Le général grimaça, horrifié.

— Que se passe-t-il, là-haut ?

— L'homme qui hurle est le sous-lieutenant Richard Bronsby, des Blues and Royals, expliqua Dillon, et il secoua la tête d'un air peiné. Le grand public s'imagine que les hommes de cette troupe ne font rien d'autre que parader dans Londres, les jours de fête, avec leurs plastrons et leurs casques reluisants. Mais ils devraient être mieux informés. Bronsby est en train de se faire torturer à mort par les Bédouins de Paul Rashid !

Un terrifiant cri d'agonie fendit l'air, plus long que tous les précédents.

— Malheureusement il nous est impossible d'intervenir, précisa Villiers. Ils sont trop nombreux. Nous n'aurions aucune chance de l'emporter.

Au sommet de la colline, Paul Rashid, Kate, George et les Bédouins étaient assis autour de plusieurs feux de camp, tandis que dans l'obscurité deux hommes continuaient de torturer Richard Bronsby.

Aidan Bell, allongé devant le feu, fumait cigarette sur cigarette et buvait de larges rasades de whiskey pour tenter de chasser le froid intérieur qui s'était emparé de lui.

Paul Rashid s'approcha et s'assit à côté de lui.

— Je veux que vous partiez d'ici, dit-il. J'ai prévenu le personnel de la maison de South Audley Street de votre arrivée. Je vous y rejoins bientôt. Le président russe sera à Londres la semaine prochaine. Préparez-moi un plan pour l'assassiner.

— Nom de Dieu ! Ça ne vous suffit pas, ce qui est arrivé à Nantucket ? Et ce qui vient de se passer ici ?

— Non. Je ne suis pas encore vengé. Je n'ai pas obtenu satisfaction. Une Land Rover vous attend. Partez le plus tôt possible, et travaillez d'arrache-pied. Je veux que votre plan soit prêt quand j'atterrirai à Londres.

Il s'éloigna, retournant auprès de Kate et de George. Sa jeune sœur était bouleversée. Les cris de Bronsby étaient difficiles à supporter.

— Est-ce vraiment nécessaire, Paul ? demanda-t-elle d'une voix blanche.

— Mes hommes ne comprendraient pas que j'agisse autrement, Kate. C'est dur, mais c'est absolument nécessaire.

Elle baissa la tête, malheureuse, terrifiée. Bronsby hurla encore, et encore, plus atrocement que jamais, puis le silence revint — définitif, cette fois.

Ali leva les yeux vers la colline.

— Je crois qu'il est parti, *sahib*.

Villiers, le visage fermé, ne fit aucun commentaire.

— Seigneur, murmura Ferguson.

— Et voilà, dit Dillon à l'adresse de Blake. Ça doit te rappeler ces petits plaisantins de Viêt-congs, dans le delta du Mékong.

Harry Salter poussa un grognement furieux.

— Et on laisse ce genre de gens entrer dans notre pays ?

— Attention, dit Dillon avec un sourire désabusé. Tu deviens raciste.

— Ça suffit, dit Villiers en saisissant l'AK qui se trouvait à côté de lui. Allons voir ça, Ali. J'en ai assez d'attendre.

— Ça vous ennuie si je vous accompagne ? demanda Dillon.

— Hmm, fit le colonel après quelques instants d'hésitation. Je pense que non. D'autant qu'en définitive nous sommes dans le même camp.

Ils escaladèrent la colline. Les Rashid et les Bédouins avaient déserté les lieux. Villiers, Dillon, Billy, Harry et Blake ouvraient la marche. Ils trouvèrent le cadavre du sous-lieutenant Bronsby au milieu du campement. On lui avait arraché la peau de la poitrine et du ventre. Ses parties intimes, tranchées, étaient fourrées dans sa bouche.

— Rien ne justifie une chose pareille, *sahib*, dit Ali. J'ai honte. C'est abominable d'avoir fait ça.

Il portait sur lui un ancien fusil anglais : un Lee Enfield, à verrou tournant. Comme il se tournait pour redescendre la colline, il trébucha sur une pierre et s'étala de tout son long, le fusil lui échappant des mains. Dillon l'aida à se relever, et Villiers ramassa l'arme.

De la main gauche, Ali agrippa son bras droit en grimaçant.

— J'ai très mal, *sahib*. Je crois que l'os est cassé.

— Nous allons voir ça, répondit le colonel. Retournons au camp. Dites aux hommes de descendre le corps du sous-lieutenant. Mais qu'ils fassent très attention. Les Bédouins ne sont peut-être pas loin.

— Il n'y a plus de danger, *sahib*. Ce qu'ils viennent de faire leur suffit. Ils ne tueront plus personne aujourd'hui. Je les connais.

— Si vous le dites, marmonna Dillon.

Ils portèrent le sous-lieutenant Richard Bronsby jusqu'au camp, puis le mirent dans une housse mortuaire avant de le charger à l'arrière d'une Land Rover.

— Au nom de quoi ont-ils pu faire une chose pareille ? dit Ferguson en découvrant le cadavre.

— Ce genre de mutilation est un avertissement, répondit Villiers. Avec tout le respect que je dois à Dillon, j'ai vu des choses similaires en Irlande.

Dillon alluma une cigarette.

— Vous n'avez pas tout à fait tort, mais attention à ne pas généraliser. J'ai servi l'IRA pendant vingt-cinq ans. J'ai tué des soldats, j'ai tué des Loyalistes, mais je n'ai jamais failli au code d'honneur du soldat. Ce genre d'atrocité ne concerne que les bouchers, conclut-il. Ceci dit... Je pense que les Bédouins vont nous harceler dès le lever du jour. Vous êtes de cet avis ?

Villiers hocha la tête.

— Dès l'aube, oui, ils essaieront probablement de nous attaquer. Ils rêvent sans doute de nous infliger une cuisante leçon.

— J'espère qu'il viendront, répondit Dillon avec un sourire menaçant. J'espère qu'ils feront cette erreur.

Il s'empara du Lee Enfield d'Ali.

— Mon grand-père a utilisé cette arme dans les tranchées, en 1917. Son courage au combat lui a valu une médaille. C'est un fusil extraordinaire. Verrou tournant, un coup, calibre 303 british... Superbe !

Villiers alluma une cigarette et passa son paquet aux autres.

— Je me souviens que l'arme préférée des snipers de l'IRA, dans l'Armagh sud, était le Lee Enfield.

— Oui... Je suis du comté de Down, mais je crois que vous avez raison, en effet, acquiesça Dillon.

Au petit matin, alors que le soleil apparaissait au-dessus de la ligne d'horizon, Ferguson, Dillon et les autres se réunirent pour prendre le café autour du feu.

Tout à coup, six silhouettes se découpèrent au sommet d'une colline, à quatre cents mètres de là. Saisissant une paire de jumelles, Dillon vit Paul Rashid, George, trois Bédouins et Kate.

— Devinez qui est là, dit-il, et il passa les jumelles à Villiers.

— Nom de Dieu, marmonna le colonel.

Un Scout se tenait près d'eux, le Lee Enfield d'Ali à la main.

— Donnez-moi ça, ordonna Dillon.

Sur la colline, Paul Rashid les observait à l'aide de jumelles.

— Tony Villiers, Ferguson, Billy Salter et son oncle, dit-il. Et Dillon, bien sûr...

Le fusil à l'épaule, l'Irlandais visa — et, pour une raison inexplicable, manqua sa cible. La balle s'enfonça dans le sable aux pieds de Paul Rashid. Celui-ci battit en retraite, entraînant sa sœur avec lui. Dillon réarma le fusil et tua l'homme le plus à droite de la rangée. Aussitôt après, il en élimina un deuxième.

— Ils prennent la fuite, Sean, dit Ferguson. Nous les aurons à Londres. Laissez tomber.

— Sûrement pas ! J'en ai déjà eu deux. Et je vais continuer. Regardez...

Il tua un troisième homme au sommet de la colline, puis un quatrième. Et celui-là n'était autre que George Rashid.

Après le dernier coup de fusil, un calme étrange s'abattit sur le désert. Kate tomba à genoux en poussant un cri d'horreur.

— Laisse-le, dit Paul en lui agrippant le bras. Viens avec moi. Maintenant !

Ils regagnèrent leur Land Rover et démarrèrent en trombe.

Villiers grimpa jusqu'au sommet de la colline avec plusieurs de ses hommes. Les quatre Arabes étaient bel et bien morts. Ils gisaient sur le sable, les yeux écarquillés, les bras en croix.

— Vous êtes un sacré tireur, Dillon.

— Ouais, fit Harry. On devrait t'appeler l'Exécuteur.

— Seigneur ! s'exclama Ferguson. Regardez : c'est George Rashid.

— Et alors ? répliqua Dillon. Ça vous pose un problème ?

— À moi, non. Mais monsieur le Comte ne va pas être très content.

— Madame Bronsby non plus ne sera pas très contente. Rashid n'a que ce qu'il mérite ! déclara Dillon, et il repartit vers le campement.

À la villa de Hazar, Kate Rashid prit une longue douche. Immobile sous le jet, elle laissa l'eau brûlante ruisseler sur son corps dans l'espoir un peu vain que cela l'aiderait à oublier sa douleur, son chagrin. Cette jeune femme, membre de l'aristocratie britannique, diplômée de l'université d'Oxford, avait non seulement perdu un frère, elle avait aussi été forcée — et c'était peut-être le pire — d'endurer le spectacle atroce de la mise à mort de Bronsby.

Finalement elle se sécha, enfila un peignoir et sortit sur la terrasse. Paul se trouvait là, assis dans un fauteuil.

— Comment vas-tu, petite sœur ?

— À ton avis ? George est mort, Paul !

— Oui, et c'est Dillon qui l'a tué. Est-ce que cet homme te plaît toujours autant ?

— Nous, nous avons tué Bronsby. Et de la façon la plus horrible qui soit.

— C'est vrai. Mais il est écrit : « Œil pour œil, dent pour dent. » Et là, je ne parle pas du Coran. Il s'agit de la Bible.

Kate s'assit en face de lui, soupirant profondément.

— Tu as dit que nous allions rentrer à Londres. Et ensuite ?

— Nous ne partons pas immédiatement. Nous sommes à Hazar, rappelle-toi. Je suis le chef des Rashid, je dois régler quelques affaires avant de m'en aller. Mais ne t'inquiète pas pour ce qui s'est passé avec le Conseil des Aînés. L'embuscade a eu lieu dans le Quartier Vide. C'est une zone neutre. Ici, personne ne peut nous reprocher quoi que ce soit.

— Tu veux donc attendre ? relança-t-elle d'un air las.

— Nous dînerons à l'Excelsior. Si j'étais joueur, je parierais gros que nos amis seront là-bas, eux aussi, ce soir. Je pense même que Dillon s'attend à nous y trouver. Tu sais que j'adore les vieux films hollywoodiens. Bien souvent, ils dépeignent la vie comme la vie elle-même n'ose se dépeindre.

— Qu'arrivera-t-il ? répliqua-t-elle. Tu veux y aller armé, pour les affronter ?

— Pas nécessairement. Mais... Nous verrons. Si nous tuons Dillon et ses amis, cela compensera la mort de George. Dans une certaine mesure.

— Et ensuite ?

— Nous rentrerons à Londres.

— Pour y faire quoi ?

— Je suis en train d'y réfléchir. À présent, va t'habiller. Mets une jolie robe pour dîner à l'Excelsior.

De retour sur le *Sultan*, ils s'assirent tous ensemble sous l'auvent de poupe. Un matelot leur apporta du champagne dans un seau à glace, avec des flûtes.

— Que va-t-il se passer, maintenant, Tony ? demanda Ferguson.

— Ici, vous ne pouvez rien contre lui. Mais ça vous le savez déjà.

— À Manhattan non plus, nous ne pouvions rien contre lui, intervint Blake.

— Ni à Londres, ajouta Dillon.

— Alors quoi ? insista Ferguson. Que faire ?

Ali, bien qu'il eût un bras plâtré, saisit la bouteille de champagne et fit le service.

— Harry, dit Dillon, fais-nous part de ton opinion. Tu

connais bien la nature humaine. Les frères Kray et Al Capone ne t'arrivent pas à la cheville.

Harry Salter poussa un petit rire, puis but calmement une gorgée de champagne.

— Je prends ça comme un compliment, petite enflure d'Irlandais. Comme vous dites, ce salopard de Rashid s'en sort à chaque fois, que ce soit ici ou ailleurs. Ce qui n'empêche que jusqu'à maintenant vous avez fait échouer tous ses plans, et même réussi à éliminer son frère. Quant à savoir quoi faire... Paul Rashid a des yeux et des oreilles partout. Si nous allons à l'Excelsior pour dîner, par exemple, il le saura dix minutes plus tard.

— *Cinq* minutes, rectifia le professeur Hal Stone.

— Ouais, acquiesça Dillon. Comme à Belfast certains samedis soir.

— Alors ? fit le général. Qu'est-ce que vous conseillez ?

Billy prit la parole.

— Pour être franc, je commence à avoir faim. Je propose d'aller dîner à l'Excelsior, et de voir s'ils y sont. S'ils ne viennent pas, nous mangerons tranquillement. S'ils viennent...

Villiers éclata de rire.

— Petit garnement ! s'exclama-t-il. Je suis ravi de constater que vous confirmez tout ce que j'avais entendu dire à votre sujet.

— Une précision, tout de même, dit Harry. Pas question d'aller là-bas sans outillage, n'est-ce pas ?

Il se tourna vers Hal Stone.

— Vous comprenez ce que ça signifie, professeur ?

— N'oubliez pas que j'ai travaillé un temps pour les services secrets. Un pistolet dans la poche, je ne demande pas mieux.

Dillon rit.

— Si seulement ils vous entendaient, à la table d'honneur de Corpus Christi !

— C'est une excellente table, savez-vous ? La carte des vins y est superbe.

— Donc, intervint Ferguson, nous allons dîner. Et nous y allons armés, c'est bien ça ?

— Vieux filou, répondit Dillon avec un sourire en coin. Je parie que vous serez déçu s'ils n'y sont pas.

Ils s'installèrent à une table de la terrasse — Dillon, Ferguson, Billy et son oncle, Blake Johnson et le colonel Villiers. Hal Stone avait décidé de rester sur le *Sultan*, pour veiller au grain. La nuit tombait rapidement. Des lumières s'allumaient sur le port de Hazar et les nombreux bateaux qui y mouillaient.

— On dirait une photo pour un catalogue de voyages organisés, dit Billy.

Au même instant, Paul Rashid s'avança sur la terrasse avec sa sœur. Dillon se leva.

— Kate, très chère, vous êtes superbe.

— Bonsoir, Dillon.

Paul Rashid portait un costume en lin clair et une cravate des Guards. Villiers se leva en lui tendant la main.

— Bonsoir, Paul.

— Colonel Tony Villiers... Ma sœur, Kate Rashid. Je t'ai parlé du colonel, Kate, n'est-ce pas ? Nous étions ensemble pendant la guerre du Golfe.

Villiers, qui était très bel homme, savait aussi se montrer terriblement charmeur.

— Les hommes des Guards sont tous les mêmes, Lady Kate, dit-il d'une voix suave. Ils ne peuvent s'empêcher de raconter leurs prouesses passées...

— Monsieur le Comte, le général et vous-même avez beaucoup en commun, précisa Dillon, puisque vous étiez tous les trois dans les Grenadier.

— N'oublions pas le sous-lieutenant Bronsby, intervint aimablement Billy. Lui aussi, il venait des Guards. Il était rattaché aux Blues and Royals, je crois...

Silence.

— Il me semble bien, en effet, dit Paul Rashid au bout de quelques secondes.

— Le problème des Blues and Royals, c'est que le grand public ne s'attache qu'à leurs uniformes un peu particuliers, quand ils défilent dans Londres, et les prend pour des soldats de pacotille. Il ignore qu'ils servent un peu partout dans le monde, au Kosovo, ou bien ici... Il ne les imagine pas à bord d'un véhicule blindé, ou d'un tank Challenger, mais c'est pourtant la réalité !

— Parmi les Blues and Royals, ajouta Ferguson, beaucoup sont volontaires pour entrer dans les SAS. Ils forment d'ailleurs l'élite de cette élite.

— Eh bien ! fit Harry. C'est très impressionnant, tout ça. Moi, je suis Harry Salter. Puis-je vous offrir un verre ?

— J'ai entendu parler de vous, monsieur Salter, dit Kate. Vous avez connu les frères Kray, ces célèbres gangsters...

— Ça, ma jolie, ça remonte à loin. Les Kray étaient des truands, j'étais aussi un truand... Sauf que moi, j'étais plus futé qu'eux. Aujourd'hui je suis un homme tout ce qu'il y a de plus honnête.

— Presque, précisa Billy.

— Ouais, d'accord. Presque. Une coupe de champagne, ma belle ?

— Non, répliqua Paul Rashid. Avec tout le respect que je vous dois, il y a quand même des limites !

Il se tourna vers Dillon.

— Je vous ai vu. Je sais que c'est vous. Pour George, je veux dire.

— Et moi je sais que c'est vous. Pour Bronsby, je veux dire.

— George est beaucoup plus important.

— Parce qu'il était, comme vous, à moitié arabe ? Vos origines bédouines comptent davantage...

— Vous vous trompez complètement, l'interrompit Rashid. Bien au contraire, c'est le sang des Dauncey qui parle maintenant.

— C'est vous qui le dites.

— Je vous adresse à présent un avertissement très clair, Rashid, intervint Ferguson. Laissez tomber ! Cette histoire est allée beaucoup trop loin. J'espère que vous n'avez pas d'autres projets insensés en tête.

— Bien sûr que si, dit Dillon. C'est pour ça, d'ailleurs, qu'Aidan Bell n'est pas avec eux.

— Vraiment ? fit Ferguson. Est-ce le cas ?

— Vous verrez en temps voulu, répondit Rashid.

— J'ai parlé de vous avec le premier ministre. Il était très mécontent.

— Le président des États-Unis aussi, précisa Blake Johnson.

— Quel dommage, répliqua Rashid avec un sourire glacial. Et moi qui désirais tant leur faire plaisir, à l'un comme à l'autre. Il va donc falloir que je trouve autre chose. Bonne nuit, messieurs.

Il s'éloigna avec sa sœur.

Après un moment de silence, Harry Salter secoua la tête.

— Le message a le mérite d'être clair. Dès que nous sortirons d'ici, notre peau ne vaudra plus un clou.

— Ah oui ? fit Ferguson en ouvrant le menu. Il n'empêche que les kebabs servis ici sont paraît-il délicieux. Dînons, prenons du bon temps...

— Et baladons-nous dans les rues de Hazar bras dessus, bras dessous, conclut Blake avec humour.

— Il faudra l'envisager, répondit Ferguson. Maintenant, faites votre choix. Vous êtes mes invités.

Le Gulfstream décolla et s'éloigna rapidement de Haman. Aidan Bell se carra dans son siège, un verre de whiskey à la main, pour lire le journal anglais qu'il avait trouvé au kiosque de la base avant le départ.

Le premier ministre britannique devait emmener le président russe en promenade sur la Tamise, à bord d'un bateau qui les conduirait jusqu'au Dôme du Millenium. L'article du *Daily Telegraph*, sur deux pleines pages, décrivait en détail l'itinéraire de cette balade nocturne. Les grandes chaînes de télévision seraient présentes pour filmer les deux chefs d'État.

Bell sentit un sourire lui monter aux lèvres. C'était exactement comme avec le magazine *Time*, qui lui avait fourni le plan dont il avait besoin pour tuer Cazalet. Certes, les choses avaient finalement mal tourné à Nantucket. Mais là, ce serait différent. Jamais il n'avait raté une opération à Londres. Et s'il avait maintenant perdu tous ses équipiers, eh bien... ce genre d'affaire se passait peut-être mieux en solo, de toute façon.

Il réclama un autre verre au steward, et reprit l'article à la première ligne.

Ferguson avait raison : les kebabs étaient excellents. Ils dînèrent avec un bel enthousiasme.

— Bon, dit Billy. Nous allons donc partir d'ici — vivants, j'en ai bien l'intention — et rentrer à Wapping. Ensuite, général ? Qu'est-ce que ce fumier de Rashid a en tête, à votre avis ?

— Dillon ?

L'Irlandais se renversa contre le dossier de son fauteuil.

— Bell est forcément impliqué dans ses projets. C'est pour ça qu'il n'était pas ici ce soir.

— Il a été vu à Haman, embarquant dans le Gulfstream des Rashid, déclara Villiers. Destination Londres.

— C'est gentil de nous le dire maintenant, ironisa Dillon.

— J'avais décidé de vous l'annoncer à la fin du repas. Au cas où vous ne voudriez pas de dessert.

— Qui va-t-il prendre pour cible, à votre avis ? demanda Blake.

— Il a raté son coup avec le président américain, répondit Dillon après s'être allumé une cigarette. Il a raté son coup avec le Conseil des Aînés. Sa prochaine cible s'impose peut-être d'elle-même. Le président russe sera bientôt à Londres, n'est-ce pas, Charles ?

— Allons ! objecta Ferguson. C'est insensé. Même un type aussi dingue que Rashid sait qu'il ne peut pas tenter une opération pareille. Avec la sécurité que nous allons déployer ? Impossible.

— Vous croyez ? murmura Blake, et il secoua la tête. Normalement, il était impossible que Bell approche le président comme il l'a fait à Nantucket. Et je sais, avec tout le respect que je lui dois, que si je confiais ce boulot à mon grand ami Sean ici présent, il réussirait. Les gens déterminés — et il l'est — trouvent toujours une solution.

— Merci. Moi aussi, je t'aime bien, répondit Dillon. Blake a raison. Rashid va s'en prendre au président russe sans la moindre arrière-pensée.

— Et c'est là que Bell entre en jeu ? demanda Harry Salter.

— Il n'y a pas si longtemps, nous avons reçu le président à Londres. Deux terroristes loyalistes, un homme et une femme, ont essayé de l'éliminer. J'ai réussi à les en empêcher, avec l'aide de certaines personnes, mais j'en porte encore les cicatrices. Il ont bien faillir réussir.

— Où veux-tu en venir ? insista Blake.

— Je veux dire, comme Billy et Harry le savent, qu'un coup tordu se réussit parfois mieux en solitaire qu'en équipe. Bell a intérêt à être seul. Ou à deux, au maximum.

— Je suis d'accord, approuva Billy.

— Certes, intervint Ferguson. Mais là, nous partons du principe que Rashid a réellement décidé d'assassiner quelqu'un d'autre. Et s'il en avait assez, tout simplement ?

— Pardonnez-moi, général, répondit patiemment Dillon, mais si vous croyez ça c'est que vous êtes prêt à gober n'importe quoi.

— Très bien, fit Ferguson. Café pour tout le monde, puis en route.

— Thé, rectifia Dillon. Mes vertes prairies irlandaises me manquent, depuis que je suis ici.

À bord du Gulfstream, Bell appela Rashid sur son portable codé. Il le trouva à la villa de Hazar.

— J'ai une idée, dit-il.

— Je vous écoute.

Bell expliqua ce qu'il avait lu dans l'article du *Telegraph*.

— Je pense que la solution est là, conclut-il.

— D'accord, dit Rashid, mais vous ne touchez pas au premier ministre. Uniquement le président russe. Commencez à vous préparer dès que vous aurez atterri à Londres. Quoi qu'il arrive je vous rejoins dans un jour ou deux. Vous disposerez de tout l'argent et de tout le personnel nécessaires pour mettre l'opération sur pied.

— Bien. Où en est notre ami Dillon ?

— Si tout se passe comme prévu, Dillon et ses petits camarades ne seront bientôt plus qu'un lointain souvenir.

Bell rit.

— Vous trouvez ça drôle ? demanda Rashid.

— Oui. C'est drôle d'entendre dire que Dillon puisse n'être qu'un lointain souvenir. Quand ce type-là est sur votre dos, croyez-moi, il vaut mieux parler en termes de cauchemar qu'en termes de souvenir. Ceci dit, je vous souhaite bonne nuit et je me mets au travail le plus vite possible.

À bord du *Sultan*, Hal Stone se tenait contre la rambarde de poupe, une bière à la main, en compagnie d'Ali. Une pluie fine — fait assez rare dans la région — tombait du ciel, et il en savourait chaque instant. Ça lui rappelait Cambridge et l'Angleterre, où il devrait rentrer bientôt. Ses activités ici ne pouvaient durer éternellement, bien sûr ; il fallait qu'il reprenne ses cours, qu'il s'occupe de ses étudiants...

Il y eut un bruit dans l'eau, tout près de lui. Au même instant, Ali s'approcha en lui tendant une autre bière. Comme Stone se tournait, un homme apparut à la rambarde du bateau — un couteau entre les dents.

— *Sahib* ! cria Ali.

Stone sortit le Browning qu'il portait sur lui. Sans la moindre hésitation, et comme l'homme s'emparait de son couteau pour le brandir vers lui, il lui logea une balle en plein front. L'Arabe bascula par-dessus la rambarde, tombant à l'eau. Un second assassin apparut. Stone tira de nouveau, mais le Browning s'enraya.

Il agrippa Ali par le bras.

— Venez ! dit-il, et il l'entraîna avec lui vers la coursive.

Ils se réfugièrent dans la cabine, dont il verrouilla la porte. Il avait déchargé le Browning, et était en train de vérifier le mécanisme, lorsque quelqu'un frappa avec violence sur le battant.

Dillon et ses amis traversèrent tranquillement Hazar, mais en restant sur le qui-vive. Cependant, il ne leur arriva aucun mal. Au port, il embarquèrent dans le canot, démarrèrent le moteur et rejoignirent rapidement le *Sultan*.

La lumière était allumée sous l'auvent de poupe. Tout paraissait calme. Billy grimpa l'échelle de corde et amarra le canot. Harry le suivit, puis Ferguson, Blake et enfin Dillon.

Au même moment, Hal Stone réussit à recharger son arme. Il tira plusieurs balles à travers la porte de la cabine. C'est alors que quatre Arabes surgirent des ténèbres et attaquèrent Ferguson et son groupe.

Dillon fit feu sur l'un d'entre eux. Mais son assaillant, manifestement drogué au kat, se précipita sur lui et le poussa pardessus le bastingage. L'Irlandais inspira profondément en basculant dans l'eau. Il plongea sous le *Sultan* et refit surface de l'autre côté.

Il entendit plusieurs coups de feu. Agrippant l'échelle de corde, il se hissa discrètement sur le pont. Un des hommes de Rashid se trouvait juste devant lui. Il l'attrapa par le cou et lui cassa la nuque d'un geste sec : sa colonne vertébrale émit un craquement sonore. Il s'écroula, mort.

— Hamid ? cria une voix en arabe de l'autre côté du bateau. Ça va ?

— Ouais ! répondit Dillon dans la même langue.

Il fondit sur l'homme qui l'avait interpellé, lui tordit le bras derrière le dos et le tua comme le précédent, avant de le balancer par-dessus bord.

Le silence revint sur le pont.

— C'est moi, cria Dillon. Vous êtes encore là ?

— Oui, répondit Ferguson. Par ici. Nous sommes tous indemnes.

— Allons voir si le professeur est entier. Ensuite, je propose que nous quittions cette ville pourrie.

— Excellente idée, approuva le général.

Un moment plus tard, à la villa, Paul Rashid entra dans la chambre de Kate.

— Ça n'a pas marché. L'attaque contre Dillon, Ferguson et les autres a échoué. Ils viennent de repartir pour Londres.

— Que veux-tu faire, maintenant ?

— Prendre le même chemin qu'eux, sœurette. Rentrer à la maison... et repasser à l'offensive.

Londres
La Tamise

12

Bell passa une journée entière à se promener sur la Tamise, en suivant l'itinéraire que le président russe et le premier ministre britannique devaient emprunter — tel qu'il était indiqué dans le *Daily Telegraph.*

Sa balade le conduisit aussi au Dôme du Millenium, qu'il visita longuement avant de regagner le cœur de Londres en empruntant un bateau-mouche qui le déposa à l'embarcadère du Savoy. Il réfléchit une partie de la nuit, puis refit le même parcours le lendemain. Un autre article, cette fois dans le *Daily Mail,* parlait de la visite du chef d'État russe. Il le lut avec beaucoup d'attention, notant que le bateau-mouche réservé pour les deux dirigeants s'appelait le *Prince Regent,* et que la restauration serait assurée par les frères Orsini.

Un peu plus tard, tandis qu'il savourait un verre de whiskey au coin du feu, dans le salon de la maison de South Audley Street, un plan commença à se former dans sa tête.

Après que Paul Rashid eut réglé certaines questions avec ses hommes, notamment au sujet des actions à mener dans le Quartier Vide, Kate et lui décollèrent pour Londres dans le second avion de la famille. Il laissait derrière lui, à sa plus grande satisfaction, une situation tellement complexe que ni le Conseil des Aînés, ni les Américains, ni les Russes ne pourraient la régler seuls. Il avait également pris des dispositions pour le rapatriement de la dépouille de George en Angleterre, et pour ses obsèques.

Sitôt arrivé à Londres, Dillon se rendit auprès de Hannah : il la trouva assise dans son lit, se prêtant de bonne grâce aux questions du professeur Bellamy. L'Irlandais s'excusa et sortit patienter dans le couloir. Enfin, le chirurgien le rejoignit.

— Comment va-t-elle ?

— Mieux. Je peux même dire : de mieux en mieux. Il est encore trop tôt pour savoir si elle récupérera toutes ses capacités physiques. D'un autre côté, eh bien... je me souviens de la fois où cette fameuse Nora Bell vous avait poignardé dans le dos. Vous vous en êtes remis.

— C'est vrai. Les bons jours, vous êtes un véritable génie.

Bellamy soupira.

— Combien de fois vous ai-je arraché à la mort, Sean ? Je ne pourrai pas toujours faire des miracles. Essayez d'être prudent.

Il s'éloigna. Dillon médita quelques instants leur conversation, puis frappa à la porte de Hannah Bernstein.

— Tu te sens comment, ma belle ? demanda-t-il en entrant dans la chambre.

— Rétamée. Mais il me suffit de te regarder pour comprendre que tu as passé de sales moments, toi aussi. Raconte-moi tout.

Il ouvrit la fenêtre, alluma une cigarette et s'assit auprès d'elle pour lui parler. Quand il se tut, elle esquissa un sourire.

— Le jeune Billy est en train de révéler un véritable talent pour les opérations secrètes.

— Tu n'as pas tort. Dis-moi... Bellamy pense que tu vas t'en sortir...

— C'est aussi l'opinion de mon père. Mais je ne serai peut-être plus en mesure de faire mon jogging dans Hyde Park le matin.

— On ne peut pas tout avoir, dans la vie.

— En ce qui concerne Rashid, tu devrais peut-être jeter un œil aux journaux. Je m'ennuie tellement, ici, que j'en ai lu un bon paquet ces derniers jours. Regarde dans la pile, là... Il y a un *Daily Telegraph* qui devrait t'intéresser.

Il trouva le journal, lut l'article qu'elle avait mis en évidence, et hocha la tête, pensif.

— Ça tient la route, non ? relança-t-elle.

— Je suis de ton avis. Te souviens-tu de l'affaire Nora Bell ?

— Comment l'oublier ? D'autant que c'est moi qui l'ai tuée, en définitive.

— Elle et son petit ami n'avaient eu aucun mal à se glisser parmi l'équipage du bateau-mouche...

— Déguisés en serveurs, précisa Hannah. C'est idéal, de trimballer des petits fours à travers la foule des invités...

Dillon se leva brusquement.

— Il faut que j'y aille. Dieu te bénisse, Hannah.

— Oui. Fais gaffe à toi, Sean.

Il prit un taxi jusqu'à Cavendish Place. Ferguson et Blake étaient assis devant la cheminée. Il leur exposa l'hypothèse que Hannah et lui venaient d'évoquer.

— Vous pensez à un scénario similaire à celui de l'affaire Nora Bell ? demanda le général.

— Hannah est de cet avis, et moi aussi. Que faisons-nous ? Nous mettons les services de sécurité sur le coup ?

Ferguson leva les yeux au ciel.

— Ces imbéciles ? Ils ficheraient tout par terre, et en beauté. Vous le savez aussi bien que moi.

— Certes. Mais comment procéder, alors ?

— J'ai une idée, intervint Blake. Tu sais que j'adore les fleuves, Sean, et en particulier la Tamise. Je t'emmène faire la même balade que le président russe. Ça nous renseignera sans doute sur la stratégie à adopter.

Le lendemain matin, une pluie drue tombait du ciel lorsque Dillon et Blake montèrent à bord du *Prince Regent* à l'embarcadère du Savoy. La météo n'incitant pas à la promenade, ils n'étaient guère plus d'une quinzaine de passagers sur le bateau-mouche.

Ils restèrent debout à l'arrière du bateau, sous un auvent qui les protégeait de l'averse.

— C'est une ville splendide, dit Blake. Même quand il flotte.

— Dublin vaut le détour, et Manhattan ne manque pas de cachet, mais, en effet, la Tamise est un endroit vraiment extraordinaire.

— Parle-moi de cette affaire Nora Bell, Sean.

— Les accords entre Arafat et Israël sur le statut de la Palestine déplaisaient à un groupe de fondamentalistes iraniens qui se fait appeler l'Armée de Dieu. Ils n'appréciaient pas, non plus, que le président américain ait accueilli les négociateurs à la Maison-Blanche et donné sa bénédiction à l'accord de paix. Ils avaient donc recruté un certain Michael Ahern et sa petite amie, Nora Bell. Des mercenaires loyalistes, originaires de l'Ulster — des gens tellement violents que même la Main Rouge les avait répudiés.

— Et ? Que devaient-ils faire ?

— L'Armée de Dieu leur offrait cinq millions de livres sterling pour tuer le président.

— Quoi ? Mais... Même moi, je n'ai jamais entendu parler de cette histoire !

— Ne te fâche pas. Nous nous sommes arrangés pour étouffer l'affaire. Notre premier ministre devait passer la soirée avec le président et tout le gratin londonien sur un bateau qui partait de l'embarcadère de Westminster, faisait un grand tour sur le fleuve en passant sous les fenêtres du Parlement, et revenait à Westminster. Michael Ahern et Nora ont réussi à monter à bord en se faisant passer pour des serveurs. Un complice avait au préalable caché des Walther dans un placard...

— Que s'est-il passé, finalement ?

— Eh bien, j'ai réussi à déjouer leur plan. Au dernier

moment, je suis monté à bord avec Charles et Hannah. J'ai tué Ahern, mais Nora m'a poignardé avec un couteau à cran d'arrêt. Hannah l'a abattue, précisa Dillon, puis il alluma une cigarette. Un des pires moments de mon existence. Pendant quelques jours, on a cru que j'étais cuit. Mais grâce à nos amis de Rosedene, je m'en suis sorti.

— Sale histoire, marmonna Blake.

Une porte s'ouvrit sur leur gauche, et une serveuse s'avança vers eux.

— Du café, messieurs ? Autre chose ? Le bar est ouvert.

— Café, merci, répondit Blake.

Dillon sourit.

— Pour moi, puisque vous insistez, un thé et un whiskey irlandais. Ou même du scotch, à la limite.

Ils restèrent sous l'auvent. La jeune femme revint quelques minutes plus tard avec leur commande.

— J'imagine que vous êtes sur les dents, vous et vos collègues ? demanda Dillon. Je veux dire, à cause des visiteurs que vous allez recevoir sur le bateau ?

— Oui et non, répondit-elle avec un haussement d'épaules. Vous savez que vous avez de la chance ? Vous êtes les derniers touristes à monter à bord. À partir de ce soir, le *Prince Regent* va rester à quai. Le temps d'être bichonné et aménagé pour le grand soir.

— Vous travaillerez, vous, ce soir-là ?

— Malheureusement non, répondit-elle avec une moue de déception. Vous n'allez peut-être pas me croire, mais ils ont décidé de faire venir un équipage de la Royal Navy pour manœuvrer le bateau, et c'est un traiteur privé des beaux quartiers qui doit assurer la restauration. Nous, nous n'aurons même pas le droit d'approcher l'embarcadère !

— C'est sacrément dommage, convint Blake avec un sourire aimable.

— Ouais, mais bon... il faut s'y faire. Maintenant, messieurs, si vous voulez bien m'excuser...

Blake sirota son café, et Dillon versa du whiskey dans son thé. Il pleuvait de plus en plus fort.

— Qu'est-ce que tu en penses ? demanda l'Américain.

— Hmm... Il y a quelque chose qui me tracasse... mais je n'arrive pas à savoir quoi. Tu sais que j'ai souvent organisé ce genre d'opération, autrefois. À l'époque, je faisais bien attention à ce que rien ne se sache. Et même à envoyer mes adversaires sur de fausses pistes. Qu'ils regardent à gauche pendant que je bidouillais à droite, tu vois. Alors là... Tout ça me paraît trop évident.

— Je suis d'accord. Mais nous ne pouvons prendre aucun risque. Il faut que tu fasses venir un maximum de gens des services de sécurité. Tu dois concentrer tous tes efforts sur ce bateau.

Un sourire étrange se dessina sur les lèvres de Dillon, qui se tourna lentement vers le bastingage.

— Bon sang, Blake... Tu as tout à fait raison. Tous mes efforts... sur ce bateau. Ça saute aux yeux. C'est l'évidence même ! Qu'est-ce que j'avais donc en tête ?

Il sortit son portable et appela Ferguson.

— Je suis avec Blake sur le *Prince Regent*.

— Vous pensez que c'est là qu'ils tenteront le coup ?

— Non. Jamais de la vie. Avez-vous l'itinéraire et le programme du président russe sous les yeux ?

— Oui.

— Où doit-il passer la nuit ?

— Au Dorchester. La suite du dernier étage.

Dillon sourit de plus belle.

— Parfait. Je vous rappelle, dit-il, et il éteignit le téléphone. Tu sais quoi, Blake ? Le président logera au dernier étage du Dorchester. Je connais cette suite. De la terrasse, on a la plus belle vue de Londres qui se puisse imaginer. Quand tu es là-haut, tu vois tout, et tout le monde. Et tout le monde peut te voir !

— Je sais à quoi tu penses.

— Je me trompe peut-être complètement, mais si je voulais envoyer mes adversaires à gauche pendant que je bidouille à droite, c'est exactement comme ça que je m'y prendrais.

Dans le bureau de la propriété de South Audley Street, les trois Rashid étaient assis autour d'une table en compagnie d'Aidan Bell. L'Irlandais avait choisi cette réunion pour leur révéler le fin mot de son plan d'action.

— Ferguson et Dillon doivent être sur les charbons ardents. Il s'attendent à ce que nous attaquions le président russe, et à l'heure qu'il est, ils sont convaincus que l'opération se fera sur le bateau-mouche, pendant la soirée. Mais ce n'est pas ça qui va se passer.

— Ah bon ? fit Kate. Mais alors... quel est votre plan ?

— Le président logera dans la suite du dernier étage de l'hôtel Dorchester. Tout autour de la terrasse, il y a une multitude de toits, le plus souvent plats, qui offrent des angles de tir impeccables. Je me posterai là, sur l'un de ces toits, et j'abattrai moi-même votre homme.

Un silence méditatif suivit son annonce.

— Je vous accompagnerai, dit enfin Michael.

— Vous ? Inutile.

— Écoutez, Bell... Cette fois, je veux mettre toutes les chances de notre côté. J'ai reçu une formation de tireur d'élite. Je vous accompagnerai.

— Moi aussi, je viens, ajouta Paul Rashid.

— Pour l'amour du ciel, Paul, protesta Kate, tu ne te rends pas compte ! Trois hommes en embuscade sur ce toit ? C'est beaucoup trop dangereux.

— Tant pis. C'est notre dernière chance, Kate. Si nous échouons, cette fois, que nous soyons pris ou pas n'aura aucune importance.

Il la regarda fixement, en souriant — et pour la première fois de sa vie Kate songea qu'il avait le sourire d'un homme qui a sombré dans la folie.

— Nous devons bien cela à George, ajouta-t-il. Et à notre mère. Maintenant, il n'est plus question de reculer.

Dillon, Blake et Ferguson se rendirent au Dorchester, où ils demandèrent à voir la suite du dernier étage. De la terrasse, ainsi que l'Irlandais l'avait annoncé, la vue était extraordinaire.

Et ceux qui se tenaient là, contre la rambarde, étaient extraordinairement vulnérables.

— Dillon a raison, dit le général. Le président russe ne doit pas loger ici. Ce serait de la folie.

— Comment allez-vous faire pour l'envoyer ailleurs ? demanda Blake.

— Inutile de semer la panique. Je me contenterai de dire au premier ministre que les conditions générales de sécurité ne sont pas satisfaisantes.

— Ce qui signifie que vous n'aurez pas à leur annoncer l'éventualité d'un attentat orchestré par Rashid, précisa l'Américain.

— Exactement. Discrétion absolue, voilà ce qu'il nous faut. Allons immédiatement chez le premier ministre.

À Downing Street, Dillon patienta dans la Daimler tandis que Ferguson et Blake étaient accompagnés jusqu'au bureau du premier ministre.

Celui-ci se trouvait en compagnie d'un homme de petite taille, d'une cinquantaine d'années, aux cheveux blancs, qui avait l'air d'un professeur d'université — ce qu'il avait été autrefois, d'ailleurs. Il s'appelait Simon Carter, et occupait le poste de directeur adjoint des services de sécurité. Ferguson et lui se détestaient cordialement.

— Alors, comment ça s'est passé à Hazar ? demanda le premier ministre.

— Eh bien... Grâce à Dillon, le Conseil des Aînés n'a subi aucune perte.

— Dillon ? marmonna Carter. Ce petit salopard d'Irlandais est encore dans le circuit ?

— Écoutez, répliqua calmement Ferguson, nous ne sommes pas amis, vous et moi, mais pour ma part jamais je n'ai critiqué vos choix de recrutement. Si monsieur le premier ministre l'accepte, j'aimerais vous raconter comment Dillon nous a, une fois de plus, tirés d'affaire.

— Je vous écoute.

Ferguson s'exécuta.

— C'est extraordinaire ! s'exclama alors le chef du gouvernement.

Même Carter dut en convenir.

— Maintenant, général, reprit le premier ministre, parlez-lui de Nantucket.

Ferguson relata l'attentat manqué contre le président américain. Carter se décomposa.

— C'est invraisemblable, marmonna-t-il. Ceci dit, il me paraît clair qu'il faut tout de même annuler les festivités prévues pour la visite du président russe.

— Attendez une minute, objecta Ferguson. Nous avons une meilleure idée.

— Quoi donc ? demanda le premier ministre.

— Avant tout, nous devrions prévenir les services de sécurité russes que nous allons peut-être avoir des problèmes. Par ailleurs, et si monsieur Carter est d'accord, je propose que nous conservions la réservation de la suite de l'hôtel Dorchester. Uniquement pour les médias, bien sûr.

— Et ?

— Nous annulerons la réception prévue sur le *Prince Regent*, mais seulement à la dernière minute. N'importe quelle excuse fera l'affaire. Nous vous emmènerons dîner ailleurs. Dans un endroit comme le Reform Club, par exemple. Je suis certain, monsieur, qu'ils seront ravis de vous recevoir.

— Je n'en doute pas, répondit le premier ministre en souriant.

— Et après ? insista Carter.

— Après le dîner, le président russe ira se coucher. Non pas au Dorchester, mais à l'ambassade russe.

— C'est tout ? demanda le chef d'état.

— Non. En ce qui me concerne, je passerai la fin de la soirée dans la suite du Dorchester, avec certains individus de mon choix.

— Dillon ?

— Oui, monsieur, et deux de ses amis. Des hommes qui nous ont beaucoup aidés à Hazar. Hélas, précisa Ferguson en souriant, ce sont aussi des individus que la Couronne ne pourra jamais se permettre de récompenser à leur juste valeur.

— Et donc, vous, Dillon et ces hommes attendrez dans la suite de voir si Rashid ou cet Irlandais, Bell, montrent le bout de leur nez ?

— Oui. Et sauf erreur, nous devrions aboutir à un résultat très satisfaisant, sur tous les plans. J'imagine que monsieur le directeur adjoint voit où je veux en venir...

— En effet, acquiesça Carter en souriant à son tour. Pour le moment, nous n'avons aucun élément, aucune preuve qui nous permettent d'inculper Rashid. Mais s'il se présente ce soir-là, et si nous l'attrapons vivant, il ne sera plus intouchable. À l'heure qu'il est, après tant d'échecs, il doit être désespéré... C'est l'occasion idéale de retourner contre lui le piège qu'il cherche à nous tendre.

— Vous avez mon accord, messieurs, dit le premier ministre, et il se leva. L'affaire est entre vos mains. Monsieur Johnson, je téléphonerai tout à l'heure au président pour le prévenir.

Un froid vif régnait à l'extérieur. Une cigarette entre les lèvres, Dillon était adossé à la Daimler quand Ferguson, Blake et Carter sortirent de la résidence du premier ministre.

— Voulez-vous que je vous emmène quelque part ? proposa Ferguson à Carter.

— Non. Je préfère marcher un peu. Et pour tout vous avouer, l'idée de m'asseoir dans une voiture à côté d'un homme qui a autrefois tenté de faire sauter le 10 Downing Street me donne la chair de poule.

— Vous avez raison d'avoir peur, cher monsieur, ironisa Dillon. Comme chacun sait, j'ai toujours une bombe ou deux dans mes poches. Un criminel dans mon genre ne se repent jamais complètement.

Carter ne put retenir un petit rire.

— Allez au diable, Dillon !

Il s'éloigna vers les grilles qui barraient l'entrée de Downing Street. Il venait de les franchir lorsqu'il se retourna, le visage fermé.

— Je me fiche que Rashid soit pair du royaume, je me fiche qu'il soit richissime et qu'on lui ait donné dix médailles militaires. Mettez-le hors d'état de nuire, Dillon !

Ferguson téléphona à Paul Rashid, au siège de sa société. Une secrétaire lui répondit que monsieur Rashid n'était pas disponible pour le moment, puis lui demanda de patienter. Quelques instants plus tard, Kate prit la communication.

— Général Ferguson, dit-elle aimablement. Qu'y a-t-il pour votre service ?

— Je serai au Piano Bar, au Dorchester, à vingt heures.

— Suis-je censée avoir envie de vous y rejoindre ?

— Je vous le conseille, Lady Kate. Et j'aimerais que monsieur le Comte vous accompagne, conclut-il avant de raccrocher.

Elle appela son frère, qui se trouvait alors à Dauncey, au pub de Betty Moody, en compagnie de Bell et de Michael. Elle lui rapporta sa conversation avec Ferguson.

— Je peux m'en charger toute seule, si tu veux, conclut-elle.

— Non. Il n'est pas question que je t'abandonne entre les mains de Ferguson et de Dillon. Ces deux types sont plus dangereux que tu ne le crois.

Il coupa la communication.

— Un problème ? demanda Michael.

— Ferguson veut une rencontre. Nous partons pour Londres.

— Tous ensemble ?

— Oh, oui, répondit Paul Rashid, et il se tourna vers Bell. Vous veillerez à garder profil bas.

Il se leva et s'approcha du bar.

— Nous devons y aller, Betty. À bientôt.

Tandis que la Rolls Royce démarrait, Paul fit signe à Michael de remonter la vitre de séparation.

— Je crois, dit-il à Bell, qu'il serait préférable que vous logiez ailleurs qu'à la maison de South Audley Street.

— Où me conseillez-vous d'aller, en ce cas ?

— Michael possède une péniche bien aménagée. Elle est

amarrée dans le quartier de Wapping. Un endroit qui s'appelle Hangman's Wharf.

— Entendu, acquiesça Bell.

— Cette rencontre, Paul, intervint Michael. Qu'est-ce que Ferguson veut, à ton avis ?

— Il veut ce que Dillon veut. Nous verrons bien.

Paul Rashid renversa la nuque contre l'appuie-tête et ferma les yeux.

À Londres, Dillon étudia de nouveau tous les aspects de l'affaire. Finalement, il s'assit devant l'ordinateur de Ferguson et pianota sur le clavier pour obtenir une liste complète des biens de la famille Rashid.

Satisfait, il téléphona à Harry Salter au Dark Man.

— Michael Rashid possède une péniche qui, sauf erreur, serait amarrée près de chez toi, à Wapping, expliqua-t-il. Toi qui sais absolument tout ce qui se passe sur le fleuve, et en particulier de ce côté-ci de Londres...

— Donne-moi un petit moment, que j'aille consulter mes fichiers là-haut, dans mon bureau.

Harry le rappela quelques minutes plus tard.

— Tu sais comment s'appelle cette péniche ? demanda-t-il, hilare. *Hazar* !

— Ça se tient. Billy est avec toi ?

— Oui.

— Mets le haut-parleur.

Dillon expliqua la situation aux Salter, avant d'ajouter :

— À mon avis, Rashid garde Bell sous le coude, quelque part dans Londres. South Audley Street, vous croyez, ou la péniche à Wapping ?

— Difficile à dire, répondit Billy. Ce soir, je vais surveiller la maison de South Audley Street pendant un moment. Si je ne trouve rien, je planquerai près de la péniche.

Ce soir-là, Kate Rashid arriva la première au Piano Bar. Dillon l'y attendait.

— Pas de musique, monsieur Dillon ? Je suis déçue. Moi qui ai fait tout ce chemin rien que pour vous écouter jouer. Ça m'aurait permis d'oublier un moment que votre véritable vocation, c'est plutôt de jouer les assassins...

— Sauf que moi, Lady Kate, je ne pratique pas la torture. Je n'assassine pas de jeunes officiers en leur infligeant les pires supplices imaginables. Bronsby ne méritait pas un tel sort.

— Allez vous faire foutre, Dillon.

— Seigneur ! Est-ce à Oxford, mademoiselle, qu'on vous a appris à vous exprimer de la sorte ?

Elle s'assit, esquissant un sourire.

— Vous savez bien que les bourgeoises sont parfois pires que les putains.

— Taisez-vous, vous m'excitez.

Il alluma une cigarette. Elle tendit le bras et la lui arracha des lèvres, puis en tira une longue bouffée.

— Vous avez tué mon frère.

— Qui avait participé à la mise à mort de Bronsby, en compagnie de vous-même et de monsieur le Comte. Voudriez-vous me faire croire que vous approuvez les uns, et détestez les autres ?

— Je..., fit-elle, baissant les yeux. Non, pas vraiment. Mais je ne peux m'empêcher de vous haïr, à cause de George.

— Non, Kate. Non, vous ne me haïssez pas. Et c'est bien là le problème.

Billy et son oncle attendaient dans un 4 × 4 garé à l'entrée de South Audley Street. Billy était au volant. Harry lisait l'*Evening Standard*. Comme il levait les yeux, il vit une Mini sortir du garage de la propriété, et s'élancer dans la rue.

— C'est Bell ! s'exclama-t-il. Avec Michael Rashid. Démarre !

Paul Rashid arriva au Piano Bar une minute après Ferguson et Blake Johnson. Le visage hâlé par le soleil du Hazar, il avait l'air en grande forme. Il portait un costume en lin clair et, comme d'habitude, une cravate des Guards.

— Général Ferguson, dit-il sans tendre la main. Dillon. Monsieur Johnson.

Ils s'assirent.

— C'est terminé, déclara Ferguson.

— Terminé ? répéta Rashid. Quoi donc ?

— Vous le savez très bien. Je croyais vous avoir donné un avertissement clair : de laisser tomber ! C'est votre dernière chance. Jusqu'à maintenant vous avez réussi à vous tirer d'affaire, mais c'est terminé. Je vous le promets.

— Je crois beaucoup en la famille, général, répliqua Paul

Rashid d'une voix posée. J'avais un frère, un frère que j'aimais passionnément. Vous l'avez tué.

— Pardonnez-moi, monsieur le Comte, intervint Dillon, mais le simple fait que vous osiez encore nous parler de ça après ce que vous avez infligé au sous-lieutenant Bronsby prouve que vous êtes sérieusement malade.

Kate lui jeta le contenu de sa coupe de champagne au visage. Il se lécha les lèvres, et prit une serviette sur la table.

— Quel gâchis, Lady Kate...

Son portable sonna.

— Veuillez m'excuser, dit-il en se levant, et il s'éloigna. Oui, allô ?

— C'est Billy. Nous venons de suivre Michael Rashid et Aidan Bell jusqu'à Wapping. Ils sont montés sur la péniche. Tu en parles à Ferguson ?

— Non, nous allons régler ça nous-mêmes. Je préfère me taire, au cas où il refuse notre intervention. Attendez-moi dans une demi-heure.

Il rejoignit le groupe.

— Pardonnez-moi, mais je dois partir. Expliquez-leur, général, que nous savons ce qu'ils ont l'intention de faire sur le bateau-mouche, pendant la visite du président russe. Qu'ils comprennent enfin qu'ils sont au bout du rouleau.

— Je t'accompagne ? proposa Blake.

— Pas cette fois, vieux frère, répondit Dillon, puis il se tourna vers Paul Rashid. À votre place, j'écouterais attentivement le général Ferguson. C'est le dernier conseil que j'aie à vous donner.

Il tourna les talons et s'éloigna.

Le sourire aux lèvres.

13

Il pleuvait à verse sur Wapping et la Tamise. Billy et Harry se garèrent, puis descendirent du 4X4. Le jeune homme ouvrit un parapluie au-dessus de leur tête.

— Ça c'est le pompon, dit Harry. Je vais te dire un truc : même avec un pépin, tu n'as pas l'allure de Bogart dans *Le Grand Sommeil*.

— Tant pis. J'ai un flingue dans la poche, et c'est ça qui compte.

À bord de la péniche, Michael Rashid et Bell étaient assis autour d'un verre.

— À présent, je vais vous souhaiter une bonne soirée, dit

Michael. On s'appellera demain dans la journée. Et demain soir, sauf contretemps, nous frapperons un grand coup.

— Ouais. Nous verrons, répondit Aidan Bell.

Dehors, sur le quai, ils entendirent soudain un homme crier :

— Hé ! Vous êtes là, Rashid ? Et ce porc d'Irlandais, il est là aussi ?

Bell et Rashid prirent chacun leur Browning en main, et sortirent de la cabine.

Dillon était arrivé un quart d'heure plus tôt. Après s'être garé derrière Harry et Billy, il avait appelé Ferguson sur son portable pour lui annoncer où il se trouvait.

— Pour l'amour du ciel, Sean ! À quoi jouez-vous ?

— Entre la Tamise et le Dorchester, nous ne sommes pas absolument certains de l'endroit où ils vont tenter d'assassiner le président russe. J'ai donc décidé de prendre les devants. Je suis avec les Salter. Tout à l'heure, Bell a quitté la propriété des Rashid en compagnie de Michael. Les Salter les ont suivis jusqu'ici, à Wapping. Billy, Harry et moi, nous allons maintenant tenter quelque chose.

— Dillon, écoutez-moi une minute...

— Non, général, c'est moi-même que j'ai décidé d'écouter. Je vous tiens au courant de la suite des événements.

Il avait aussitôt éteint son portable.

— Pas content, ce bon Charles ? avait demandé Harry.

— Pas très. Mais ça ira mieux si nous réussissons notre coup.

— Comment veux-tu procéder ? avait demandé Billy.

Tout en leur expliquant ce qu'il avait en tête, Dillon avait retiré sa veste et sa cravate, puis il avait glissé son Walther derrière son dos, sous la ceinture de son pantalon.

— C'est d'accord ? Billy, tu provoques le face-à-face, et toi, Harry, tu le couvres.

— Nom de Dieu, Dillon. Tu vas te les geler, dans cette flotte...

— Ne t'en fais pas. Fais attention à toi, Billy. Bell est un type dangereux.

— À mon tour de te dire de ne pas t'inquiéter. Pense à sauver ta peau. C'est toi qui risques le plus gros.

— Ouais. Donnez-moi une seconde pour descendre, et passez à l'action.

Harry Salter s'était accroupi derrière un bollard, au bout du quai. Dillon avait descendu une échelle, et après avoir pris une grande inspiration, il avait plongé dans la Tamise. L'eau, glaciale, lui avait fouetté les sangs. Nageant de toutes ses forces, il avait fait le tour de la péniche. À la poupe, il avait trouvé, comme il s'y était attendu, une échelle de corde qu'il avait commencé à grimper sans bruit.

C'est à cet instant que Billy, s'approchant de la *Hazar*, avait crié :

— Hé ! Vous êtes là, Rashid ? Et ce porc d'Irlandais, il est là aussi ?

Dans la coursive, Bell se tourna vers Rashid.

— Vous allez à l'arrière. Moi, je vais devant. Faites gaffe.

— Je saurai me défendre, rassurez-vous.

— Dépêchons-nous, alors.

Bell continua d'avancer vers l'escalier menant au pont supérieur. Rashid retourna vers les cabines, qu'il traversa, pour sortir à la poupe par une écoutille dont le panneau s'ouvrait de l'intérieur.

Plusieurs choses se passèrent alors simultanément. Harry, qui se trouvait derrière le bollard, se déporta de côté en voyant Bell apparaître sur le pont. Mais l'Irlandais l'aperçut à son tour et lui tira dessus. La balle l'atteignit à l'épaule ; il bascula en arrière. Bell sauta sur le quai et se précipita derrière une voiture.

Michael Rashid tira plusieurs fois sur Billy, qui lui répondit par un feu nourri. Rashid recula vers le bord de la péniche... Dillon lui agrippa les chevilles et l'entraîna avec lui dans l'eau. Tandis qu'ils plongeaient, l'Irlandais enroula un bras autour du cou de sa victime et attrapa la chaîne d'ancre pour se maintenir en immersion. Rashid se débattit, lutta comme un damné, mais Dillon tint bon. Quand les gesticulations cessèrent, il lâcha Michael Rashid et laissa le courant l'emporter.

Du quai, Bell avait tout vu. Il tourna les talons et disparut dans les ténèbres.

Dillon nagea jusqu'à la rive et grimpa à l'échelle. Harry s'était remis debout. Soutenu par Billy, il grognait de douleur.

— Désolé, Sean. Nous avons perdu Bell.

— Michael Rashid est mort, répondit simplement Dillon, puis il regarda Harry. Allons nous asseoir dans le 4X4. Billy, tu nous emmènes à Rosedene. Je vais appeler Ferguson, pour qu'il fasse venir le professeur Bellamy.

— Je suis trop vieux pour ce genre d'aventure, marmonna Harry.

— Ne dis pas de bêtises. On va te soigner, et puis Dora te fera des câlins pour te remettre d'aplomb.

Tandis qu'ils traversaient Londres sur les chapeaux de roue, Dillon téléphona au général.

— Il nous faut une équipe de nettoyeurs, annonça-t-il. Oui, pour Michael Rashid. Ils le trouveront en aval de sa péniche. À Wapping...

— Je suppose que vous avez fait ça tout seul, comme un grand, l'interrompit Ferguson.

— Non. Billy et Harry m'ont aidé. Bell a réussi à filer après avoir blessé Harry à l'épaule. Prévenez Bellamy, voulez-vous ? Et s'il n'est pas disponible, appelez le père de Hannah. Harry doit être opéré par les meilleurs — rien de moins.

— Considérez que c'est fait. Mais vous savez quoi, Dillon ? Parfois, vous pourriez avoir l'obligeance de m'avertir de vos intentions, avant de passer à l'action !

À Rosedene, Dillon et Billy patientèrent dans le couloir pendant qu'on opérait Harry. Bellamy étant retenu dans un autre hôpital pour un triple pontage, c'était le professeur Arnold Bernstein qui pratiquait l'intervention.

— Allons voir Hannah, proposa enfin Dillon.

— Avec plaisir.

Elle était assise dans son lit, lisant l'*Evening Standard*. Elle avait bien meilleure mine que lors de la précédente visite de Dillon.

— Bonsoir, les mousquetaires. Racontez-moi vos dernières frasques.

Dillon lui relata l'aventure de la péniche. Hannah se rembrunit.

— Quoi ? fit-il. À quoi tu penses ?

Elle baissa les yeux, l'air incertain.

— Est-ce que quelqu'un t'a déjà raconté comment Paul Rashid a décroché sa Military Cross pendant la guerre du Golfe ?

— Non. Comment ?

— J'ai lu ça dans son dossier. Villiers avait pris vingt hommes pour s'infiltrer derrière les lignes irakiennes, à bord de deux véhicules russes. Rashid était responsable du deuxième groupe. Dix hommes. Au milieu de la mission, il a commis une grosse erreur. Il a envoyé un message radio à Villiers sur une fréquence non protégée. Les Irakiens les ont repérés, rattrapés... et ont tué les dix hommes dont il avait la responsabilité.

— Mais lui, il s'en est sorti ? s'étonna Billy.

— Oui. Quand Villiers est arrivé sur place, il n'y avait plus personne. Je veux dire, plus aucun homme vivant. En plus des dix soldats de Rashid, il y avait sept Irakiens. Tous étaient morts... et tous avaient été émasculés.

— Et Rashid ? Où était-il passé ?

— Il a rejoint les forces alliées dix jours plus tard. À pied.

— Tony Villiers ne m'a jamais parlé de ça, observa Dillon. Je me demande pourquoi.

Hannah sourit, et secoua doucement la tête.

— C'est rassurant, d'une certaine façon. Même le grand Sean Dillon peut parfois se montrer naïf. Rends-toi compte : Rashid fait partie de l'aristocratie britannique, et il est aussi un pur produit de Sandhurst. Ainsi que des Grenadier Guards, et des SAS. Dans chacune de ces institutions, on apprend la guerre — différentes façons de pratiquer la guerre. Mais en aucun cas on n'apprend à couper la bite de son ennemi après l'avoir tué. Alors tu comprends... Dans la hiérarchie militaire, on ne fait pas de publicité autour de ces choses-là.

— C'est très intéressant, tout ça, commissaire, dit Billy, mais où voulez-vous en venir ?

— Paul Rashid est fou. Fou à lier. Et il croit dur comme fer à la nécessité de se venger de ceux qui s'opposent à lui. De la façon la plus brutale qui se puisse imaginer. Dillon a tué deux de ses frères. Dillon doit donc mourir.

Elle regarda l'Irlandais d'un air troublé.

— C'est une certitude absolue, Sean. Il n'aura pas de repos tant que tu seras en vie.

— Et Kate ?

— Elle fonctionne à l'empathie. Pour les aristocrates, la famille est tout. Et dans leur cas, ils ont une double dose de famille : le côté Dauncey et le côté Rashid. Kate a intégré le schéma familial tel qu'il se transmet chez eux, de façon immuable, depuis des générations et des générations, et elle s'en remet entièrement à Paul puisqu'il est le chef de la famille. Elle ne peut concevoir d'agir autrement...

— Même elle, alors, elle peut vouloir tuer Dillon ?

— À mon avis, oui, murmura Hannah, qui soudain semblait très lasse. Je regrette, mais je suis fatiguée. J'ai besoin de repos.

À cet instant la porte de la chambre s'ouvrit sur son père, qui portait encore sa tenue de bloc opératoire.

— On m'a dit que vous étiez tous ici.

— Comment va Harry ? demanda Billy.

— Eh bien, si je puis me permettre un conseil, je crois qu'à l'âge qu'il a votre oncle devrait éviter de se faire tirer dessus. Mais rassurez-vous, il est tiré d'affaire.

Le professeur Bernstein s'approcha de sa fille.

— Comment te sens-tu ?

— Épuisée.

— Essaie de dormir, dit-il, et il se tourna vers Dillon et Billy. Dehors, vous deux.

Comme ils se dirigeaient vers la porte, Hannah les apostropha :

— Faites attention à vous ! Surtout toi, Sean. Rashid est obsédé par toi. Il va tout essayer pour t'éliminer. Je pense même qu'il va te provoquer. D'homme à homme, comme dans le désert. Il voudra te tuer de ses propres mains.

Une larme roulait sur sa joue. Arnold Bernstein poussa Dillon et son compagnon vers le couloir.

— Je reviens, ma chérie, promit-il avant de refermer la porte sur eux trois.

— Elle prend cette histoire très à cœur, observa l'Irlandais. Mais pourquoi ? D'autant qu'au fond elle ne m'a jamais approuvé...

— Vous êtes pourtant un homme intelligent, répliqua Bernstein. Il le faut, pour avoir survécu comme vous l'avez fait depuis trente ans. Mais... Si vous ne comprenez pas l'émotion de ma fille, mon jeune ami, c'est que vous êtes moins malin que je ne le pensais !

Il tourna les talons et retourna dans la chambre de Hannah.

— Je crois qu'il veut dire qu'elle t'aime beaucoup, dit Billy.

Dillon alluma une cigarette.

— Oui, c'est l'impression que j'ai. Allons boire un thé. Je te propose de rester ici encore un moment, jusqu'à ce qu'on nous permette d'aller voir Harry.

Ils entrèrent dans le salon au bout du couloir, commandèrent du thé à la jeune fille qui se trouvait là, et s'assirent dans les fauteuils pour patienter.

Aidan Bell s'éloigna du quai sans se faire repérer, et rejoignit High Street où il prit un taxi pour Mayfair. Il se fit déposer à plusieurs centaines de mètres de la propriété de South Audley Street, qu'il gagna à pied.

Il contourna discrètement la maison et sonna à la porte de service. Ce fut Kate qui vint lui ouvrir.

— Que faites-vous ici ? murmura-t-elle d'un air inquiet.

— Votre frère est avec vous ?

— Oui.

— Je vous suis.

— Non, répliqua-t-elle. Où est Michael ?

— Conduisez-moi à votre frère !

Elle le fit entrer dans le grand salon. Paul Rashid, assis devant la cheminée, tourna vers Bell un regard intrigué.

— Que se passe-t-il ? Où est Michael ?

— Je regrette d'avoir à vous raconter ça. Dillon et les Salter nous ont suivis jusqu'à la péniche. J'ai réussi à abattre Harry, mais Dillon a fait tomber votre frère à l'eau. Et il l'a noyé.

Kate poussa un cri de désespoir. Chancelante, elle prit appui au manteau de la cheminée.

Paul Rashid, le visage impénétrable, se leva et s'avança vers Bell.

— Redites-moi ça, ordonna-t-il calmement. Sans omettre le moindre détail.

Dillon et Billy prenaient le thé dans le salon de la clinique, lorsque Ferguson les rejoignit.

— Comment va Harry ?

— Il va s'en tirer, répondit le jeune homme. Ça mérite une médaille, vous ne croyez pas ?

Le général se tourna vers Dillon.

— Pourquoi diable avez-vous fait ça ?

— Je me suis rendu compte que nous ne savions pas précisément comment ils procéderaient. Nous avons d'abord pensé que Rashid et Bell interviendraient sur le *Prince Regent*, puis nous avons compris qu'ils tenteraient plutôt le coup au Dorchester. Tout ça semblait très convaincant, mais nous n'avions aucune certitude. Donc, j'ai demandé à Billy et à Harry de suivre Bell. Ils l'ont vu, avec Michael Rashid, monter sur la péniche qui est à Wapping. Et c'est là que la situation a dégénéré. Bell a touché Harry, puis il a pris la fuite. Quant à moi, j'ai tiré le jeune Rashid par-dessus bord et je lui ai fait boire sa dernière tasse !

— Vous êtes un beau salopard, Dillon.

— Ouais, mais... C'est vous qui m'avez confié ce boulot, général. Est-ce qu'on a retrouvé le cadavre ?

— Oui. Cependant, j'ai préféré laisser la police s'en charger. Un coup de fil anonyme, quelqu'un qui promenait son chien sur le quai et qui a aperçu le corps dans l'eau — c'est mieux ainsi.

— Et Paul Rashid ? Des nouvelles ?

— Non. J'imagine qu'il est au courant du décès de son frère, à l'heure qu'il est.

— Bell ?

— Dieu seul sait où il est passé, celui-là. Mais je me demande si nous devons encore nous soucier de lui. Vous avez probablement réussi à le convaincre qu'il aurait beaucoup de mal à s'attaquer au président russe. S'il a un minimum de jugeote, il va ficher le camp vite fait.

— Dillon et moi, intervint Billy, nous avons eu une discussion passionnante avec Hannah Bernstein. Je ne savais pas qu'elle était diplômée en psychologie. D'après elle, Paul Rashid est totalement cinglé. En gros, il va se sentir obligé de tuer Dillon pour défendre l'honneur de la famille. Et sa sœur est capable d'en faire autant rien que pour suivre son exemple.

— Bell..., murmura Dillon, songeur. Lui aussi c'est un dingue. Et si on y pense un peu, je n'ai pas toute ma tête, moi non plus. En tout cas, général, je ne compte pas trop sur la fuite de Bell. Il adore jouer avec le feu, et si Rashid estime qu'il a encore besoin de lui, il lui offrira l'argent nécessaire à le convaincre de rester.

Paul et Kate Rashid se rendirent à la morgue de Kensington, où on les fit patienter dans une salle lugubre : murs verdâtres, radiateur poussif, et une seule fenêtre donnant sur un parking. Au bout d'un moment, un employé vint à leur rencontre, l'air hésitant.

— Monsieur Rashid ?

— Non, rectifia Kate. Mon frère est Comte de Loch Dhu.

— Et le défunt, Michael Rashid... ?

— Est aussi mon frère.

— Souhaitez-vous le voir ?

— Oui, répondit Rashid d'une voix neutre.

— L'autopsie se termine à peine. Le médecin légiste est encore ici. Ça risque de... Ce n'est pas très agréable à voir. Je pense en particulier à vous, madame...

— C'est gentil, mais nous voulons quand même le voir.

— Il faut aussi que je vous dise qu'il y a déjà des messieurs dans la salle. Un général... le général Ferguson, et deux autres hommes.

Lady Kate soupira bruyamment, prête à protester, mais son frère lui étreignit le bras.

— Ce n'est pas un problème, dit-il. Nous nous connaissons.

L'employé les conduisit dans une salle d'autopsie. Murs blancs, et de l'acier inoxydable un peu partout. Le médecin légiste se trouvait avec Ferguson, Dillon et Blake.

L'employé s'approcha du groupe et leur parla à voix basse. Le praticien se tourna vers Rashid.

— Monsieur le Comte. Mes plus sincères condoléances.

— Ferguson, dit Rashid, ayez l'obligeance de sortir un moment. J'aimerais être seul.

— Certainement, répondit le général avec une politesse très british.

Il sortit, suivi de Blake et de Dillon.

Kate s'approcha de la table en métal sur laquelle était étendu son frère. Il était nu. Une couture grossière, en forme de Y, couvrait son torse. Une autre ceignait son crâne.

— Était-il vraiment nécessaire de l'ouvrir ainsi ?

— Votre frère s'est noyé, après être tombé de son bateau, répondit le médecin légiste. Les autorités nous ont demandé une autopsie complète. Mais à présent, je puis vous délivrer le permis d'inhumer. Naturellement, il n'y aura aucune suite judiciaire à cette affaire.

— C'est très gentil à vous, répondit Paul Rashid. Je vais prendre mes dispositions pour qu'on vienne chercher sa dépouille.

Dans le hall, Kate et Paul trouvèrent Ferguson en compagnie d'un homme d'une quarantaine d'années, vêtu d'un imperméable gris et coiffé d'un chapeau en feutre à l'ancienne.

Le général fit un signe aux Rashid.

— Je vous attends dehors.

— Inspecteur principal Temple, dit l'homme en imperméable en tendant la main à Paul. Rassurez-vous : la piste criminelle est écartée. C'est un tragique accident.

— Bien sûr.

— Je présume que le médecin légiste vous a déjà informé, pour le permis...

— Oui.

— En tant qu'officier de police, je dois contresigner ce document. Si vous le souhaitez, je vais m'en charger immédiatement, afin que vous puissiez disposer du corps.

Il semblait assez mal à l'aise — mais cela n'avait rien d'étonnant. Leur conversation était parfaitement artificielle. Si la police avait vraiment cru à une mort par noyade, jamais elle n'aurait envoyé un inspecteur principal régler l'affaire. Un simple agent aurait suffi.

— Je vous remercie de votre aide, dit Paul Rashid en souriant. Au revoir.

Dehors, Ferguson patientait près de sa Daimler. Le chauffeur était assis au volant. Dillon et Blake se trouvaient là, eux aussi, la cigarette au bec.

— Je ne sais pas pour vous, les amis, dit le général, mais je meurs de faim. Il y a un charmant restaurant italien près du Dorchester. Vous le connaissez ?

Il vit les Rashid descendre l'escalier du perron.

— Ah, vous voilà !

— La dépouille de mon frère George est arrivée tout à l'heure de Hazar, annonça Paul. Mon frère Michael va sortir de cet établissement dans un moment. Nous les enterrerons après-demain à Dauncey, dans le tombeau familial. Après quoi la trêve sera terminée.

— Votre frère s'est noyé, dit Ferguson. C'est aussi simple que cela.

Kate s'avança vers Dillon, et le gifla.

— C'est vous qui l'avez noyé. Salaud !

— Ne vous emballez pas, Kate. Il a essayé de me tuer. Pourquoi les Rashid s'imaginent-ils toujours qu'ils ont le droit de tirer sur les gens, mais que leurs victimes, elles, ne devraient pas se permettre de réagir ?

Elle s'éloigna, et alla s'asseoir au volant de la Mercedes.

— Je me vengerai, Dillon, déclara Paul Rashid. Vous devriez me comprendre. C'est écrit dans l'Ancien Testament.

— Écoutez-moi, monsieur le Comte. Je vous fais une proposition honnête. Étant à peu près aussi dingue que vous, je viendrai aux obsèques de vos frères. Ainsi vous pourrez essayer de m'abattre, si ça vous tente. De mon côté, je pourrai en faire autant avec vous. Qu'en pensez-vous ?

Une lueur étrange pétilla dans les yeux de Rashid, tandis que ses lèvres ébauchaient un sourire.

— Entendu. Je vous attends là-bas.

Il monta dans la voiture, et Kate démarra aussitôt.

— Seigneur, dit Ferguson. Vous avez vraiment poussé le bouchon.

— Bah ! fit Dillon avec un haussement d'épaules, en regardant la Mercedes s'éloigner. Il est temps d'en finir avec tout ça. D'une façon ou d'une autre, général, il faut que ça s'arrête.

Tandis que Kate les ramenait chez eux, Paul Rashid composa sur son portable le numéro d'un appartement situé au coin de South Audley Street, tout près de la maison. En temps normal, il servait à loger le personnel surnuméraire de la propriété. Pour le moment c'était Bell qui s'y trouvait.

— C'est moi, dit Rashid quand l'Irlandais décrocha. Écoutez...

Il lui raconta ce qui s'était passé à la morgue.

— Sean est un sacré salopard, commenta Bell. Mais bon, c'est bien pour ça qu'il est encore en vie aujourd'hui.

— À vous entendre, on jurerait que vous l'admirez.

— C'est un garçon qui suscite le respect. Nous avons pas mal de choses en commun, lui et moi.

— Je vois. J'aurais aimé m'occuper de lui moi-même, mais si vous pouvez y aller, c'est aussi bien. Ils se rendent tous les trois dans un restaurant italien proche du Dorchester. Ferguson roule en Daimler. Vous ne pouvez pas les manquer.

— Que voulez-vous que je fasse ?

— Que vous les supprimiez, tous les trois. Passez à la maison dans dix minutes. Je vous donnerai une arme. Et bien sûr, je vous paierai.

— Marché conclu. À tout de suite.

Rashid coupa la communication.

— Tu veux vraiment faire ça ? demanda Kate. Là, ce soir ?

— J'ai fait exprès de leur parler des obsèques, et Dillon a réagi comme je l'espérais. Ils ne peuvent pas s'attendre à ce que nous les attaquions dès maintenant, expliqua-t-il, et il haussa les épaules. C'est dans les cordes de Bell. Mais c'est aussi sa dernière chance. Cette fois, s'il échoue, je me chargerai moi-même de tuer Dillon. Après avoir éliminé Bell.

Il s'exprimait d'une voix si posée, avec une telle détermination, qu'elle ne sut que répondre. Elle pressa l'accélérateur pour regagner le plus vite possible la maison de South Audley Street.

Ce fut Paul Rashid lui-même qui accueillit Bell à la porte de service. Il lui fit signe de le suivre à l'étage, où il ouvrit la porte d'une pièce remplie d'armes. Il y avait à peu près tous les types de fusils et de pistolets disponibles sur le marché.

L'Irlandais se choisit un Armalite.

— Un vieux copain à moi, celui-là. Crosse pliante, silencieux...

— Pas *complètement* silencieux, rectifia Paul. Comment comptez-vous agir ?

— Je tire dans un pneu, la voiture se crashe, et je les flingue tous en même temps.

— Ça me paraît bien. J'espère que vous réussirez. Quoi qu'il arrive, revenez ensuite à l'appartement. Je vous y rejoindrai un peu plus tard.

— Entendu. Maintenant, trouvez-moi un plan de Londres.

Bell se fit aussi prêter un imperméable avec de larges poches, où il put cacher l'Armalite, crosse repliée.

Il descendit South Audley Street et se rendit au Dorchester. De là, il trouva sans difficulté le restaurant italien. La Daimler était garée devant la porte. À son bord, le chauffeur lisait le journal à la lumière du plafonnier.

Grâce au plan de la ville que lui avait fourni Rashid, l'Irlandais avait pu déterminer qu'en quittant le restaurant la voiture devrait tourner à gauche dans Park Lane, puis faire demi-tour pour passer Curzon Gate et gagner Cavendish Place de l'autre côté de Hyde Park. Il suivit à pied cet itinéraire jusqu'au parc, dont il escalada la grille d'enceinte, avant de se cacher derrière un arbre. Muni de jumelles à infrarouge, il surveilla la façade du restaurant.

Un moment plus tard, Ferguson, Dillon et Blake Johnson sortirent sur le trottoir et montèrent dans la voiture. Bell sortit l'Armalite, déplia la crosse, se concentra. La circulation, à cette heure tardive, n'était pas très dense. La Daimler tourna dans Curzon Gate et accéléra. Bell visa la roue arrière, côté passager, et tira. Au même instant, Dillon tournait par hasard la tête dans sa direction : il aperçut l'éclair jaillissant du canon de l'arme. Le pneu explosa. La Daimler tangua d'un côté à l'autre de la chaussée et heurta violemment le trottoir. Ferguson fut projeté contre la portière. Blake tomba à genoux.

— C'est une attaque, dit Dillon. J'ai vu l'éclair d'un fusil. J'y vais.

Il ouvrit la portière, sauta dehors et se précipita vers le parc en sortant son Walther. Comme il sautait par-dessus la grille, Aidan Bell se redressa et prit la fuite en tenant l'Armalite en travers de sa poitrine.

Dillon le prit en chasse à travers les ténèbres. Ils parvinrent à un immense monument abondamment éclairé. Bell trébucha sur une marche, bascula en avant, et le fusil lui échappa des mains. Dillon s'immobilisa devant lui, haletant, le Walther baissé.

— Encore toi, mon vieux copain ? fit-il. Combien le comte t'a-t-il offert, ce coup-ci ?

— Va te faire foutre, connard !

Il tendit la main vers l'Armalite. Dillon lui tira deux balles dans le cœur.

Il revint sur ses pas, jusqu'à la voiture. Ferguson se tenait le bras en grimaçant.

— Méchante fracture, je pense, grommela-t-il.

— Que s'est-il passé, Sean ? demanda Blake.

— C'était Bell. Je l'ai tué, près du monument. À vous de gérer ça au mieux, général. Voulez-vous qu'un célèbre terroriste de l'IRA soit retrouvé mort dans Hyde Park, ou préférez-vous que nos équipes se chargent de le faire disparaître ?

— Vu les circonstances, restons discrets. Appelez le service, expliquez-leur où vous êtes, et attendez leur arrivée. Pour ma part, je me rends tout de suite à Rosedene.

Il se tourna vers son chauffeur.

— Téléphonez au garage, qu'ils viennent chercher la voiture. Monsieur Johnson et moi, nous allons nous débrouiller.

Quelques minutes plus tard, Dillon s'assit près du monument, et composa le numéro de Paul Rashid.

— Bonsoir, monsieur le Comte. Aidan Bell a essayé de nous tuer, mais je crains que cette fois-ci, comme les précédentes, il n'ait raté son coup.

— Vous l'avez tué ?

— Oui.

— Si vous ne l'aviez pas fait, je m'en serais chargé moi-même.

— Ça ne m'étonne pas de vous. J'ai hâte d'être aux obsèques de vos frères. Si ça vous chante d'essayer de me tuer là-bas, ne vous gênez pas. Cette histoire a assez duré.

— Je suis aussi impatient que vous, Dillon.

Paul Rashid raccrocha.

— Alors ? demanda Kate.

— Bell est mort.

— C'est Dillon ?

— Qui d'autre ?

— Donc... il viendra aux obsèques ?

— Et n'en repartira pas vivant, je te le garantis.

Adossé au monument, Dillon fuma tranquillement une cigarette en attendant les hommes qui emmèneraient le cadavre d'Aidan Bell.

Dauncey Place

14

Blake repartit le lendemain matin pour les États-Unis. Aidan Bell disparut de la surface de la terre. Et Dillon se rendit à Rosedene, où il trouva Ferguson, le bras en écharpe, au chevet de Hannah.

— Comment allez-vous, général ? demanda-t-il.

— Moins bien qu'en temps normal.

Dillon s'approcha de la jeune femme.

— Et toi ?

— Je survivrai. Le général m'a mise au courant. Tu as donc tué Bell ?

— Quel ton réprobateur ! Nom de Dieu, Hannah, ce type a essayé de nous assassiner !

Il eut un sourire ironique.

— Ah, je comprends, maintenant... Tu es contre la peine de mort, c'est ça ?

— Va au diable, Dillon. Il paraît que tu souhaites te rendre aux obsèques des frères Rashid, demain. Et tu as prévenu le comte, en plus !

— Et alors ? Tu m'as dit toi-même qu'il allait me provoquer. J'ai préféré être le premier à lui lancer un défi.

— C'est ridicule. Cet homme est fou, et tu le sais. Il est en plein délire ! J'imagine qu'il est prêt à tout pour t'éliminer, maintenant.

— Sans doute. Mais comme je te l'ai dit bien souvent, Hannah, moi aussi je suis fou.

— Je pense vraiment que vous ne devriez pas y aller, Dillon, intervint Ferguson. D'ailleurs, je vous l'interdis formellement.

— Et si je désobéis ? Que ferez-vous ? Vous m'enfermerez à la prison de Wandsworth ?

— C'est dans mes cordes. Vous avez un passé criminel très chargé. Et moi, j'ai toutes les preuves dans mes dossiers.

— Ah oui ? Vous vous fichez de moi ? Quand vous m'avez sorti de cette prison serbe et que vous m'avez mis le marché en main pour que j'entre à votre service, nous avions convenu que l'ardoise de mes activités au sein de l'IRA serait effacée une fois pour toutes. Et j'apprends maintenant que vous m'avez trompé ? Si vous parlez sérieusement, sachez que Billy Salter a beau être un truand, question moralité vous ne lui arrivez pas à la cheville !

Il se pencha pour embrasser Hannah sur la joue.

— Dieu te bénisse, ma jolie. Reprends des forces et ne t'inquiète pas trop pour moi. Avant Rashid, c'est l'armée britannique qui a essayé de m'éliminer — pendant des années ! Et je suis toujours vivant, n'est-ce pas ?

Dillon se planta devant le général.

— Vous savez où me trouver si vous voulez mettre vos menaces à exécution. Sinon, j'irai demain à Dauncey, aux obsèques des frères Rashid. Nous avons pris date, Paul Rashid et moi, et je n'ai pas l'intention de lui faire faux bond.

Il tourna les talons et sortit de la chambre.

— Vous voulez vraiment le faire enfermer, général ? demanda Hannah.

— Bien sûr que non ! répondit Ferguson, et il soupira. J'espérais le dissuader de son projet, mais je bluffais, évidemment. Depuis huit... bientôt neuf ans, je me suis pris d'amitié pour ce garçon. Vous aussi, me semble-t-il. Hmm... ?

— C'est vrai, général. Mais je vous serais reconnaissante de me promettre la plus entière discrétion à ce sujet.

— Certainement, ma chère. À présent, je vais rentrer chez moi. Nous avons tous besoin d'un peu de calme pour reprendre nos esprits.

Lorsque Paul et Kate Rashid franchirent le seuil du Dauncey Arms, Betty Moody se tenait derrière le bar. Un grand nombre de villageois étaient attablés pour déjeuner ; tous se levèrent à leur approche.

— Non, mes amis, dit Rashid. Restez assis. Betty, j'aimerais offrir à boire à tout le monde, s'il te plaît. Quant à nous deux, nous sommes affamés. Sers-nous le plat du jour, ce sera parfait.

Les larmes aux yeux, la tenancière s'approcha et lui toucha la joue.

— Oh, Paul...

Kate se mit à pleurer. Betty lui prit la main.

— Cesse de pleurnicher, ma fille, ordonna-t-elle en l'entraînant vers le bar. Je te le répète depuis que tu es en âge d'écouter. Viens plutôt avec moi à la cuisine, où tu vas pouvoir te rendre utile.

Un moment plus tard, ils s'assirent tous trois devant la cheminée. Paul et Kate commencèrent à manger. Betty ouvrit une bouteille de champagne et les servit.

— Demain..., commença-t-elle d'une voix hésitante. Les obsèques. Tu ne m'as encore rien dit.

— Il y aura une messe à l'église, à onze heures et demie. Cette fois, Betty, nous voulons une cérémonie très discrète. Nous n'avons pas lancé d'invitations aux quatre coins du pays, comme... d'habitude. Évidemment, les gens d'ici seront les bienvenus. Peut-être pourrais-tu organiser un buffet, ici, au pub ? Quelque chose de très simple. Je ne souhaite pas recevoir à la maison après l'inhumation.

— Comme tu voudras, Paul. Je me charge de tout.

Elle se leva et retourna au bar.

— Tu crois qu'il viendra ? demanda Kate à son frère.

— Dillon ? Je ne le *crois* pas. J'en suis absolument certain.

À Rosedene, Dillon rendit visite à Harry. Il le trouva au lit, en position assise. Dora, la barmaid du Dark Man, était là pour s'occuper de lui — rôle qu'elle assumait avec beaucoup de grâce, d'ailleurs.

— Méfie-toi, suggéra Dillon. Si tu es aux petits soins avec lui, ce vieux filou pourrait bien décider de t'épouser.

Elle sourit, les yeux brillants. Harry grogna.

— Ne va pas lui mettre de pareilles idées en tête ! s'exclama-t-il, et il donna une tape sur les fesses de Dora. Et toi, ma belle, va donc nous chercher une bouteille de scotch !

Elle sortit.

— Tu crois la mener par le bout du nez, Harry, dit Dillon. Mais c'est elle qui te tient. Tu as de la chance, mon vieux. Elle est sacrément gentille. Et je crois que pour toi, elle serait prête à tuer.

— Je sais, je sais, marmonna Harry.

— Alors, traite-la mieux que ça.

Salter le dévisagea fixement.

— J'ai l'impression que tu n'es pas au meilleur de ta forme. Je me trompe ?

— Ah... Eh bien, nous avons tous des hauts et des bas, non ? Je viens d'aller voir Hannah. Tu sais comment ça se passe entre nous... Elle m'aime, et elle me déteste en même temps. Et surtout, elle ne peut pas s'empêcher de se faire du souci pour moi.

— Normal, vu la bêtise que tu t'apprêtes à faire ! Nom de Dieu, Dillon, c'est de la folie d'aller aux obsèques !

— Rashid veut un face-à-face. N'oublie pas que j'ai tué ses deux frères. Pour une fois, sa réaction me paraît normale. Et je ne peux pas ne pas relever ce défi.

— Tu sais quoi, fiston ? Je crois que tu as envie de mourir. Et puisque je ne peux rien pour t'en empêcher..., marmonna

Harry, puis il fronça les sourcils. Est-ce que tu envisages d'emmener Billy ? Je ne vois personne d'autre pour t'accompagner.

— Non. Je compte passer au Dark Man pour le voir et manger un morceau avec lui, mais il a déjà pris assez de risques comme ça, dans cette histoire. Il raconte souvent qu'il se considère comme mon petit frère, et d'une certaine façon je pense que c'est le cas. Alors... Je ne veux plus le mettre en danger. Je ne lui demanderai pas de venir à Dauncey. D'autant que le comte pourrait bien lancer une meute à nos trousses.

— Alors comme ça, tu vas là-bas tout seul dans ton plus beau costume noir, tu assistes à la messe dans l'église de Dauncey, et... ?

— Je n'ai pas le choix.

— Hmm... Ça me fait chaud au cœur. Juste au moment où j'étais prêt à admettre que tu es un peu une sorte de grand frère pour Billy, tu pars te faire flinguer.

Dillon eut un sourire désabusé.

— Tu es une perle, Harry. Et Billy aussi. Mais vient un moment où...

— Ouais, je sais, l'interrompit Salter. Vient un moment où il faut faire ce qu'on a à faire. Va ! Va faire ton John Wayne !

Dora entra dans la chambre avec une bouteille de Scotch.

— Je ne te retiens pas pour boire, Dillon. Fiche le camp. Tu me mets en colère.

L'Irlandais sortit. Harry réfléchit quelques instants en caressant distraitement la chute de reins de Dora. Puis il décrocha le téléphone et composa le numéro de portable de son neveu, qui se trouvait alors dans les bureaux de leur société.

— Écoute, Billy. Dillon vient de passer me voir. Il m'a dit

qu'il comptait venir manger un morceau avec toi, ce midi. Comme tu le sais, Rashid enterre ses frères demain, au cimetière de Dauncey. Dillon est décidé à y aller, pour une confrontation finale, genre fusillade à OK Corral. Seul, bien sûr.

— Sûrement pas. S'il y va, j'y vais aussi. Mais j'imagine que tu vas te mettre en rogne...

— Non, Billy. En fait, je suis fier de toi. Mais ne lui dis rien. Contente-toi de l'engueuler. Nous le laisserons prendre les devants, et nous le suivrons.

— Nous ? Pourquoi « nous » ?

— Je ne vais pas rester ici indéfiniment, même avec les faveurs de Dora. J'ai interdiction de tirer, vu mon grand âge, mais je pourrai au moins te soutenir moralement. Nous suivrons Dillon jusque là-bas, et tu interviendras s'il a besoin d'aide.

De nombreuses voitures étaient garées devant le Dark Man. Dillon coupa le moteur de la Mini Cooper, termina sa cigarette en regardant la pluie dégouliner sur le pare-brise, puis sortit en ouvrant un vieux pépin noir au-dessus de sa tête.

Il marcha un moment au bord de la Tamise. Il se sentait étrangement mélancolique ; il avait l'impression, d'une certaine façon, d'être arrivé à la croisée des chemins. Il ne haïssait pas Paul Rashid. Quant à Kate, comme la plupart des hommes, il était tout prêt à admettre qu'il l'admirait énormément... Combien d'hommes avait-il tué dans sa longue carrière ? Il avait perdu le compte depuis bien longtemps. Mais qu'y pouvait-il ? Se battre jusqu'à la mort était parfois, plus que son métier, une de ses raisons de vivre. Pendant des années, il s'était réfugié derrière l'excuse du décès de son père, abattu à Belfast au cours d'une fusillade entre des gars de l'IRA et des paras britanniques. C'était cet « accident » qui l'avait décidé à entrer dans la lutte armée...

Mais aujourd'hui, il se demandait si tuer n'était pas tout simplement dans sa nature. Et si la mort de son père n'était qu'un prétexte ? Qu'est-ce que cela signifiait ? Que devait-il penser de lui-même ? Bien sûr, il pouvait se dire qu'à sa façon il n'était, depuis toutes ces années, qu'un soldat. Et en tant que tel, il n'avait jamais fait que son boulot. Mais alors, pouvait-il condamner Rashid et ne pas se condamner lui-même ? La seule vraie différence, au fond, l'acte qui creusait un gouffre entre eux, c'était la mort atroce du sous-lieutenant Bronsby.

Il alluma une cigarette. Il se sentait encore plus maussade qu'auparavant.

— Qu'est-ce qui m'arrive ? marmonna-t-il pour lui-même. Ça suffit, maintenant !

À cet instant, il entendit une voix l'apostropher. Se tournant vers le pub, il vit Billy courir à sa rencontre.

Le jeune homme se réfugia, tant bien que mal, sous son parapluie.

— À quoi tu joues ? demanda-t-il. La noyade te tente ?

— Ouais. Plus ou moins.

— Ah, je vois : c'est un jour sans. Compatissons tous ensemble à la douleur de Sean Dillon !

— Va te faire foutre.

— Ouais, OK. En attendant, je crois qu'un bon déjeuner, mitonné spécialement pour toi au Dark Man, te ferait le plus grand bien. Assorti d'un remontant alcoolisé, naturellement. T'en as bien besoin, après tout : tu te fais vieux, ces temps-ci. Tu ne peux pas encaisser tout ce que nous avons vécu ces dernières semaines et t'en sortir aussi frais et dispos que moi.

Dillon éclata de rire.

— Saleté de mioche...

— Ah, je préfère !

Ils entrèrent dans le pub. Comme toujours à cette heure-ci, il y avait beaucoup de monde, et aucune table de libre. Heureusement, Baxter et Hall occupaient seuls les quatre places du dernier box.

— Fichez le camp, vous deux, ordonna Billy. Faut qu'on parle, Dillon et moi. Dites à notre jolie serveuse de nous apporter une bouteille de Bollinger, deux flûtes et deux assiettes de pot-au-feu.

— Qu'est-ce qui te prend ? demanda l'Irlandais. Tu joues les mères poules, maintenant ?

— Écoute-moi, au lieu de délirer. Tu as tué les deux frères de Rashid. Maintenant il veut te lyncher — si possible à Dauncey, demain, après les obsèques. La commissaire Bernstein dit, et je ne pense pas qu'elle se trompe, que tu veux donner sa chance à ce salopard de Rashid. Je te rappelle qu'il est totalement fou, et...

— Peut-être que moi aussi, je suis fou, l'interrompit Dillon. Ça, Billy, je te l'ai déjà dit.

— Arrête tes conneries. Je ne connais personne de plus sensé que toi. Tu sais très bien ce que tu fais. Tu parles plusieurs langues, tu sais piloter n'importe quel type d'avion, tu es un plongeur professionnel... Enfin ! Oublions ça. Harry m'a tout raconté. C'est toi qui as lancé un défi à Rashid — et en plus, tu t'es mis en tête d'y aller seul, ce qui est totalement débile. Comme je l'ai expliqué à Harry, il n'en est pas question.

— Il a dû adorer t'entendre dire ça.

— Il approuve ma décision, si tu veux tout savoir. D'après lui, on devrait te laisser partir, puis te suivre discrètement. Il a même parlé de t'apporter son « soutien moral », ou quelque chose comme ça.

La serveuse posa entre eux un seau à glace, une bouteille de Bollinger et des flûtes. Dillon désigna Baxter et Hall, qui se tenaient au bout du bar.

— Servez aussi nos deux amis, dit-il.

— Y a pas plus attentionné que toi, ironisa Billy.

— Et je vais te le prouver encore plus, mon grand. Puisque tu y tiens tant, tu viendras avec moi. Nous descendrons la rue principale du village, comme dans un mauvais western, et nous tuerons les méchants. Moi, je fournis les Walther et les gilets pare-balles en titane — avec notre ami, faut se méfier : il ne fera pas de quartier. Comme l'a dit Hannah, il ne peut plus tolérer de me savoir en vie. Ça le rend dingue. Et je pense qu'il serait assez content de t'abattre, toi aussi.

— Je m'en doute. Le mieux, à mon avis, c'est que je te couvre...

— Encore une chose, Billy, coupa Dillon. Ferguson sait que je vais y aller, et il ne fera rien pour m'en empêcher. Mais Harry, même s'il préfère en rire, est trop vieux pour ce genre d'aventure. En plus, je refuse qu'il se fasse du souci à cause de toi.

— Que proposes-tu, alors ?

— Ce soir, tu lui passeras un coup de fil à Rosedene. Assez

tard. Tu lui expliqueras que Ferguson m'a fait jeter en prison pour m'empêcher de commettre une bêtise, et que tu n'as aucune raison d'aller à Dauncey sans moi. Nous partirons là-bas au petit matin. Organise-toi pour nous trouver une limousine. La messe est à onze heures et demie. Ça te convient ?

— Harry ne me pardonnera jamais... mais je suis partant !

Dillon leva son verre.

— À votre santé, monsieur Billy, dit-il avec un accent très snob. Et demain, n'oublie pas de mettre ton plus beau costume noir.

— Genre croque-mort ?

— Parfaitement. Nous serons les frères croque-morts.

— Génial, approuva Billy tandis que la serveuse posait deux assiettes de pot-au-feu devant eux. Vivement demain !

Il se tourna vers Baxter et Hall.

— Joe, il me faut la Jaguar, demain matin, de très bonne heure. Dillon et moi, nous allons faire un tour à la campagne, pour une cérémonie funéraire. Chez les Rashid, à Dauncey. Mets ton uniforme de chauffeur.

— Comme tu veux, Billy.

— Et toi, Sam, demain tu me remplaces à l'entrepôt. On attend un chargement de cigarettes de Calais. Et faites bien attention, les gars : Harry ne doit rien savoir ! S'il apprend où je suis parti, il voudra venir. Alors fermez-la ! Il a déjà pris une balle...

— Et il a besoin de repos, conclut Dillon.

— Est-ce que je dois être le genre de chauffeur avec un pétard dans la boîte à gants ? demanda Baxter.

— Absolument. Ce monsieur Rashid n'est guère sympathique. Vous connaissez l'histoire, les gars. D'un autre côté, Joe, si tu préfères rester ici...

— Ne te fiche pas de moi, Billy ! répliqua Baxter, scandalisé. Combien on a fait de coups ensemble, toi et moi, depuis qu'on est gosses ?

Billy saisit sa fourchette, le sourire aux lèvres.

— Si Harry demande de mes nouvelles, précisa-t-il, faites-lui dire que j'ai été appelé à Southampton pour surveiller un arrivage de gnôle.

— N'empêche, observa Hall, il va péter un plomb quand il apprendra la vérité.

— Et alors ? Ce ne sera pas la première fois. Dora saura le calmer, et lui prouver qu'il est encore un homme. Je compte sur vous, les gars. Maintenant, venez manger un morceau avec nous.

— Alors c'est reparti ? fit Dillon. Le danger, l'action — une fois de plus !

— Absolument, répondit Billy avec un large sourire. Tu as changé ma vie, Sean, en me faisant comprendre que j'avais une cervelle pour réfléchir. J'étais quoi, avant ? Quatre peines de prison minables. Un truand de troisième zone. Et aujourd'hui, combien de sales types j'ai éliminés, dans les aventures où tu m'as entraîné ? Comme nous l'avons déjà dit, toi et moi, une vie sans épreuve ne vaut pas le coup d'être vécue. Je vais tartiner Harry d'un joli mensonge, et tout ira bien.

— Comme il le dirait lui-même : petit salopiot !

— J'ai une idée du tonnerre. J'ai entendu dire que l'Old Red Lion — tu sais, ce théâtre plutôt marginal... ?

Dillon hocha la tête.

— Eh bien, reprit Billy, en ce moment ils jouent une pièce de Brendan Behan, sur l'IRA, qui s'appelle *L'Otage*.

— Un vrai chef-d'œuvre.

— Je le pense aussi. Allons la voir ensemble. On passera une bonne soirée... et j'en apprendrai peut-être un peu plus sur toi.

— Je te suis, dit Dillon.

La représentation remporta un immense succès. Ils prirent ensuite un verre au bar du théâtre, discutant à bâtons rompus des différents thèmes abordés par Behan dans sa pièce. Joe Baxter, qui les avait conduits à l'Old Red Lion et avait été contraint d'assister au spectacle, les écouta en silence, sans cacher son impatience de rentrer.

Après avoir déposé Dillon chez lui, le jeune homme téléphona à son oncle.

— J'espère que je ne t'appelle pas trop tard ?

— Je n'arrive pas à dormir, Billy. Ça fait trop longtemps que je suis dans ce lit. Alors, comment ça s'est passé avec Dillon ? Je pensais que tu allais me contacter beaucoup plus tôt.

— J'ai déjeuné au pub avec lui et, comme tu l'avais prédit, il a fermement l'intention d'aller se faire Rashid aux obsèques de ses frères. Mais je crois qu'il va devoir y renoncer...

— Pourquoi ?

— Ferguson lui avait interdit d'aller à Dauncey, tu te souviens ? Eh bien, vu que Dillon refusait de se plier à ses ordres, le général l'a fait épingler tout à l'heure par la Special Branch. En ressortant une vieille histoire du temps où Dillon bossait pour l'IRA.

— Ferguson n'a pas épongé l'ardoise au moment où Dillon est entré à son service ? s'étonna Harry.

— Si, mais... Il en a quand même gardé assez pour pouvoir le faire coffrer à l'occasion, répondit Billy avec un bel aplomb. Ils l'ont emmené à la prison de West End Central. Là-bas, au moins, les cellules sont correctes.

Harry Salter était ulcéré.

— C'est dégueulasse ! Ferguson a donné sa parole à Dillon de le blanchir le jour où il l'a arraché aux mains des Serbes.

— Que veux-tu ? Le général, c'est un mec de la haute. Et dans ce pays, les bourgeois et les aristos se contrefoutent des promesses qu'ils font aux gens de plus modeste condition. Ça ne changera jamais.

— Et dire qu'on nous considère comme des criminels ! pesta Harry. Attends un peu que je revoie Ferguson. Moi qui croyais avoir affaire à un vrai de vrai...

— Ne t'emballe pas. C'est mauvais pour ta tension. Essaie de dormir, et je te rappellerai demain.

Dillon s'habilla avec beaucoup de soin. Comme il l'avait annoncé à Billy, il enfila un costume noir, une chemise blanche, et une cravate noire.

— Seigneur, dit-il en se regardant dans le miroir de sa chambre. On dirait que tu t'en vas postuler pour un rôle de mafioso dans *Le Parrain IV*.

Il fronça les sourcils.

— Et si c'était ça, au fond ? reprit-il en murmurant presque. Ce qui va se passer après les obsèques, c'est un peu comme du cinéma, ou du théâtre — sauf que ça se passe dans la rue. Et en ce cas... Est-ce que c'était déjà ça, à Belfast, autrefois... ?

La sonnette de l'entrée tinta, interrompant le flot de ses réflexions. Il descendit au rez-de-chaussée, prit son imperméable Armani et le sac d'armes qu'il avait préparé. Billy l'attendait sur le seuil, étrangement élégant dans son costume noir. Baxter se tenait près de la Jaguar, en uniforme.

— Hé ! Tu es splendide, dit le jeune homme.

Dillon ouvrit le sac, en sortit un gilet pare-balles en titane.

— Comme tu le sais sans doute, ce truc est capable d'arrêter une balle de 45 tirée à bout portant. J'ai déjà le mien sous ma chemise. Va dans le salon pour passer le tien, Billy. Je t'attends.

— OK.

Tandis qu'il entrait dans la maison, Dillon s'avança vers Baxter.

— Ouvre le coffre, Joe.

Le « chauffeur » s'exécuta. Dillon posa ses affaires dans le coffre. Du sac, il sortit un Browning et un silencieux.

— Avec un peu de chance, tu ne devrais pas avoir à t'en servir. Mais mieux vaut être prudent.

— Ouais, répondit Baxter avec un sourire dur, on ne sait jamais.

Il ouvrit la portière côté passager, cacha l'arme dans la boîte à gants. Quelques instants plus tard, Billy les rejoignit, un imperméable noir en travers du bras.

— J'ai pensé que tu l'avais préparé pour moi, Dillon. Je me trompe ?

— Non. Il va peut-être pleuvoir.

— Génial. D'autant que ce truc a des poches assez grandes pour y cacher un Uzi. Et puis j'aime bien me promener sous la pluie. Ça permet de s'enfoncer dans son petit monde personnel. Allons-y.

Ils s'assirent sur la banquette arrière. Baxter prit le volant et démarra.

Harry n'en pouvait plus de traîner au lit. Il avait passé une sale nuit, et en ce milieu de matinée il ne tenait plus en place.

— Appelle le bureau, dit-il à Dora. Je veux parler à Billy.

Sa compagne, qui était en train de manger des œufs brouillés avec des toasts, prit le combiné et composa un numéro.

— Billy n'est pas là, annonça-t-elle au bout de quelques instants. C'est Sam Hall qui est à l'appareil.

Harry lui prit le téléphone des mains.

— Où est passé Billy, Sam ?

— Il a appris cette nuit qu'il y avait un problème pour la livraison de la gnôle livrée par Southampton. Il est parti là-bas.

— Hmm, il aurait pu me prévenir ! Je vais l'appeler sur son portable.

Hall eut un mouvement de panique, puis il eut la présence d'esprit de répondre :

— Impossible, Harry. Son portable, je viens de le trouver sur son bureau.

— Quel crétin, ronchonna Salter. OK, s'il t'appelle, dis-lui de me contacter immédiatement.

Comme il était toujours réserviste, Paul Rashid avait le droit de porter son uniforme d'officier en certaines occasions. Debout devant un miroir en pied, il enfila sa veste et ferma un à un les boutons décorés du sigle des Grenadier Guards. Ses médailles, fixées sur son cœur, lui donnaient fière allure. Il saisit son képi et sortit.

Le premier étage de Dauncey Place était agencé autour d'une galerie circulaire dont le balcon donnait sur le hall d'entrée du manoir. De cette galerie partaient en étoile les couloirs menant aux différentes pièces de l'étage. Un escalier en courbe desservait le rez-de-chaussée. Un autre, beaucoup plus étroit, conduisait à la tour — une ancienne tour d'horloge — qui s'élevait sur deux étages au-dessus de la maison.

Sur le palier, Paul se coiffa avec soin de son képi, puis descendit l'escalier. Il trouva Kate dans le salon, près de la cheminée où brûlait un bon feu. Betty Moody se tenait près d'elle, en tailleur noir. Elle s'avança à sa rencontre et lui fit la bise.

— Oh, Paul, tu es magnifique.

— Je dois bien ça à mes frères. Le One Para voulait envoyer une garde d'honneur et un clairon pour George mais, comme je te l'ai déjà dit, Kate et moi préférions une cérémonie très discrète.

— Je suis venue régler les derniers détails avec vous, pour le buffet. Au pub, tout est prêt, y compris le champagne. Vous vouliez bien du champagne, n'est-ce pas ?

— Nous fêtons les vies de nos frères, répliqua Rashid.

— Et... ensuite ? Tu m'as dit que tu ne voulais personne ici, à la maison. Pas même du personnel de service.

— Kate et moi, nous quitterons le buffet assez rapidement,

après avoir salué tout le monde. Nous voulons rester au calme. Seuls.

— Je comprends. À présent, je vous laisse. Nous nous verrons tout à l'heure.

Elle quitta la pièce. Un instant plus tard, la porte de la maison claqua.

Paul regarda Kate, qui était vêtue d'un tailleur-pantalon noir, avec une simple chaîne en or et des boucles d'oreilles en diamant.

— Tu es très belle.

— Et toi, tu es époustouflant. Tu as l'allure d'un héros.

— J'aimerais en avoir la réputation, petite sœur. Nous y allons ?

Ils se rendirent au garage, à côté des étables. Kate prit le volant de la Range Rover. À la sortie de la propriété, elle tourna à droite vers le village et s'arrêta un peu plus loin, à l'entrée du cimetière, où stationnaient déjà plusieurs véhicules.

Ils descendirent de voiture, traversèrent la rue principale et entrèrent au Dauncey Arms. Ils ne reconnurent pas Joe Baxter, adossé à la Jaguar.

Une foule nombreuse se pressait dans le pub. Des gens du village ou des environs, pour la plupart. Et parmi eux, debout près de la cheminée, Kate distingua sans mal Dillon et Billy en costume et imperméable noirs.

Elle inspira bruyamment.

— Il est venu.

— Pensais-tu qu'il ne serait pas ici ?

Rashid l'entraîna à travers la foule, serrant des mains, remerciant les uns et les autres de leur présence.

Enfin, il arriva devant l'Irlandais.

— Votre présence nous honore, mon cher Sean.

— Votre uniforme m'éblouit, répondit Dillon du tac au tac.

— C'est gentil. J'aime beaucoup vos imperméables. Étonnant, n'est-ce pas, ce que l'on peut cacher dans ces grandes poches ? Et quelle attention, de votre part, d'avoir amené votre ami !

— De quoi rêvez-vous, Rashid ? rétorqua Billy. De vous venger de ce que j'ai fait à Rama ? De me torturer comme vous avez torturé Bronsby ? Essayez, monsieur le Comte, c'est tout ce que je vous demande.

— Paul, dit Kate, allons-nous-en.

Betty s'approcha, sourcils froncés.

— Il y a un problème ?

— Pas du tout. Ces messieurs sont mes amis, répondit Rashid en souriant. Buffet et champagne après la cérémonie, ici même, n'est-ce pas Betty ?

Elle hocha la tête, puis s'éloigna.

— Ensuite, ajouta Rashid, je vous attends à Dauncey Place. Si cela vous convient.

— Ça oui ! s'exclama Billy. Ça me convient foutrement bien.

— Splendide. Je m'en réjouis d'avance. Viens, Kate. Nous avons d'autres invités à saluer.

L'église commença à se remplir dès onze heures. Mais contrairement aux obsèques de l'ancien Comte Dauncey ou de son épouse, on dénombrait peu de limousines dans les rues du village. Ainsi que Rashid l'avait voulu, les grands de ce monde qui auraient pu assister à l'enterrement de George et de Michael n'avaient pas fait le déplacement ce matin. Cependant, l'un des imams les plus respectés du pays était venu, en compagnie du Recteur de la principale mosquée de Londres.

Dillon et Billy s'avancèrent dans l'édifice religieux. La majorité des invités prenaient place sur les bancs, tandis que certains se promenaient dans les travées latérales pour admirer les gisants et les sculptures en marbre vieux de plusieurs siècles. Billy décida de visiter, lui aussi.

Soudain il s'arrêta devant une statue et fit signe à Dillon d'approcher.

— Regarde ce gus, dit-il. *Sir Paul Dauncey*. La plaque indique qu'il est mort en 1510.

— C'est le premier Paul de la lignée, répliqua Dillon. Celui qui s'est battu pour Richard III à Bosworth. Une sale journée, pour lui. Après la défaite, il s'est réfugié en France, puis le nouveau roi, Henry Tudor, lui a pardonné.

— Comment sais-tu tout ça ?

— Je l'ai lu. L'histoire de cette famille est dans le *Debrett's* — la bible de l'aristocratie britannique.

Billy se pencha pour examiner le visage de l'ancêtre des Dauncey.

— Il ressemble à Rashid, tu ne trouves pas ?

— Ça arrive, ce genre de choses.

— Ouais, mais tu sais quoi ? Il a une tête de fumier de la pire espèce.

— Non, Billy. Il a une tête de guerrier. Et c'est ce qu'il était, affirma Dillon avec un haussement d'épaules. Tout comme Paul Rashid. Et pour être franc, je crois que toi aussi, tu es un guerrier. Un jour, je ne sais pas si tu t'en souviens, je t'ai expliqué que ce sont les réprouvés, les marginaux qui se chargent du boulot que les gens « normaux » sont incapables de faire. Généralement, ces types sont des soldats, d'une façon ou d'une autre.

— Comme toi et moi.

— Si l'on peut dire, acquiesça Dillon en souriant. Maintenant, allons nous asseoir au fond de l'église.

L'assistance prit place sur les bancs et dans les travées latérales, puis l'organiste commença à jouer un air religieux. Le commandant Paul Rashid, Comte de Loch Dhu, et Lady Kate Rashid entrèrent sous la nef, suivis des employés des pompes funèbres qui portaient les cercueils — tous deux recouverts du drapeau britannique. Le béret rouge des parachutistes était posé en évidence sur celui de George. Pour Michael, Paul avait choisi le béret vert que son frère avait porté à Sandhurst. Sur chaque cercueil, également, on trouvait la jambiya de cérémonie des chefs de la tribu Rashid. Le Recteur de la mosquée de Londres et l'imam sortirent de la sacristie pour se joindre au cortège, fermant la marche jusqu'à l'autel.

La musique s'arrêta. Un profond silence tomba sur l'église, puis le Recteur prit la parole :

— Nous sommes réunis aujourd'hui pour célébrer les vies de deux jeunes hommes, George et Michael. Rashid par leur père, ils étaient aussi des Dauncey, une lignée qui remonte au quinzième siècle, et dont le destin, depuis lors, s'est confondu avec celui de ce village.

Le Recteur quitta le pupitre, et la messe commença.

Il pleuvait quand, un moment plus tard, les cercueils furent escortés vers le caveau de la famille. Un employé des pompes funèbres protégea Paul et Kate de l'averse sous un immense parapluie noir. Derrière eux, l'assistance forma un long cortège solennel.

Au volant de la Jaguar, Baxter les attendait à l'écart de l'église. Billy, qui l'avait rejoint en courant, s'empara du pépin qu'il lui tendait.

Il retourna aussitôt auprès de Dillon.

— Bon sang, je n'ai jamais vu autant de parapluies ! s'exclama-t-il en déployant le sien au-dessus de sa tête.

— C'est la vie qui imite l'art, mon vieux. Pour ma part, je ne serais pas mécontent de m'offrir une cigarette et un grand Bushmills. Dans cet ordre.

— Est-ce qu'on va à ce buffet, au pub ?

— Pourquoi pas ? Autant faire les choses jusqu'au bout.

Indifférent aux larges gouttes qui s'écrasaient sur son imperméable, Dillon se tourna et s'éloigna. Billy lui emboîta le pas.

15

Joe Baxter sortit de la Jaguar en voyant Dillon approcher.

— Je préfère marcher, dit l'Irlandais. Tu nous attends avec la voiture devant le pub, d'accord ?

Baxter jeta un regard hésitant vers Billy, qui confirma :

— Fais comme il te dit !

— Entendu.

Il reprit place derrière le volant et démarra. Dillon alluma une cigarette.

— Nous n'avons pas encore pris les armes, observa le jeune homme.

— Rien ne presse, Billy. Nous avons le temps. Allons nous balader.

Ils descendirent la grand rue de Dauncey, Billy tenant le parapluie au-dessus de leur tête.

Harry Salter, à Londres, téléphona plusieurs fois à Sam Hall, sans réussir à lui parler. Finalement, une secrétaire l'informa que Sam était parti s'occuper d'une livraison de marchandises à l'autre bout de la ville. Pieux mensonge, évidemment : terrifié à l'idée que Harry n'insiste pour savoir où était Billy, Hall avait choisi de faire le mort.

Exaspéré, Harry décida de quitter la clinique. Il ordonna à Dora de faire venir une voiture, puis se leva pour s'habiller. Elle dut l'aider, car sa blessure à l'épaule le gênait considérablement dans ses mouvements. Comme il enfilait son imperméable, l'infirmière en chef entra dans la chambre.

— Vous considérez-vous comme guéri, monsieur Salter ?

— Non, mais je veux rentrer chez moi. Je reviendrai quand vous voulez pour une visite de contrôle.

— Le professeur Bernstein est ici, justement. Il est en train d'examiner le général Ferguson, mais je ne pense pas qu'il en ait pour longtemps...

— Ferguson est à la clinique ? l'interrompit Harry.

— Mais oui.

— Conduisez-moi jusqu'à lui.

Quelques minutes plus tard, Harry faisait les cent pas dans un petit salon, incapable de se calmer. La porte s'ouvrit sur Ferguson et Arnold Bernstein, qui tenait un attaché-case à la main.

— Comment ça va, Harry ? demanda le général.

— Pas de familiarités entre nous, vieux filou !

— Monsieur Salter, intervint Bernstein, je ne me souviens pas de vous avoir donné l'autorisation de quitter votre lit.

— Eh bien, je l'ai fait quand même. Et je pars. Je signerai une décharge si vous voulez. Maintenant, je voudrais parler deux minutes avec Sa Sainteté ici présente.

— Mon Dieu, fit Bernstein. Qu'est-ce que vous mijotez, encore ? Je vais voir ma fille, et je reviens dans un moment. Je vous conseille vivement d'emporter les médicaments que je vous ai prescrits. C'est le minimum, si vous ne voulez pas trop souffrir.

Il sortit. Harry fit un pas vers Ferguson.

— Vous êtes un beau salopard, d'avoir enfermé Dillon !

— Quoi ? Mais... De quoi parlez-vous, nom d'un chien ?

— Billy m'a tout raconté, hier soir. Vous avez chargé la Special Branch d'arrêter Dillon, en vous servant des preuves que vous avez contre lui du temps où il travaillait pour l'IRA — preuves dont vous êtes censé vous être débarrassé ! Et vous l'avez coffré à la prison de West End Central. Tout ça pour l'empêcher d'aller aux obsèques des Dauncey, et d'attaquer Rashid !

— J'avais ordonné à Dillon de ne pas y aller, en effet. Mais il ne m'a pas écouté. Vous dites que c'est Billy qui vous a raconté cette histoire ?

— Oui.

— Où est-il ? Téléphonez-lui, immédiatement.

— Il est injoignable. Il avait à faire à Southampton...

Il s'interrompit brusquement, l'air effaré.

— Oh, Seigneur ! Il m'a menti. Vous n'avez pas enfermé Dillon : il est parti là-bas !

— Et je pense que notre cher Billy l'a accompagné. Pour l'aider. Voilà pourquoi vous n'arrivez pas à le joindre.

— Je savais qu'il voulait y aller, mais je lui avais dit que je l'accompagnerais.

— Tout s'explique. Je pense qu'il a voulu vous épargner, après la blessure que vous avez reçue. Cette confrontation avec Rashid va probablement ressembler à une scène de mauvais western spaghetti...

— Et vous comptez les laisser faire ? Vous êtes pire que moi.

Ferguson sourit.

— Avant de travailler avec vous, Harry, j'ai demandé une enquête approfondie à votre sujet. Je sais donc que, à la grande époque de votre carrière comme patron de la pègre londonienne, vous avez longtemps lutté contre les trois frères Corelli ... qui ont fini par disparaître mystérieusement. Ensuite, ce fut le tour de Jack Hedley — celui qu'on appelait Jack le Fou. Son cadavre a été retrouvé dans une ruelle près de Brewer Street. Je peux continuer, si vous voulez. La liste est impressionnante.

— D'accord, d'accord, marmonna Harry. Mais c'était les affaires. Et je savais me tenir. Je n'ai jamais trempé dans la prostitution. Ni dans la drogue.

— Je sais, Harry. Vous vous contentiez de supprimer ceux qui gênaient la bonne marche de votre « entreprise ». Je fais la même chose, ou je le fais faire par d'autres. Il y a toujours une bonne raison. C'est mon travail, Harry. Et ce sont les affaires, comme vous dites.

— Où voulez-vous en venir ?

— J'en ai assez de Rashid. Et je crois que je n'ai pas besoin de m'étendre sur la question. Vous connaissez ses crimes. Grâce à Dillon, ses deux frères ne nuiront plus à personne. Bell et ses comparses sont également sortis du tableau. Ne reste que Paul Rashid. Nous devons l'éliminer, lui aussi.

— Dans ce cas, pourquoi interdire à Dillon d'aller aux obsèques et d'affronter Rashid ?

— Parce que je suis un fieffé menteur, Harry ! J'ai fait exprès de le titiller pour le renforcer dans sa détermination à y aller. S'il réussit à supprimer Rashid, ça me va très bien. Vous savez, Dillon est un homme remarquable — pas seulement parce qu'il a de nombreuses cordes à son arc, qu'il est intelligent et que tuer ne lui pose pas de problème particulier. Dillon est remarquable parce qu'il se fiche éperdument de vivre ou de mourir.

— Splendide. C'est très réconfortant. Et selon vous, mon neveu est en train de suivre le même chemin ?

— Billy est un authentique voyou, comme vous diriez vous-même. Son amitié avec Dillon, depuis quelques années, lui a fait prendre conscience de sa propre valeur. D'autant qu'il ne manque pas d'intelligence, lui non plus.

— Ça, je le sais, d'accord. Mais que faisons-nous, maintenant ?

Ferguson consulta sa montre.

— La messe a commencé à onze heures et demie. Il y a un buffet, ensuite, au Dauncey Arms. Pour les gens du coin, essentiellement. Puisqu'il est maintenant midi et demi, je pense que nous ne pouvons pas faire grand-chose, à part envoyer nos ondes positives à Dillon.

— Et à Billy.

— À Billy aussi, bien sûr.

Arnold Bernstein entra dans la pièce.

— Êtes-vous toujours décidé à nous quitter, monsieur Salter ?

— Il le faut.

— Très bien. Venez avec moi à la réception. Je vais vous donner des antibiotiques. Cependant, j'insiste pour vous voir tous les deux à mon cabinet de Harley Street, demain à dix heures tapantes. Dans votre cas comme dans celui du général, un bilan de santé ne sera pas de trop.

Au Dauncey Arms, les invités des Rashid se pressaient autour du buffet, où le champagne coulait en abondance. Betty Moody ne ménageait pas ses efforts pour veiller au confort de chacun. Dillon et Billy se mêlèrent à la foule, après s'être servis en saumon fumé, salade et pommes de terre nouvelles. Le jeune Salter, comme d'habitude, ne buvait que de l'eau. Dillon goûta le champagne — et le jugea de mauvaise qualité.

Comme il posait sa flûte sur le bar, une jeune femme se pencha vers lui.

— Vous êtes monsieur Dillon ?

— Tout juste, ma belle.

— Ce champagne vous est réservé, dit-elle en lui présentant une bouteille. C'est du Cristal.

— Le meilleur qui soit. À qui dois-je cette remarquable attention ?

— À monsieur le Comte.

Tandis qu'elle débouchait la bouteille, Dillon embrassa la salle d'un regard circulaire. Rashid avait disparu.

La jeune femme le servit, puis se tourna vers Billy qui refusa d'un geste.

— Je ne vois pas monsieur le Comte, constata Dillon, et il vida son verre d'un trait.

— C'est étrange, répondit-elle d'un air perplexe. Il y a deux minutes, il se tenait près de la cheminée avec Lady Kate.

— Est-ce qu'il m'a laissé un message ?

— Ah oui, j'oubliais ! Il a dit que si vous passiez le voir, il trinquerait avec vous.

— C'est gentil de sa part.

— Vous en voulez encore, monsieur ?

— Non, merci. Je vais plutôt prendre un double Bushmills. Ce sera peut-être mon dernier. Sans eau.

Elle le servit. Betty Moody sortit de la cuisine, les yeux rougis de larmes.

Dillon leva son verre.

— Pour vous c'est une terrible journée, madame Moody.

— Pour nous tous.

— *L'chaim* ! dit-il, et il engloutit le Bushmills.

— *L'chaim* ? Qu'est-ce que ça veut dire, ça ?

— C'est de l'hébreu. Ça signifie : « À la vie ! »

Il posa son verre et se tourna vers Billy.

— Il est temps. Allons-y !

Paul et sa sœur pénétrèrent dans le grand hall de Dauncey Place. Un profond silence régnait sur la maison. Comme le comte l'avait souhaité, le personnel de service était rentré chez lui. Les Rashid étaient seuls.

Dans le salon, un feu crépitait dans la cheminée. Une bouteille de Bollinger et quatre flûtes avaient été disposées à leur intention sur un guéridon. Paul aida sa sœur à retirer son imperméable, puis il déboucha le champagne.

— Pourquoi ces quatre verres ? demanda-t-elle.

— Nous deux, Dillon et Billy Salter, répondit-il en remplissant les flûtes. Ils vont venir, et je les recevrai avec la courtoisie qui caractérise les Dauncey aussi bien que les Rashid.

Il lui tendit un verre, puis leva le sien.

— À nous, petite sœur. À George et à Michael. Et à Dillon.

Elle but une petite gorgée de champagne.

— Tu ne hais pas cet homme.

Ce n'était pas une question, mais une affirmation.

— Hmm, fit-il avec un haussement d'épaules. Je ne le hais pas, Kate, parce qu'il nous ressemble. C'est un soldat, comme nous tous. Notre père était soldat, et en tant que tel il a assumé les risques qu'il prenait. À Hazar, George a pris des risques de soldat, tout comme Michael à Wapping. À chaque fois, Dillon a lui aussi pris les mêmes risques.

— Tu penses réellement ce que tu dis ?

— Bien sûr, affirma-t-il, et il leva de nouveau son verre. De Paul Rashid à Sean Dillon, d'un homme courageux à l'autre !

— Tu veux vraiment l'affronter ? demanda-t-elle.

Il se resservit en champagne.

— J'ai tout fait, tout vécu, Katie chérie. J'ai couru les plus grands dangers, j'ai amassé une fortune considérable — mais à quoi me sert tout cet argent, à présent ?

— Je ne sais pas. Mais si l'argent n'a pas d'importance, qu'est-ce qui compte vraiment pour toi, alors ?

— Je pense que Dillon répondrait : « le jeu ».

— Tu es d'accord avec lui ?

Il vida son verre, et éclata de rire.

— Oh, oui, Kate. Le jeu. La chasse. Voilà tout ce qui importe !

Le silence tomba entre eux, rompu par les seuls craquements des flammes dans l'âtre. Elle regarda autour d'elle.

— Cette maison... Tout ce qui fait les Dauncey depuis si longtemps. Toi et moi, Paul...

— Tout notre passé, c'est ça que tu veux dire ?

— Et notre avenir, aussi ! Que va-t-il nous arriver ?

— Dans le futur proche ? Dillon et Billy Salter devraient arriver d'une minute à l'autre.

— Et que comptes-tu faire ?

— Les tuer, Kate. Cette perspective me séduit nettement plus que celle de gagner un énième milliard.

De nouveau, le silence s'étira entre eux. Elle soupira.

— Tu ne m'as pas répondu. Et notre avenir... ensuite ?

Deux petits émetteurs-récepteurs étaient posés à côté du seau à champagne. Rashid lui en tendit un.

— Ces appareils sont très simples d'utilisation. Appuie sur le bouton rouge, et tu pourras me parler et m'entendre.

— Pourquoi ?

— Je vais t'expliquer, promit-il en souriant. Mais d'abord, tu vas trinquer une dernière fois avec moi.

— Je n'aime pas ça. J'ai l'impression que tu es en train de me faire tes adieux.

— Jamais, ma chérie. Nous serons toujours ensemble, quoi qu'il arrive. Toujours !

Dillon et Billy rejoignirent Baxter, qui les conduisit à Dauncey Place. Ils se garèrent derrière les étables, sortirent de la Jaguar, puis Dillon ouvrit le sac d'armes. Il prit deux Walther, en plaça un sous sa ceinture, au creux des reins, et tendit l'autre à Billy.

— C'est tout ? s'étonna le jeune homme.

— Non. Nous allons faire comme à Rama.

Saisissant deux Parker-Hale, il glissa l'un d'eux dans la poche de son imperméable, donna le second à Billy qui demanda :

— Comment veux-tu t'y prendre ?

— À moins qu'il n'ait fait venir des gars en renfort, ce qui m'étonnerait beaucoup, il est seul dans la maison avec sa sœur. Je ne pense pas qu'elle représente une menace pour nous.

— Qu'est-ce que tu en sais ?

— C'est mon petit doigt qui me le dit.

— Bon, on frappe à la porte et on attend ?

— C'est peut-être ouvert. Allons voir. Viens avec nous, Joe. Prends ton Browning.

Dillon grimpa les marches du perron à colonnade et saisit la clenche, une tête de lion tenant un anneau dans sa gueule. La porte s'entrouvrit — mais il la referma aussitôt.

— Trop évident. Essayons plutôt par la terrasse.

Exactement comme Rashid l'avait imaginé.

Les trois hommes firent le tour du manoir, puis longèrent les portes-fenêtres de la bibliothèque. La dernière était grande ouverte.

— OK. Il veut se montrer accueillant.

Écartant les doubles rideaux, Dillon examina la bibliothèque. Au fond de la pièce, derrière la porte entrouverte d'un grand placard dissimulé par une tenture italienne, se tenait Kate.

— Alors ? fit Billy.

— Moi, je passe par la porte d'entrée. Toi, tu entres par ici. Évite de me tirer dessus par erreur, précisa-t-il en souriant, puis il se tourna vers Baxter. Va de l'autre côté de la maison, sous les fenêtres du salon, retire le silencieux du Browning et tire en l'air trois fois de suite. Comme ça, il saura que nous sommes là.

— Et t'espères lui faire croire que nous allons investir la maison par là-bas ? grogna Billy. C'est nul, comme idée.

— Exact, mais vu les circonstances je ne vois pas mieux. Le problème, Billy, c'est que nous ne savons pas exactement ce que Rashid attend de nous. Vas-y, Joe. Dès que tu tires, nous entrons. À plus, Billy.

— Rendez-vous en enfer, répondit le jeune homme.

— Sûrement pas. On se retrouvera au Dark Man, avec une bouteille de champagne pour moi et de bonnes assiettes de pot-au-feu pour nous trois, assura Dillon, et il s'éloigna.

Kate, qui avait tout entendu, sortit du placard et appela son frère en appuyant sur le bouton rouge de l'émetteur-récepteur. Paul Rashid, monté à l'étage, lui répondit aussitôt.

— Alors ?

Elle lui exposa les intentions de Dillon et de ses compagnons.

— Bien. Je vais l'attirer là-haut, dans la tour, et lui faire face sur la Terrasse de l'Ange. Toi, tu restes en bas.

Ayant coupé la communication, il saisit l'AK-47 qui se trouvait à côté de lui et s'avança jusqu'au balcon de la galerie circulaire qui dominait le hall. Il portait encore son uniforme — sans le képi, toutefois. S'accroupissant, il fixa des yeux la porte du perron.

Trois coups de feu déchirèrent le silence, puis, tandis que Baxter s'éloignait, Billy fit irruption dans la bibliothèque. Dillon tourna la clenche en forme de tête de lion, et pénétra à son tour dans l'antre de Rashid.

Le hall était plongé dans l'obscurité. Dillon se déporta sur le côté. Paul Rashid le voyait clairement, mais il ne se donna même pas la peine de tirer.

— Alors, l'ami ! cria-t-il. Qu'y a-t-il dans ces grandes poches ? Un Parker-Hale ?

Dillon s'accroupit, armant le Walther.

— Je vous vois, ajouta Rashid. Je suis là-haut, sur le balcon circulaire. Montez par l'escalier principal, passez ensuite sous ce que nous appelons la Voûte bleue, et vous trouverez l'escalier en colimaçon qui mène à la tour. La Terrasse de l'Ange est tout en haut. Je vous y attends, si vous avez le courage de monter. Si vous tenez à apporter un pistolet-mitrailleur, très bien, mais je crois qu'un Walther suffira. Et si vous voulez, nous pourrons même régler ça à mains nues.

Il éclata de rire, et Dillon l'entendit se déplacer sur le balcon.

La porte de la bibliothèque s'entrouvrit.

— T'es là ? murmura Billy.

Rashid se redressa, visa le jeune homme à la poitrine et tira — deux fois. Dillon reconnut le crépitement étouffé caractéristique du silencieux de l'AK-47. Billy tomba en arrière en poussant un cri.

— Un de moins ! s'exclama Rashid, triomphant.

Dillon rampa jusqu'à Billy. Le jeune homme gémissait et haletait désespérément. L'Irlandais déchira sa chemise, palpa sa poitrine et trouva les deux balles enchâssées dans le gilet en titane.

— Prends ton temps, murmura-t-il. Ton système cardiovasculaire a subi un choc violent, mais ce n'est qu'un choc. Le gilet a arrêté les balles. Tu n'as plus qu'à acheter des actions de la Wilkinson Sword Company pour les remercier !

Billy hocha la tête.

— Ça ira, affirma-t-il d'une voix rauque.

— Reste ici le temps de reprendre ton souffle. Je monte dans la tour, retrouver Rashid.

Il se redressa, retira son imperméable en y laissant le Parker-Hale. Puis, le Walther à la main, il se dirigea vers l'escalier.

Billy resta allongé par terre, s'efforçant de respirer calmement. La porte de la bibliothèque s'ouvrit derrière lui. Lady Kate s'approcha, le regarda quelques instants, puis se précipita vers le grand escalier à la suite de Dillon.

Dillon s'engagea dans l'escalier en colimaçon sans prendre de précaution particulière. Il savait que Rashid l'attendait là-haut pour une confrontation finale : la situation était claire — plus qu'elle ne l'avait jamais été, sans doute. Au sommet de la tour, Dillon s'approcha de la lucarne ouverte près de la porte et découvrit ce qui devait être la Terrasse de l'Ange. Rashid n'était nulle part en vue.

Il ouvrit la porte, se plaqua contre le mur de gauche, et regarda autour de lui. L'averse de la fin de matinée s'était transformée en une pluie quasi tropicale. Un parapet arrondi bordait la terrasse. Juste en dessous, il distingua les toits pentus de la maison — des toits à l'ancienne, couverts de feuilles de plomb.

Derrière lui, à son insu, Kate Rashid gravissait lentement l'escalier. Il prit une profonde inspiration et s'avança sur la terrasse. *Personne.* Mais, comme il faisait un autre pas en avant, Paul Rashid, qui s'était perché au-dessus de la porte, se jeta sur lui. Dillon tomba à genoux, ce qui permit à son agresseur de le frapper au poignet pour le forcer à lâcher son arme. L'Irlandais réussit à lui donner un coup de coude en plein visage, le forçant à reculer, et en profita pour se redresser. Il se tourna alors vers Rashid, dont le superbe uniforme était détrempé par la pluie.

— Nous y voilà, Dillon. Enfin !

Rashid se jeta sur lui, et ils commencèrent à se battre corps à corps. La porte de l'escalier s'ouvrit sur Kate, qui poussa un cri tandis que son frère entraînait violemment Dillon vers le bout de la terrasse. De là, ils basculèrent par-dessus le parapet et tombèrent, de l'autre côté, sur le toit.

La pluie rendait les feuilles de plomb terriblement glissantes. Rashid s'allongea à plat ventre en plaquant les mains de part et d'autre de son buste — trop tard, cependant, pour freiner sa chute vers le bas. Dillon eut plus de chance. Son pied se bloqua sur une irrégularité du plomb, et il réussit à agripper le bord du parapet.

Il se pencha autant qu'il put et tendit la main vers Rashid.

— Venez.

— Allez au diable !

Dix mètres plus bas, dans la cour, Joe Baxter et Billy assistaient impuissants à la scène.

— Nom de Dieu, insista Dillon, attrapez ma main et cassez-moi la gueule plus tard.

— Non ! Foutez le camp !

Kate Rashid s'approcha du parapet.

— Paul ! hurla-t-elle. Non !

Elle enjamba le parapet, s'y agrippa de la main gauche et tendit le bras vers son frère. Elle prit un tel risque qu'elle réussit à attraper la manche de sa veste.

— Viens, Paul, viens avec moi ! implora-t-elle.

Il crispa les doigts sur les siens et, avec son aide, réussit à remonter de quelques centimètres. Mais il était trop lourd pour qu'elle puisse le hisser jusqu'en haut.

Un sourire doux se dessina alors sur les lèvres de Rashid. L'espace d'un instant, il transmit à sa sœur tout l'amour et la reconnaissance qu'il lui vouait — et Kate comprit que ce regard, ce court moment de grâce, ne cesserait jamais de la hanter.

— Tu sais quoi, petite sœur ? Ça suffit, maintenant. Si nous continuons, tu vas tomber aussi.

Il lâcha sa main et glissa irrésistiblement sur le toit pentu. Enfin, il tomba dans le vide et s'écrasa au sol devant Billy et Joe.

Kate ne pleura pas. Elle resta même totalement impassible. Le choc était tel qu'elle paraissait privée de toute capacité de réaction. Dillon agrippa le parapet à deux mains, puis sauta sur la terrasse.

— Venez, dit-il en lui tendant la main.

Elle le regarda, l'air incertain.

— Venez ! À moins que vous ne préfériez sauter, vous aussi ?

Elle laissa échapper un soupir, trembla violemment, et prit sa main.

Elle la lâcha aussitôt qu'elle fut en sécurité, cependant, pour se précipiter vers l'escalier. Descendant les marches deux à deux, elle traversa le hall et courut jusqu'à la dépouille de son frère.

Dillon la suivit, récupérant son imperméable au passage. Il enfila le vêtement par-dessus son costume trempé, et s'avança lentement vers Kate, qui s'était accroupie auprès de Paul. Baxter et Billy, visiblement secoués, se tenaient un peu à l'écart.

Elle leva les yeux vers eux. Des yeux vides de toute émotion.

— Il est mort. Vous les avez tous tués, Dillon. Tous mes frères.

— Je suis désolé.

C'était une formule creuse, et plutôt stupide, mais il se sentait incapable de tout autre commentaire.

— Allez-vous-en.

— Non, je vais vous aider...

— C'est mon frère, Dillon ! Ça ne regarde que moi. Partez, vous et vos amis. Je m'occuperai de vous plus tard, quand le moment sera venu.

Après une minute d'hésitation, Dillon fit signe à Billy et à Joe Baxter.

— Fichons le camp.

Ils montèrent dans la Jaguar. Baxter démarra aussitôt et sortit de la propriété. Dillon jeta un coup d'œil par la lunette arrière : Kate était toujours agenouillée près de son frère.

— Ça va, toi ? demanda-t-il à Billy.

— J'ai un mal de chien, mais ça va. Qu'est-ce qui s'est passé, là-haut ?

— On s'est battus, à mains nues. Assez vite, on a basculé par-dessus le parapet, et il a commencé à glisser sur le toit. Je lui ai tendu la main... Il n'a rien voulu entendre. Elle nous a rejoints, l'a secouru, mais il a préféré lâcher prise, pour éviter qu'elle ne meure avec lui.

Dillon alluma une cigarette. Ses mains tremblaient.

— Il a dit : « Tu sais quoi, petite sœur ? Ça suffit, maintenant », et il s'est laissé tomber dans le vide.

— La vache, marmonna Billy en secouant la tête. Et elle, à quoi elle pensait, à ton avis, quand elle a promis de « s'occuper de nous plus tard » ?

— Elle voulait dire, tout simplement, que nous n'avons pas encore réglé nos comptes. Elle et moi, en tout cas. Maintenant, il faut que j'appelle Ferguson.

Épilogue
Londres

Pour le monde en général, et les médias en particulier, c'était une histoire absolument sensationnelle. Qu'en ce jour tragique pour la famille Dauncey, juste après les obsèques de ses deux frères, le Comte de Loch Dhu, l'un des hommes les plus riches du monde, soit tombé accidentellement du haut de la tour de son manoir — il n'en fallait pas tant pour exciter la presse !

Pourtant, les médias britanniques restèrent étrangement discrets sur l'affaire. Cela s'expliquait facilement : Lady Kate, la sœur du défunt, avait donné une version très simplifiée du drame. En quittant la réception organisée au pub du village, après les obsèques, Paul se sentait terriblement déprimé. Il avait exprimé le souhait d'être seul, et pour s'isoler davantage il était monté sur la terrasse de la tour — un des endroits de la propriété qu'il préférait. Là, il avait glissé et basculé dans le vide. Les Rashid ayant, en outre, des intérêts dans plusieurs groupes de presse, les journalistes s'étaient contentés de relater l'événement avec les mots de Kate, sans chercher à en savoir plus. On parlait d'accident tragique, un ou deux chroniqueurs mondains avaient évoqué la possibilité d'un suicide — voilà tout.

Quelques jours plus tard, en guise de conclusion, les médias couvrirent brièvement les obsèques de Paul Rashid. Mais là encore, ils n'eurent pas grand-chose à se mettre sous la dent : la cérémonie fut encore plus simple que celle donnée en l'honneur de George et de Michael, le nombre d'invités encore plus restreint. Kate Rashid avait convié l'imam et le Recteur, une poignée de proches, mais laissé à l'écart les habitants de Dauncey.

Aucun journaliste, en tout état de cause, ne sut rien de la présence de certaines personnes bien connues de Kate.

Sean Dillon n'entra pas dans l'église. Il patienta jusqu'à la fin de la messe dans la Jaguar, en compagnie de Billy.

— Il pleut, une fois de plus, observa le jeune homme.

— Il pleut presque tout le temps, par ici.

Le cortège sortit de l'église. Kate Rashid, qui était désormais Comtesse de Loch Dhu, suivait le cercueil.

Dillon descendit de voiture.

— Tu veux un parapluie ? proposa Billy.

— Bah ! Ce n'est que de l'eau.

Il suivit le cortège à distance, jusqu'au caveau de la famille Dauncey, et se tint en retrait pendant que le Recteur et l'imam prononçaient quelques mots en l'honneur de Paul Rashid. Curieusement, Kate n'avait pas de parapluie, et personne ne s'approchait pour l'abriter. Elle se tenait sous l'averse, vêtue de noir comme à l'accoutumée, couverte d'un imperméable léger. Le cercueil fut enterré dans le monument, le Recteur et l'imam serrèrent la main de la comtesse, les employés des pompes funèbres s'éloignèrent.

Elle traversa lentement le cimetière en direction de la sortie. Dillon l'y attendait. Il l'observa avec l'étrange sensation de la voir approcher au ralenti. La pluie plaquait ses cheveux noirs contre son visage, lequel semblait ne plus exprimer la moindre émotion. Même en passant devant lui, elle ne réagit pas. Il eut l'impression qu'elle ne le voyait pas — ou bien qu'il lui était devenu transparent. Elle l'effleura en franchissant la grille, sans lui accorder un regard, et tourna dans la rue, remontant vers Dauncey Place. L'Irlandais la fixa quelques instants, puis regagna la Jaguar.

— On rentre à Londres, annonça-t-il.

Billy démarra et s'engagea dans la rue.

— C'est tout ? C'est terminé ?

— Je crois que oui, murmura Dillon.

En fin de semaine, les Salter, Ferguson et Dillon se retrouvèrent au Piano Bar du Dorchester. Harry avait encore le bras en écharpe. Ferguson, lui, semblait déjà pouvoir se servir de son bras cassé presque normalement.

Dillon se mit au piano, alluma une cigarette et plaqua les premiers accords d'un standard de jazz sur le clavier. Il remarqua Kate, bien sûr, quand elle entra dans la salle, mais continua de jouer comme si de rien n'était.

Elle s'approcha et s'accouda au piano.

— J'aime bien ce morceau. « A Foggy Day in London Town », c'est bien ça ?

— Oui. C'est dans *Une demoiselle en détresse,* avec Fred Astaire.

— Je l'ai vu. Joan Fontaine était affreusement mauvaise, mais vous êtes bon, vous. Vous êtes bon tout le temps, n'est-ce pas ?

De leur table, Ferguson et les Salter ne perdaient pas un mot de cette conversation. Dillon sortit une autre Marlboro du paquet, et l'alluma avec son vieux Zippo.

— Qu'est-ce que vous voulez, Kate ?

— Je ne veux pas que vous, Dillon. Je vous veux tous... Vous, et vos amis.

Elle se tourna vers les autres. Elle portait un tailleur-pantalon Armani qu'elle avait dû payer une fortune. Ses cheveux noirs tombaient en une superbe cascade sur ses épaules. Et pour une fois, elle arborait une somptueuse parure de diamants qui étincelaient autour de son cou et à ses oreilles. Elle était époustouflante — pas seulement par sa beauté. Elle semblait puissante, animée d'une force peu commune.

— Vous me faites penser à la Reine de Saba, dit doucement Dillon.

— Ah oui ? fit-elle, le sourire aux lèvres.

— Oui. Et ce n'est pas seulement à cause de votre sang arabe. Certaines dames de Dauncey coulées dans le marbre, à l'église du village, ont le même regard que vous.

— C'est le plus beau compliment que j'aie entendu depuis longtemps.

Dillon se leva et rejoignit ses amis. Kate le suivit.

— Madame la Comtesse, dit Ferguson, très formel, en se mettant debout.

Les Salter l'imitèrent.

— Restez assis, messieurs, protesta-t-elle. Je suis heureuse de vous apprendre que les pétroliers américains et russes ont signé aujourd'hui même un accord avec Rashid Investments, pour l'exploitation de nouveaux champs pétrolifères dans le Hazar et dans le Quartier Vide. La Bourse devrait réagir très favorablement, dès demain, à ce nouveau départ pour notre entreprise familiale, dont je suis la présidente.

Elle sourit de nouveau.

— Notre fortune devrait atteindre très prochainement les sept milliards de livres sterling. Mes comptables me disent que je suis la femme la plus riche du monde.

— Splendide, ma chère, répondit Ferguson avec un sourire contraint. Je vous félicite.

— J'étais sûre que vous partageriez ma joie, général.

Un silence étrange tomba entre eux, que Dillon rompit le premier :

— Venez-en au fait, Kate.

Elle le regarda, et son sourire s'élargit.

— Pardonnez-moi, Sean, je n'ai pas été assez claire. Je voulais simplement vous dire que j'ai l'intention de vous détruire — tous ! C'est que j'ai une moitié de sang arabe, voyez-vous... Et j'avais trois frères. Maintenant je suis seule à prendre les décisions qui s'imposent.

— Et comment comptez-vous procéder ? demanda-t-il gentiment.

— La méthode importe peu. Je crois en ce vieux dicton selon lequel la vengeance est un plat qui se mange froid. Je saurai attendre, précisa-t-elle d'une voix implacable. Mais désormais, messieurs, vous saurez que pour vous le danger est imminent. Quand vous démarrerez votre voiture, celle-ci explosera-t-elle ? Le bruit de pas derrière vous, dans l'obscurité, sera-t-il celui de votre assassin ?

— À votre convenance, ma belle, répondit Harry Salter. Ça fait quarante ans que des gens essaient de me supprimer !

— Je vous suis reconnaissant de nous prévenir, déclara Ferguson. C'est très courtois de votre part.

Elle se tourna vers Dillon, et son sourire revint sur ses lèvres.

— Ne m'oubliez pas, Sean. Et souvenez-vous de la devise de la famille Dauncey : *Je reviens toujours.*

Elle s'éloigna, sublime de beauté et d'élégance.

— Je n'oublierai pas, murmura Dillon en la regardant partir. Non, ma jolie, je ne vous oublierai jamais.

Cet ouvrage a été réalisé par la
SOCIÉTÉ NOUVELLE FIRMIN-DIDOT
Mesnil-sur-l'Estrée
pour le compte des Éditions Albin Michel
en février 2003

Ouvrage composé par
Nord Compo (Villeneuve-d'Ascq)

Imprimé en France
Dépôt légal : février 2003
N° d'édition : 21644 - N° d'impression : 63033